La sombra exiliada

NORMAN MANEA

La sombra exiliada

Novela *collage*

Traducción de
Marian Ochoa de Eribe

Galaxia Gutenberg

Título de la edición original: *Umbra exilata*
Traducción del rumano: Marian Ochoa de Eribe

Publicado por
Galaxia Gutenberg, S.L.
Av. Diagonal, 361, 2.º 1.ª
08037-Barcelona
info@galaxiagutenberg.com
www.galaxiagutenberg.com

Primera edición: noviembre de 2022

© Norman Manea, 2022
Reservados todos los derechos
© de la traducción: Marian Ochoa de Eribe, 2022
© Galaxia Gutenberg, S.L., 2022

Preimpresión: Maria Garcia
Impresión y encuadernación: Romanyà-Valls
Pl. Verdaguer, 1 Capellades-Barcelona
Depósito legal: B 12857-2022
ISBN: 978-84-19075-61-1

Para Cella, mi amada y mi hermana

Do not go gentle into that good night.
Rage, rage against the dying of the light.

DYLAN THOMAS

PREMISA
(EL PASADO ANTES DEL PASADO)

El exilio comienza con el abandono de la placenta materna. La madre fue, a su vez, evacuada de la placenta de la abuela. La abuela y la abuela de la abuela y sus bisabuelas tuvieron el mismo debut terrenal.

El Proyecto Genográfico, junto con otras instituciones universales especializadas en ese ámbito, procedió a analizar la saliva del solicitante. Puesto que este abonó a tiempo la tasa de peritaje, hemos podido esbozar la trayectoria de sus antepasados maternos. La migración de los antepasados abarca unas distancias enormes. El resultado del ADN muestra que los antepasados maternos pertenecían al árbol genealógico llamado haplogrupo. Este contiene los subgrupos U*, U1, U1a, U1bm, U3m, U4, U7. El mapa de la peregrinación de los antepasados maternos muestra que todos partieron inicialmente del África oriental. Se trata, naturalmente, del resultado de un deambular de decenas de miles de años. Se puede encontrar incluso hoy en día a los descendientes de estos antepasados, la mayoría pertenecientes al haplogrupo. Disponemos de 569 letras de la secuencia mitocondrial, combinando las letras A, C, T y G, que representan los cuatro nucleótidos, los bloques químicos que crean la vida y forman el ADN del solicitante. De vez en cuando, una mutación natural, casual y, por lo general, inofensiva, cambia la secuencia mitocondrial del ADN. La podemos interpretar como una especie de error de pronunciación: una de las «letras» se transforma de C en T, de A en G. Si una de estas mutaciones se produce en una mujer, se transmite a las hijas y a las hijas de estas. Se transmite también a los hijos, pero ellos a su vez no la transmiten. Gracias al análisis de las mutaciones, podemos trazar la herencia antepasado tras antepasado. La trayectoria de los que abandonaron África comienza con el antepasado más lejano. Quién era, dónde vivía, cuál fue la historia de la «Eva» más remota. Al avanzar hacia tiempos más recientes, marcamos cada paso de los predecesores: el comienzo se localizaría entre 150.000 y 170.000 años atrás, en la mujer a la que los antropólogos llaman «Eva mitocondrial». No era, sin embargo, en realidad, la primera mujer de la tierra. Aunque el *Homo sapiens* existía desde hacía unos 200.000 años, en un determinado momento, hace alrededor de unos 150.000 o 170.000 años, apareció la mujer de la que descendemos todos. Esto sucedió 30.000 años después de la evolución del *Homo sapiens* en África. Mencionamos a continuación los haplogrupos y las mutaciones ocurridas: L2 en L3, luego el primer grupo M, resultado de la primera migración hacia Etiopía, luego a Australia y Polinesia y, finalmente, el segundo grupo M, que llegó a la península del Sinaí, donde aparece el grupo N, que vaga por Asia, Europa, India y América. El haplogrupo R procede de una mujer de hace 50.000 años, de la que se derivaron los subgrupos europeos, norteafricanos, indios, árabes. El haplogrupo U5 se limita a Finlandia, y el U6, derivado del haplogrupo R de Oriente Medio, se ramificó hacia Escandinavia, pero también hacia el Cáucaso, hasta llegar al mar Negro, más adelante hacia los territorios bálticos y hacia Europa occidental. Los miembros de este grupo, así como los del M y el N, que pueden interesar a nuestro solicitante, tienen antepasados en Europa y en el Mediterráneo oriental, donde configura casi el 7% de la población. Repetimos: siete, casi el 7%. Este es el resultado de la migración a lo largo de los siglos, de un exilio a otro, según nuestros archivos.[1]

En torno al año 2300 a.c. aparecieron los primeros grandes imperios de Oriente Medio y comenzaron las guerras entre ellos y los desplazamientos masivos de población. El famoso matemático Pitágoras (569-497 a.c.) era hijo de un inmigrante; él mismo peregrinó por Egipto e Italia, donde murió en torno al año 497. Hay que mencionar la Ruta de la Seda (200 a.C.-1200 d.C.), las grandes migraciones europeas y árabes entre los años 375 y 1000 d.C., las cruzadas (1095-1271), al portugués João Ramalho, fundador de la metrópolis brasileña de São Paulo, las expediciones de los exploradores europeos (1418-1580), la importación de millones de esclavos africanos a América (1510-1888), la migración europea provocada por la urbanización y la industrialización (1815-1930), la migración tras la Primera y la Segunda Guerra Mundial, la colonización de África (1870-1975), la independencia y división de India (1947), la contratación de jornaleros (1950-1970), la migración de Europa del Este (desde 1989 hasta el presente), la inmigración ilegal (desde 1970 hasta el presente). Todos son momentos de una «frenética dialéctica del cambio», como denominó Bertolt Brecht el exilio. Amberes se convirtió en un importante punto de tránsito de la migración europea, relacionado también con puertos de Rusia, con Danzig en Polonia, Lisboa en Portugal o Hamburgo en Alemania, lugar de donde parece proceder el errante que vendió su sombra, el personaje de una famosa historia romántica del siglo XIX, escrita por Adelbert von Chamisso.[2]

LA SOMBRA

Peter Schlemihl[3] –que acompañará a nuestro protagonista en su aventura– debe su nombre a una combinación burlona de cristianismo y judaísmo. Peter es el nombre tomado de san Pedro, uno de los primeros apóstoles de la Iglesia. Judío nacido en Galilea, en Tierra Santa, amigo de Jesús y del hermano de este, san Pedro se enfrentó a san Pablo, judío griego de Tarsos, el visionario promotor del internacionalismo cristiano y de la conversión de las masas. Pedro defendía que para ser cristiano había que ser antes judío, como él mismo y como el Redentor. Pablo militaba, con fervor propagandístico, por la apertura de las puertas de la Iglesia a cualquiera que lo deseara.

El apellido Schlemihl se puede encontrar en el capítulo del Talmud babilonio sobre Moisés y significa, en hebreo, «amado por Dios», pero tiene asimismo una connotación burlesca, como quiso también el autor del célebre relato romántico, Adelbert von Chamisso, del cual es protagonista. El apellido Schlemihl recuerda al judío tonto, gafe y perdedor, un liante ridículo del que se ríe todo el mundo. Una especie de inocente Tândala* y Augusto el Tonto.**

La tradición hebraica atribuye unos rasgos sagrados a un tontorrón y un bobalicón, un «idiota» dostoyevskiano y no dostoyevskiano, que debe ser considerado con indulgencia y protegido. El Talmud relata que el pobre Schlemihl se lio con la esposa de un rabino, fue detenido y asesinado. Eso que a otros les había salido bien, seguramente, muchas veces, a Schlemihl, un payaso del fracaso, le salió al revés. Del hebreo *schlemiel* (necio, torpe) el nombre derivó posteriormente, en yidis, el argot del exilio, a *schmilazel* (gafe, difamado, infeliz), un Schlemihl. Dios ama a esos descarriados, dicen los textos judaicos.

---

* Bufón del folklore tradicional (*N. de la T.* Las notas al final son del autor y las notas al pie de página corresponden a la traductora).
** Referencia al personaje protagonista de la novela de Norman Manea *Anii de ucenicie ai lui August Prostul* (*Los años de aprendizaje de Augusto el Tonto*, (novela documental), Editorial Cartea Romãneasca, Bucarest, 1979 (3.ª edición. Iaşi, Editura Polirom, 2010).

Érase una vez que se era, el despertar matinal.

Un ojo abierto, el otro cerrado. Veía o adivinaba la puerta y un sobre amarillo debajo.

Dormía mucho últimamente, le costaba despertarse y no lo hacía del todo, caía enseguida en la nada. Se había acostumbrado al prolongado letargo. Cerró el ojo abierto, se quedó dormido de nuevo, se despertó, reapareció el sobre amarillo. Golpes repetidos en la puerta. Estaba impaciente el pájaro carpintero, la puerta pintada de rojo lo irritaba. El lirón la había pintado de rojo, el color oficial, para provocar irritación o desagrado o miedo. En la puerta entreabierta, un mensajero con un sobre amarillo en la mano. Llevaba un traje gris, bien cortado, lleno de insignias, y un cinturón de turista, con una hebilla grande, verde. Era esbelto, macizo; el traje, ceñido, se le amoldaba al cuerpo. El cabello negro, espeso y alborotado, un bigotito fino, negro, brillante, engomado con betún. El mensajero se volvió hacia la puerta entreabierta y le susurró a su acompañante: «No se levanta. Es un holgazán».

–¿Quiénes son ustedes, qué quieren? –preguntó el lirón.

–Ya te enterarás –respondió el mensajero, desde la puerta–. Ya te enterarás, sí, sí, esa es la orden, que te enteres.

El durmiente bajó de la cama, en calzoncillos y camiseta, se dirigió hacia el baño. En la puerta del baño se encontraba, ahora, precisamente, el gemelo del mensajero que había entrado, cuándo, cómo, por la puerta abierta. Tenía en la mano un papel con muchos sellos.

–No te preocupes. Te quedarás en casa, no puedes salir. Estás bajo arresto. Arresto domiciliario. Así se le llama, arresto domiciliario.

El flacucho de traje gris señaló la puerta abierta del baño donde el gemelo esbelto, de cabello negro y bigote engomado con betún, con el mismo traje, estaba sentado ahora en la tapa del retrete, sumido en la lectura de un texto. Sobre las rodillas, otro sobre amarillo. El lirón se había incorporado, estaba ahora de pie, junto a los desconocidos idénticos, con idénticos sobres amarillos en la mano, que contemplaban con descaro los calzoncillos rotos, del lino más delicado, del cautivo.

¡Arrestado así, sin justificación alguna! Ahora, cuando acababa precisamente de despertar y esperaba que su hermanita le trajera la humeante taza de café con leche y el cruasán recién calentado en el horno. Tamar, quería gritar, pero el miedo le atenazaba la garganta. Al fin y al cabo, estamos en una república popular, constitucional, en el mundo reinan la paz y la armonía, la gente de todas partes se ama, se respetan las leyes, los agresores no tienen derecho a irrumpir así, de golpe, en la vivienda legal de un ciudadano pacífico, con el pago del alquiler al día y las cuotas filatélicas en regla. Se dirigió, titubeante, hacia uno de los gemelos. Extendió la mano para recoger el sobre, pero el oficial le tendió la mano y se la estrechó con delicadeza.

–Me llamo Ed –murmuró, inclinándose, el titiritero, algo que hizo también el otro, su gemelo. Es difícil saber a cuál de los dos le estrechaste la mano, es decir, quién te estrechó afectuosamente la mano.

El durmiente intentaba despertarse, no estaba en absoluto seguro de haberlo conseguido. Un ojo abierto, otro cerrado, como antes, hace una hora o dos o vete a saber cuándo. De un tiempo a esa parte dormía demasiado, le costaba despertar y no lo conseguía del todo. Volvió a abrir, al cabo de un rato, los dos ojos, veía la puerta por debajo de la cual alguien había introducido un sobre amarillo. Abrió los ojos de par en par, se frotó la frente bañada en sudor, decidido a despertarse.

Tamar, quería gritar, suplicando un sorbo de café. Pero el durmiente recordó que hacía mucho que Tamar no vivía ya con él. Recordó, así que se estaba despertando, se había despertado.

La nota oficial era lapidaria.

MINISTERIO DEL INTERIOR
SERVICIO DE LA SECURITATE ESTATAL
Estimado camarada:
Está usted convocado en nuestra sede de la calle Arena 27, despacho 22.

Camarada coronel Vladimir Tudor

Sí, sí, presentía algo aquellos días, tenía que suceder algo. Me llamo Ed... Y el otro también Ed. ¡Y ahora el coronel Tudor!... ¿Quién será ese? Hasta ahora recibía tan solo mensajes de capitanes, rara vez de un mayor, pero no de coroneles y no lo convocaban en la sede de la temida institución, sino en extrañas direcciones de viviendas clandestinas. No, no en la sede de la institución. El sueño, sí, sí, no lo había olvidado: el pájaro carpintero nervioso en la puerta, el texto leído en el baño. Ed y Ed, ante el inculpado. Sí, inculpado, se confirmaba, no era una suposición. Se confirmaba y no era una sorpresa. Las sorpresas no tenían ya prestigio, nada era ya sorprendente, nadie podía ya mostrar asombro.

Unos días después de la aparición del sobre amarillo, el durmiente dejó de preguntarse sobre la culpa. No tenía ninguna importancia cuál de sus culpas preocupaba a los camaradas que velaban por el orden y la paz del país. Los ciudadanos de la República escondían bastantes culpas. Todos eran sospechosos, aunque solo algunos eran escogidos para la guillotina.

En la ventanilla en que ponía AUDIENCIAS, el oficial tenía la gorra ladeada sobre la ceja izquierda.

–He sido convocado ante el camarada coronel Tudor. Hoy, viernes, a las 16 horas, en el despacho 22.

El oficial se enderezó la gorra y le tendió un cartón azul en el que ponía AUDIENCIAS 22.

17

El coronel no llevaba uniforme. Vestía un traje elegante del color del viento rabioso y una corbata de seda con motivos chinos. Bajo y regordete, cabello negro peinado con brillantina. Gafas con lentes pequeñas, graciosas. Manos grandes, inmensas. El inculpado se sentía abrumado por la humilde altura del interrogador, así como por su propio cuerpo delgado y largo y fino como un tablón. Él, el investigado, llevaba el pelo rapado, iba vestido con descuido, con una cazadora de poliéster negro sobre una camisa que habría sido blanca en algún momento.

–¿Qué? ¿Te gusta mi corbata? Me la regaló la mujer de un colega que visitó la Muralla China. Me chifla todo lo oriental. Del Lejano Oriente.

La familiaridad del coronel encerraba algo sospechoso. No era ya la brutalidad de los capitanes o del mayor que lo convocaban en distintos pisos particulares cuyas llaves utilizaban mientras los inquilinos no estaban en casa. El oficial bajito y arreglado va a pasar enseguida, con toda seguridad, del tuteo al usted y luego otra vez al tuteo, para que se te olvide cómo dirigirte a él.

El camarada coronel Tudor sostenía en la mano una tabaquera de plata con incrustaciones orientales. Del Lejano Oriente. Señaló el sillón de enfrente, abrió la tabaquera.

–Gracias, ya no fumo –gimoteó el larguirucho.

–Son cigarrillos Kent. Imperialistas. Estupendos.

El inculpado conocía la marca de cigarrillos americanos que preferían los oficiales, una especie de emblema elitista, la propina para los médicos, los carniceros, los abogados, los mecánicos de limusinas y los vendedores de gasolina, los intermediarios sin los cuales la vida cotidiana no podía funcionar. El elegante coronel encendió un cigarrillo largo, su huésped contemplaba el decorado amueblado con elegancia.

–Sí, el despacho no es de los corrientes. Veo que estás admirando lo muebles, los espejos. Se ajustan a mi función, al igual que mi indumentaria. ¡Servicio de pasaportes! En algún momento usted solicitó un pasaporte.

La inmensa mano del interrogador era demasiado maciza para el cigarrillo fino del que se elevaba, formando volutas, el humo.

–Sssí, hace mucho. Muchísimo. Recibí siempre respuestas negativas y luego renuncié.

–¿Y ahora? ¿Volvería a renunciar ahora?

El interrogado guardaba silencio, ni siquiera se le veía, a pesar de lo largo que era, perdido en las profundidades del sillón.

–Ahora la situación del país ha empeorado todavía más, ¿no es verdad? ¡Un desastre! Eso es lo que afirma usted en todas partes.

–¿Yo? –gimió la sombra del sillón.

–Sí, eso es lo que dice en todas partes. Entre sus amigos, y no solo con ellos. Unos amigos no precisamente pacíficos, diría yo.

–Pero cómo…. –farfulló el larguirucho cada vez más confundido.

–¡Pues sí! Frecuentas cada vez más grupos que se dicen patrióticos. Demasiado patrióticos. Sospechosos. Miseria extendida, dicen los charlatanes, sobrevigilancia extendida, la comedia del tirano. Más o menos esos son los clichés que ustedes agitan.

El camarada coronel tenía una voz agradable y una mirada afilada, acababa de encender otro cigarrillo Kent que sujetaba entre dos dedos gruesos. El ciudadano derrumbado en el sillón callaba. Inspeccionaba con la mirada los espejos de las paredes que sustituían a los habituales retratos oficiales. Ningún retrato, ni siquiera el del más amado hijo del pueblo o el de su esposa, la Menudita con dientes y guadaña de oro. Solo espejos con unos marcos curiosos.

–Dejemos esto. No lo he convocado por ese asunto. No está siendo investigado, las investigaciones se llevan a cabo en otro sitio. Esto es el Servicio de Pasaportes. Ah, sí, que no se me olvide… otro cliché que hace circular es que se han multiplicado los informantes. Por eso ha pintado su puerta de rojo, como los transformadores de alta tensión y peligro de muerte. Chiquilladas, por algo dicen sus colegas que es usted un chiquillo. Si los chivatos se han multiplicado, ellos no se asustan del rojo proletario.

Las volutas de Kent elevaban un elogio grisáceo a la escenita. El oficial era cordial, elegante, ungido con todos los óleos que su papel exigía.

–Se han multiplicado de manera catastrófica, eso es lo que ustedes afirman. Como champiñones después de una tormenta de granizo, veneno y azufre, eso dice. ¿Uno de cada cuatro ciudadanos? ¿Una cuarta parte de la población de la República? ¿Y quién va a procesar esas montañas de información, qué división de analistas, psiquiatras y propagandistas estudiaría ese material que abarrota y asfixia nuestros armarios? ¿Cuántas detenciones al día con tantas denuncias? ¿Cuántas? ¿Se ha parado a pensarlo? ¿Ha meditado sobre ese problema matemático sin solución? Reducción al absurdo, así se explica el truco, pero ¿explica este la ausencia de detenciones? ¿Ha pensado en nosotros, los pobres operadores, ahogados por el archivo que crece cada hora que pasa y que lo hace en proporciones colosales? ¡Y en nuestra frustración por no poder actuar! ¿Somos nosotros tan listos, pacientes, calculadores, budistas que lo guardamos todo en reserva, a fuego lento, hasta el momento óptimo? ¡No tenemos permiso para actuar, esas son las instrucciones! Solo conservar la información en buenas condiciones, actualizada, y ya está. No se nos permiten escándalos en la prensa, como en el putrefacto Occidente... Ya no estamos bajo el estalinismo, ya no recurrimos a las detenciones. Usted lo sabe, por Dios, y se aprovecha de ello. No arrestamos, pero guardamos toda la información. La gente lo sabe, es decir, la población de sometidos lo sabe, puesto que uno de cada cuatro es un soplón, como usted afirma. ¿Y si... entre esos cuatro ciudadanos convertidos hubiera también amigos suyos, los patriotas? ¿Acaso no sabemos todo lo que cotorreáis ahí, en los bastidores del futuro?

El coronel tenía razón. El cautivo largo como una vara se había hecho cada vez más pequeño en aquel sillón que no lo protegía.

–Pero no lo he hecho llamar por eso. No por eso. ¡Se ha aprobado su pasaporte! Esa es la gran noticia. Es decir, hemos decidido concederle el pasaporte. No se lo voy a explicar, pero no es una mera casualidad. No es una simple casualidad, esta envidiable noticia no es casual.

El enmudecido escondía su asombro en el sillón. No se esperaba un golpe así. La pesadilla con los dos agentes del sobre amarillo lo había preparado para otra clase de encuentro, pero los sabuesos conocían incluso los sueños, por supuesto, habían preparado un golpe de efecto, no con un capitán o un rutinario mayor, sino con este actor reflejado en las paredes-espejo de esta sacrosanta sede.

¿Sería esa gran noticia una trampa para incrementar el número de informantes? ¿Sería incorporado también el larguirucho sin voz?

—Ya le he dicho que renuncié —balbuceó por fin el estupefacto.

—¿Por qué? ¿Porque su solicitud fue rechazada varias veces? Una situación habitual. La vanidad no tiene sentido. Se conceden pocos, eso ya lo saben sus compañeros de fatigas. ¿No desea volver a ver a su hermana? Por lo que sabemos, tiene una relación estrecha, muy estrecha, con la hermana al otro lado del océano.

—¿Agatha? —murmuró el bebé del sillón.

—Creo que Tamar. O Tamara. La mimada Amara, ¿no? ¿O Mara? Estoy bromeando, sí, estoy bromeando, sé que la bautizó Agatha. Así se dirigía a ella en las cartas y nosotros no hemos descodificado el apodo.

¡Así pues, los informantes! Uno de cada cuatro honorables ciudadanos conocía la estrecha relación, demasiado estrecha, con Agatha, pero no tenían el código. Tamar, llamada Tamara, no tenían ni idea de por qué aparecía también Agatha, no lo sabían todo. Hay secretos inaccesibles para esos iniciados, esa era la noticia de verdad por la que merecía la pena la audiencia en la sede de la *Securitate* Estatal.

—Sí, sí, Tamara, no Agatha.

—Así que renuncia. ¿Renuncia de verdad? ¿No se puede alejar de sus amigos los patriotas o de la Patria hundida en la miseria y la tiranía o de los soplones idiotas y de sus jefes idiotas?

–Sí, renuncio –gimoteó Mudito.

El coronel dio una calada a otro cigarrillo capitalista.

–¿Así de simple? ¿Renuncia? ¿Se va a quedar aquí, en el terror? Eso dicen sus amigos, que han aumentado la miseria y el terror...

–No puedo abandonar el país precisamente ahora. Vamos juntos, el país y yo, hasta el final.

–¡Abandonó a su hermana! O la animó a que lo abandonara... a que se salvara, eso es lo que le dijo. ¿Y Günther? ¿Qué pasó con él? El amigo Günther, el comunista insatisfecho con nuestro régimen comunista. Balcánico, así lo llamaba, no comunista. Y la prensa ahora llamada libre, es decir, pagada por los capitalistas, afirma que nosotros expulsamos a las dos minorías esenciales del país, a los alemanes, serios y trabajadores, y a sus correligionarios.

–Yo no tengo religión –farfulló el minoritario.

Se instaló el silencio, un silencio absoluto. No se oía ni el zumbido de una mosca, tampoco las palabras llegaban al interrogador.

–¡Así que no quiere abandonar el país en el que ha sido acosado! ¡Eso sí que es heroísmo! ¿Abandonar el país? ¿Abandonarlo? ¿Por qué? ¿Es que somos unos críos? ¡Somos unos chicos mayores, hombre, ya lo sabemos! Aunque algunos sean unos criajos traviesos y liantes, pero lo pagarán, incluso aunque tengan carné de identidad, carné del sindicato y tal vez, incluso, el del partido. ¿No puede abandonar a unos pobres chavalillos disidentes? ¿Qué dirá su señor cuñado? Hace ya unos cuantos años puso un gran empeño personal y oficial para la aprobación de este pasaporte.

–Pero no lo aprobaron, a pesar de todos sus esfuerzos, no lo aprobaron.

–¡Ahora se ha aprobado! También nosotros enmendamos nuestros errores, somos personas, no monstruos, como creen sus amigos. Cometemos errores, los corregimos, cometemos otros, los volvemos a corregir. En fin, decídase, yo ya le he comunicado la aprobación. Puede reencontrarse con su hermana y su cuñado. Esto es todo. Tal vez con Herr Günther o Genosse Günther, creo que así se llama entre los seguidores de Marx y Engels. Genosse Günther.

La autoridad se incorporó sobre sus piernas cortas, el invitado se levantó también, una vara larga y delgada. Se preguntaba si el objetivo del encuentro habían sido los amigos patriotas o el cuñado yanqui o el alemán marxista.

–¡Y, evidentemente, regresará! Regresará al cabo de un mes o dos, a casa. A la patria. Adonde sus amigos. El lugar de partida es también el lugar de regreso. Y el lugar natal es insustituible. Un lugar único, la geografía natal. A la que se siente unido, lo sabemos. Y lo demuestra. Muy unido, eso se ve. Al igual que su amigo Günther, ¡tampoco él quería abandonar el país que sus antepasados vinieron a colonizar hace ochocientos años! Quería quedarse aquí, criticarnos por ser unos alelados y porque nuestro comunismo es una representación primitiva. Representación, circo. ¡Tienen algo en común, ahí está!

El interrogado callaba. El humo del cigarrillo era delicado y perfumado, como los placeres prohibidos.

–Tiene tiempo para pensárselo. El pasaporte está aquí, lo espera. La estancia en el extranjero se puede prolongar en nuestra embajada si considerara necesaria una ampliación.

El pasaporte no era una casualidad, pero ¿cómo había que compensar la generosidad de la Autoridad? ¿A través de una actitud concesiva del cuñado yanqui respecto a la Patria de su esposa?

El cigarrillo se agotaba, la audiencia llegaba a su fin, el humo se disolvía. El coronel ya no sonreía.

–¿Sigue asistiendo al teatro? ¡Se acentúa la miseria, se acentúa la tiranía, pero el teatro sobrevive! Un teatro extraordinario, entre los mejores del mundo, ¿verdad? ¡Grandes talentos, muy grandes! La escena nacional está siempre viva, incluso en épocas difíciles. La escena está viva, la calle está viva, al igual que los campos de fútbol y los restaurantes y los mercados y las canciones y los chistes. Reconózcalo, también los chistes. Así recuperamos la energía, en la taberna y en el mercado y en los baños de vapor. Y en el circo, claro, y en el circo. He leído sus textos sobre el circo. Los he leído con atención, sé que no están al alcance del vulgo. Los he leído con placer y distancia, no he buscado el subtexto. No me interesa, no persigo trampas.

El actor esperaba la réplica del interrogado al que siguió honrando con su provocadora interpretación. No recibió, sin embargo, la réplica esperada.

–Nuestros hombres han intentado varias veces contactar con usted, no se ha mostrado demasiado entusiasta. Lo hemos entendido y le hemos dejado en paz. En la paz no demasiado pacífica de unas amistades en absoluto pacíficas. En fin, ¿cómo queda lo del pasaporte? El pasaporte largamente soñado, la hermana largamente soñada. Y el berlinés Günther, el comunista irredento, el soñador. El soñador incurable.

–Me lo pensaré. Ha sido usted muy amable, muchas gracias. Me lo pensaré, es una decisión importante.

Sí, era importante, desde que también el teatro se había…, no solo la miseria, el teatro crujía de tanta caricatura. Se detuvo, el coronel bajito lo miraba de arriba abajo.

–¿Podría darme un cigarro?

El interrogado sonreía, el coronel no sonreía, pero sacó rápidamente la tabaquera del bolsillo.

–Ah, por supuesto. Parece haberse decidido. El pasaporte significa cigarrillos finos… Aunque el doctor Sima le quitara el tabaco hace ya varios años. También él, el gafotas de Eduard, le trató durante aquella enfermedad… o síndrome, el síndrome no sé qué. Ah, ya sé. FR, creo que así se llamaba, Fobia a la Realidad, sí, FR. Miedo a la realidad. El doctor Eduard Sima opina que esa aventura por el ancho mundo será el remedio definitivo. No lo ha visto de nuevo desde hace mucho tiempo, demasiado tiempo…

El mudo estaba paralizado, no hacía movimiento alguno. El último golpe había sido bueno, magistral, se le olvidó incluso el cigarro, aunque el mechero del camarada seguía encendido. Se inclinó, encendió el cigarro, se inclinó de nuevo para darle las gracias a la Autoridad, que le tendía una mano grande y blanca.

LA NOCHE MÁS LARGA

La noche del suicidio que no tuvo lugar, disfrutó de una cajetilla de cigarros baratos, mapacho fuerte y apestoso, una botella de vino de garrafón, como dice la gente, y largas pausas entre preguntas sin respuesta. Hasta el alba, cuando la respuesta no necesitaba ya las preguntas.

¿El final disfrazado de un nuevo comienzo? ¿El exilio? ¿Otro exilio? ¿Cuál de tantos? Se había acostumbrado al exilio en su tierra natal; había aniquilado poco a poco los reflejos de liberación. Apareció de nuevo la sonrisa omnisciente del coronel de opereta.

«Usted sufrió en la infancia, lo sabemos. Al igual que su hermana», le informó el omnisciente coronel. ¿Al igual que su hermana o *con* su hermana?

«No lo suficiente», musitó el sufriente.

«¿Ha dicho algo?», se interesó el actor.

«No, nada», respondió el larguirucho, repitiendo para sí, «no lo suficiente, no lo suficiente».

No lo suficiente, camarada Tudor, puesto que camino, como y duermo e incluso escucho en la sede central de la *Securitate* Estatal la propuesta de liberación. Una solución terapéutica, al parecer, en opinión de su colaborador, el doctor Eduard Sima. Los reflejos de la larva no pueden ser sustituidos por los del renacer, debería habérselo dicho el especialista, pero usted ya lo sabe, nos han adiestrado para aprender la técnica de la somnolencia, la espera en duermevela y sin sentido, en la pequeña celda con la puerta ensangrentada que bloquea a los no invitados. Entre libros y pesadillas me diplomé en estoicismo autodidacta, despreciando la carrera en busca de riquezas y aventuras, en busca de los fantasmas de la felicidad. ¿El síndrome FR? Sí, estoy orgulloso, como un fanfarrón, del éxito de mi desgaste, de la pérdida de la vitalidad y de los reflejos de defensa. Arrojarme a la vida, ¿dónde y para qué? El aislamiento en la celda roja abre horizontes imaginarios e infinitos, inabarcables, inaccesibles a los pobres conquistadores de lo cotidiano, aturdidos por el humo de los cigarrillos dorados.

«Ya lo sabemos, sabemos muy bien lo que significó la pesadilla del campo de concentración, donde perdió a sus padres. La guerra, qué se le va a hacer... ya lo sabemos y, sobre todo, nos lo podemos imaginar. La profesión nos obliga a ser imaginativos.»

«Sí, camarada coronel, el cautivo se vuelve indiferente al cautiverio con el paso de los años», quería responder el interrogado que guardaba silencio.

«¿Ha dicho algo?», preguntó, de nuevo, el interrogador profesional.

«No, nada», respondió el interpelado, mientras se repetía, sin voz, que el camarada Tudor tenía razón al despreciar la ilusión del cambio y que el único cambio honorable era el pasaporte. Allí, en otro puerto, lo esperaba Tamar, la llamada Tamara, la amarga Mara, a la que solo su hermano podía identificar como Agatha, el nombre codificado del secreto.

Se creía salvado, gracias a su partida, del vínculo sangrante, pero no había dejado de echar de menos a la atolondrada de Agatha, como la llamaba, de hecho, en secreto. Sin confesárselo, sin el valor de confesárselo. Ahora, en la noche interminable, envuelto en el humo del cigarro, bajo el influjo del veneno del vino asqueroso, era arrojado, de nuevo, al pasado que no había pasado.

¡Exilio, por tanto! Un exilio diferente al de la infancia con alambre de espinos. ¡Exilio! La liberación de la miseria y de la tiranía, el alejamiento de los espías multiplicados como setas después de la tormenta de promesas mentirosas. Un renacimiento, cuál de ellos, tras la larga muerte inacabada, la regresión a la infancia. Recordaba el día de la salida del campo de concentración, el final de la guerra, los gritos de júbilo de los prisioneros, los brazos largos y huesudos de Debora, la madre del bebé Tamar. Debi, la tía convertida en su madre, lo abrazaba contra su pecho entre sollozos. La tía Debi, la hermana joven de su madre, la madre muerta en los primeros meses en el campo. Debi, convertida en amante de su padre, el viudo engullido también, un año después, por la noche-dragón. Los desgraciados cambiaban continuamente el nombre de la muerte por tifus a la muerte por cáncer y por tuberculosis y por in, inanición, inanimación, ni siquiera ellos sabían, de hecho, cómo llamar a la maldición.

La aparición del ángel Tamar, la hija de Debora y del cuñado convertido en amante, fue la señal sagrada de la esperanza. Las carcajadas de los fantasmas locos de alegría eran inolvidables, reía también Debi, la madre de Tamar, convertida también en madrastra del huérfano que le apretaba, asustado, la mano, para que no escapara, para que no se le escapara, para que no sucediera lo que había sucedido ya con su madre y su padre, engullidos por los tigres nocturnos.

¡No, no se marchará a ninguna parte! Se quedará hasta el final aquí, junto a la tumba de su madre Debi, envuelto en las cartas de su hermana Tamara, con la que había pasado de un orfelinato a otro y de la que no podía separarse ni en sueños, abrazados en la misma placenta, como los siameses. Aquí, en su país natal, se había iniciado en las complicidades de la sumisión. Aquí se había enamorado de las palabras y se engañaba con la idea de que no vivía en un país, sino en una lengua. No, no se sentía preparado para volverse sordomudo en el País de la Prosperidad incluso aunque su señor cuñado hubiera cedido a la insistencia de su esposa para que trajera a su hermanito incestuoso al Otro mundo y al de Después.

Dio una calada al apestoso cigarrillo. Habría podido conseguir unos cigarrillos Kent, como los del camarada coronel Tudor... Se vendían en el mercado negro a un precio desorbitante, al igual que el vino bueno, robado en las cavas de lujo de la Autoridad. No, camarada doctor Sima, no me asusta ya nuestro apestoso mapacho, ni su mapacho perfumado, no, tampoco este vino agrio y venenoso.

«No es suficiente veneno», eso farfulló, para sí, cuando el camarada interrogador encontró el momento oportuno para mostrar su compasión por los supervivientes de la solución final. «Usted sufrió a edad muy temprana, al igual que su hermana», recitó la Autoridad sin escuchar su respuesta. Que tampoco llegó.

No lo suficiente, no lo suficiente, camarada coronel. El veneno del sufrimiento no había logrado su objetivo, puesto que el resucitado de entre los muertos continuaba con sus espectáculos cotidianos y cabeceaba ahí, en el amplio butacón de la *Securitate*. ¿El campo de exterminio? ¿Las persecuciones? ¡No, ni una palabra! ¡No voy a participar en vuestros hipócritas espectáculos! Callaré como un muerto, como un ejecutado entregado al crematorio, no voy a ofreceros el libreto de la compasión oportunista, un párrafo de discurso lacrimógeno.

El coronel había sido cuidadosamente instruido sobre cuándo y cómo utilizar la partitura, no se trataba ya de un pasaporte, sino de la relación con los grandes poderes, por eso habían elegido a un coronel –no a un capitán o un mayor–, educado en la elegancia y las buenas maneras, preparado para causarle una buena impresión al futuro tránsfuga, ya fuera Günther, evacuado a donde sus teutones, o a este especialista en el mundo del circo, honrado al final con el «golpe de Sima», para abrumarlo por completo.

¿Eduard Sima? ¿Ed? NO, no, es imposible, los hermanos Ed eran morenos, con el cabello y el bigote engomados con betún, mientras que el doctor Sima era calvo y gordito, con ojos azules, de angelito, y una reputación perfecta.

Una premonición, ¿eso anunciaban los gemelos Ed? La pesadilla había sido una premonición, ¿quién iba a imaginarlo? El doctor Eduard Sima era de una integridad impecable, a nadie se le habría ocurrido la locura de ponerla en duda, el psiquiatra informador de la policía cuidaba, con rigor, de su fama y su tarifa.

¡Lo único que los sabuesos no han conseguido descodificar es el nombre de Agatha! Habría sido demasiado buscar por las bibliotecas el volumen que había inspirado al investigado a considerarse «un paria sin atributos», con una hermana rica en misterios. «¿Se te ha olvidado quién te deportó y quién mató a tus padres?», le había preguntado Agatha cuando se negó a seguir sus pasos.

«De lo contrario, no te habría conocido», farfulló el comediante, decidido a zaherirla. «¿El odio contra los asesinos del Redentor y contra los usureros con tirabuzones, amantes del oro?», preguntó, molesto, el hermanito. «Lo conozco, conozco también qué ha significado el odio antes y después del campo, los recelos perpetuos y la persecución perpetua y la envidia en el infierno de hoy en día.»

No siguió a Agatha. El cínico se quedó para estudiar la Historia del Circo y para analizar los logros de la Utopía como farsa. De hecho, no, no había sido ese el motivo. El miedo a lo desconocido, FR, pero también a lo demasiado conocido llamado Agatha. «Sí, yo me quedo aquí, no soporto la idea de convertirme en vagabundo, lo que me han dicho siempre que soy. ¿Ser anónimo en el desierto, sin otra identidad que el salario administrado por el pragmatismo yanqui?» Así respondió el experto en Historia del Arte y del Circo al periodista yanqui convertido en su cuñado. Mordido por un perro callejero, fue ingresado en el hospital de enfermedades infecciosas donde conoció a la bella doctora. La víctima de la rabia canina se transformó en un sonámbulo dependiente de su brillo cegador. El hermanito veía ahora a Agatha en el vaso de vinacho amarillo, entre los anillos de humo venenoso, mientras repetía, una y otra vez, el mismo estribillo humilde, aprendido precisamente de ella: «¿Y tu madre y tu padre y los tíos y las tías que se quedaron en las fosas de los bosques desconocidos? ¿Es que no importan? ¿Y mi madre, que se convirtió en tu madre y que nos dejó huérfanos, en el hospicio para los niños perdidos?».

Dio otra calada al cigarro envenenado y tomó otro sorbo del vino envenenado, escrutando a su hermana perdida en las aguas del vaso que temblaba en su mano sudorosa.

«No quiero cargar con esas sombras a un mundo extraño. Me quedo aquí, en la miseria y el terror. Entre amigos y espías y policías adiestrados para bailar la danza de las componendas. Me he acostumbrado a ellos, no tengo fuerzas para adquirir las maneras de la prosperidad.» A continuación, murmuró sin arrojo: «si yo me quedo, tienes que quedarte también tú». Oyó la respuesta susurrada del vaso y no quería oírla: «Si yo me marcho, tienes que marcharte también tú».

No se había marchado, ahora era todavía más tarde que entonces. ¿Qué podría vender en el mercado de la libertad, qué sabía hacer, qué podía ofrecer y a quién? ¿El doctorado en Arte e Historia del Circo? No era médico, como Agatha, y tampoco poseía sus encantos. La botella se había vaciado, la cajetilla de tabaco no se había vaciado. Agatha seguía aquí, atónita, al igual que en otra época, por los desvaríos de su hermanito, decidido a pagar hasta el final la culpa por haber sobrevivido sin haber sufrido lo suficiente, como afirmaba él, sin haber muerto lo suficiente, como tantos otros. «Ya no soy competitivo, hermanita. Tal vez no lo haya sido nunca. Soy la sombra sin atributos, que decía ese autor[4] que tú rechazas. No puedo ser ni pintor de brocha gorda, ni chófer, ni mago, estoy atrapado por las cadenas que yo mismo he creado. No siento nostalgia, creo en la inutilidad de la ceniza en que nos convertimos todos después de pasar por los hornos de las ilusiones. Sí, tienes razón, hablaremos por teléfono, como de costumbre. Y no tendremos el valor de la expiación, nos faltará de nuevo el valor, tampoco la decencia de envolvernos en el cable de dinamita del teléfono, ligado al explosivo de la añoranza, para poner fin a la farsa.»

Agatha callaba y sonreía ante su viejo palabrerío. La sonrisa conocida, irresistible, que humilla los balbuceos del comediante que correrá dentro de poco, sofocado, hacia el aeropuerto, hacia la libertad y la aventura, hacia el futuro llamado Agatha, bautizada así por un lector que creía no tener atributos. No, no se marchará, el vino malón y pútrido le había convencido, estaba listo para vomitar sus certezas. Tumbado, desnudo, en el suelo, junto a la puerta ensangrentada. Escuchaba el vaso que silbaba, furioso, con una voz entrecortada. «Que no eres competitivo, ¿eso es lo que estás diciendo, so comediante? ¿Cuando nos pusimos los dos, huérfanos sin Dios, a engullir los manuales de la escuela o a trabajar donde podíamos, durmiendo en cualquier sitio y comiendo lo que caía del cielo, pero rechazando la resignación, la apatía a la que te entregaste después con tanta indiferencia? ¡Preguntas de sentido común, hermanito! Basta con que mires a tu alrededor, a la feria de eslóganes falaces, y encontrarás las fuerzas para romper la puerta color sangre y desertar, lejos del país que nos alumbró y nos arrojó a la nada para volver a parirnos luego y amaestrarnos como conejillos de indias. ¿Te has empecinado, como hacías de niño, cuando descubrías tus debilidades y cerrabas la puerta con cerrojo? Has olvidado, creo, cómo me llamo. Ya no soy Tamar, Tara, Ara, soy Agatha, solo *tú* lo sabes. Y voy a ser solo Agatha, como decidiste, en otra época, cuando hablábamos la misma lengua.»

¿La misma lengua? ¿La lengua del pasado que desaparece en cada instante? ¡No, partir no resuelve nada! Fata Morgana, el vacío de una nueva ilusión. Otra inutilidad. «No, no cuelgues el auricular, escúchame, créeme, es otro aplazamiento, otra pérdida. Basta, basta, compréndeme, tú, que lo comprendes todo y no has podido olvidar comprenderme.»

El rostro desapareció del vaso, la voz persistía, débil, cada vez más débil, no podía perderla. «¡No soy Agatha! No he nacido en un libro, sino de una mujer, mi madre y tu tía. Soy real, aunque esté lejos, demasiado lejos. No me llamo Agatha, sino Tamar. No me expulses a un libro, más lejos de lo que ya estoy, solo para que me puedas encontrar en cualquier momento, ahí, encadenada a unas sombras sin atributos, no a ti, mi hermano real, con cualidades reales y defectos reales. No puedes separarte de la tumba de los libros con los que te has tapiado, de sus portadas de plomo. ¡De ellos no te puedes separar, de ti no te puedes separar! ¡De la inutilidad de tus muros!»

Tumbado en el suelo, junto a la puerta, estiraba el brazo para encontrar la cajetilla de cigarrillos apestosos. No lo conseguía. Estaba borracho, como había querido, en la noche de la bebida miserable y los cigarros miserables, en la miseria del paraíso de donde había sido enviado a la muerte, luego resucitado, sospechoso, escupido, un paraíso que no podía abandonar.

«De ti no te puedes separar, ¿no es así? ¡Esa es la maldición! La hermanita lo conocía. Adondequiera que vayas, sigues siendo tú. Las estanterías de libros son vanidad, hermanito, no la aventura de reencontrarme. Se te ofrece una oportunidad única, la vida de antes y de después. La vanidad junto a Agatha, el renacer. Regresarás, dichoso, a las edades de otra época. ¡Y crecerás de nuevo, como en otra época, junto a Agatha!

La oía, no la oía, estaba borracho, cansado, no encontraba los cigarrillos que llevaba más de una década sin probar. La mano solo rozaba, una y otra vez, el paquete vacío y la botella vacía volcada junto al cadáver que no conseguía morir.

DICCIONARIO

EXILIO: alejamiento forzoso del país natal o ausencia prolongada de la patria; situación en la que una persona se ve obligada a vivir en otro país.[5]

ERRANTE, s. m.: 1) alguien que vaga o ha vagado durante mucho tiempo, emigrante; 2) vagabundo, ambulante, trotamundos (estrella errante, planeta errante); 3) desarraigado, exiliado, refugiado.

ERRAR, vb.: 1) desplazarse sin un destino preciso, vagar, vagabundear; 2) abandonar el lugar natal, el país; emigrar, refugiarse.

AVE MIGRATORIA: ave que pertenece al género de los *Vagatores* *(Wanderers)*, el cuarto del sistema de clasificación MacGillivray (cuervos, arrendajos, urracas, etc.).[6]

ALBATROS ERRANTE: ave marina *(Diomedea exulans)* de grandes dimensiones, el mayor y más grande de los albatros.

ARAÑA ERRANTE: araña del género de las *Phoneutria*, llamada también vagabunda o del banano.

JUDÍO ERRANTE: judío de la leyenda medieval, condenado a vagar hasta el día del Juicio Final, por haberse burlado de Jesús el día de la crucifixión.

REFUGIADO, m. y f.: persona que, debido a la persecución religiosa o política, busca refugio en un país extranjero; término que se aplicaba inicialmente a los hugonotes que emigraron de Francia a Inglaterra tras la revocación del Edicto de Nantes, en 1685.

Y LLEGÓ EL DÍA SIGUIENTE

El calendario cumplía su cometido: érase una vez que se era, como nunca.

Día de fiesta: el desarraigo. Un día claro y frío, el cielo lejano. Después de recibir el pasaporte verde en la ventanilla de la Autoridad, acató las pautas de prudencia y confidencialidad, como se le había requerido. Lo protegían además de la envidia de sus amigos y de la matraca de los espías. Sabía que la suerte, la trampa, el privilegio podían ser anulados en cualquier momento, sabía también que la sospecha que aseguraba el funcionamiento del sistema no cesaría con la fuga del cautivo, el mercado de almas y recompensas seguiría enviando a sus intermediarios por los montes y los valles y las aguas, allá donde fuera necesario.

El ritual de la aduana se desarrolló lentamente, sin incidentes, la maleta fue analizada pieza a pieza, camisas, corbatas, bufanda, guantes, zapatos, zapatillas, pijamas, no encontraron la bomba atómica por ningún sitio. Se hallaba ahora ante el último oficial, que lo miraba con atención, sin decir palabra. El pasajero miraba, a su vez, al centinela para comprobar si su aspecto bohemio no había provocado su hostilidad. Con la cabeza y la barba recién afeitadas. Vaqueros recién lavados, camisa blanca, almidonada, chaqueta brillante, azul marino, con grandes bolsillos en la pechera. Gafas ahumadas, como en las películas de gánsteres.

–El pasaporte, por favor.

La mano al bolsillo izquierdo de la pechera de la chaqueta: una libreta delgada, amarilla, como un carné. Volvió a guardar, apresuradamente, aquel cuadernito en el bolsillo.

–No, no, no se dé tanta prisa, veamos qué es eso.

Intimidado, el viajero le tendió la libreta amarilla.

–¿Qué es esto? ¿Qué cojones es esto, jefe?

El jefe callaba, también el centinela, electrizado por la sorpresa. Un silencio largo por ambas partes.

–Una guía. Para el viaje –se atrevió, finalmente, a balbucear el viajero.

El centinela se espabiló, ofendido.

–¿Qué? ¿Cómo ha dicho? ¿Una guía? ¿Así de pequeña, diminuta, para poder esconderla en el bolsillo? Qué guía será esa. Un código, tal vez un código, ¿verdad? ¿No es verdad?

El aduanero, decidido a descifrar el código, sostenía la libretita amarilla casi pegada a los ojos.

–A-del-bert. A-del-bert –silabeó el soldado–. ¿Qué es eso? ¿Qué será eso? Un pasaporte extranjero no es.

–No, no, disculpe, me he confundido de bolsillo –balbuceó el gafe–. Esto es para leer en el avión, sin más. Para matar el rato... para el viaje.

–¿Qué será? ¿Una guía de viaje? ¿Cómo columpiarse en el avión, cómo respirar en los ciclones? Wunder. Wurder-sa-me –siguió silabeando el soldado.

–Una historia, un cuento para niños –respondió, sereno, el sospechoso.

–¿Para niños? ¿Para niños, dice? ¿Una guía para niños? Pero usted ya no es un niño, no estoy equivocado, no lo es.

El soldado sopesaba al culpable con la mirada, de arriba abajo y de abajo arriba y por los costados. No se equivocaba; ¡Tândala no era un niño! No, ya no era un niño; idiota, pero no un niño. El soldado se volvió hacia el soldado de al lado, que estaba controlando la maleta de una vieja corpulenta.

–¡Ion, ven pa'cá!

Ion se acercó, rollizo y sonrosado.

–¿Qué es esto, Ion? ¿Alemán? ¿Sabes alemán?

–No sé, vamos a enseñárselo al camarada capitán. El camarada capitán Dobre tiene un perro grande, alemán, llamado *Doberman*. *Costache Doberman*. Sabrá algo de alemán.

El Soldado Uno parecía reírse del Soldado Dos, pero se giró, más receloso aún, hacia el mentiroso que no era ya un niño. Lo miraba de frente, con dureza, levantando con la derecha, bien a la vista, el objeto del delito.

–Re-clam, Phi-lipp Reclam jun. Stutt-gart. Universal, Universal Bi-Bliothek.

Y de repente, un truco: la libretita desaparece en el bolsillo trasero del uniforme oficial.

–¡No está permitido! No se puede sacar del país material impreso sin un permiso especial. La aprobación del ministerio en cuestión, el Ministerio del Interior. Sobre todo, los textos extranjeros, en lenguas extranjeras, no pueden abandonar el país sin permiso. Haga una solicitud y espere la aprobación.

El pasajero no protestó, el objeto del delito quedaría a buen recaudo. En el bolsillo de la Oficialidad, a salvo de intemperies y accidentes.

El Soldado Uno añadió otro gesto de cautela y cerró el corchete del bolsillo trasero. Ahora examinaba y volvía a examinar la fotografía del pasaporte, comparándola con el original que tenía delante. Un examen minucioso durante el cual se podía ejercitar la memoria. Era un sábado lluvioso, había mucha gente aquel día donde el fotógrafo; el cliente estaba pertrechado con

35

una cajetilla de cigarrillos Kent, una tableta de chocolate alemán y un jabón de buena calidad, francés –alguna de estas maravillas tendrá que surtir efecto. Sin embargo, el fotógrafo ni siquiera miró a su cliente, tampoco la cajera gorda y rubia a la que se había esforzado por explicar que necesitaba una fotografía sin retoques, que no tuviera el aspecto de un niño de cuando leía cuentos, como le había sucedido ya con otros fotógrafos. Necesitaba que se vieran las arrugas, que la fotografía inspirara confianza en la puerta de salida. La joven de la caja lo había escuchado sonriente, arreglándose los tirabuzones oxigenados, y se había dejado finalmente convencer, como ante un niño caprichoso, cuando recibió, emocionada, el Kent y el jabón y el chocolate. Se había levantado, pesadamente, de detrás de la caja registradora y había camelado al jefe; en un santiamén la fotografía estaba lista y el profesional pasó al siguiente. Ahora la regordeta intentaba, poniendo morritos, aplacar las objeciones del larguirucho. Transpiraba por el esfuerzo y por la grasa, repitiendo que siempre hace falta un poco de comprensión cuando ves tu rostro en una fotografía buena, los pequeños desajustes entre el original y la reproducción son naturales y expresivos y, sí, muchas gracias por estos cigarrillos caros, mi hermana fuma y le van a encantar, sí, he oído hablar de esta famosa marca de jabón, estoy pensando en el baño de la noche y en el chocolate, por supuesto, soy una golosa, no puedo reprimirme con los dulces, pero no se preocupe, en serio, no tiene sentido. Los labios dibujan una mueca irónica, como corresponde, las cejas densas marcan una severidad que contrarresta la timidez, pero usted no es tímido, las orejas son finas y los ojos, qué vamos a decir, tiene usted una mirada que me perseguirá todavía cuando disfrute de estos placeres embriagadores.

El pasajero tenía el pasaporte que había vuelto a aparecer, cuándo-cómo, en sus manos.

–Nómada, ¿no? Así le llaman, ¿no? O le llamaban…

El Nómada emitió un sonido confuso. ¿Así le llamaban los informantes? En su época estudiantil, sí, sus compañeros lo apodaron «Maleta» porque se trasladaba de un casero a otro. ¿Habría informantes entre sus caseros? Por qué no, por qué no, pero había pasado mucho tiempo desde entonces, un tiempo inútil, petrificado en los archivos de los sabuesos. Sí, Maleta, ese soy, así me llamaban mis compañeros hace mucho. El destino habla siempre a través de la boca de los pecadores, ahí tienes uno, disfrazado de soldado de aeropuerto.

¿Debía preguntarle si se llamaba Ed? ¿Contraseña Ed? ¡Nómada! ¿Premonición? Premisa, premonición, predestinación... Ed, el pobre cancerbero, tenía todo el derecho a reírse de la mueca estúpida del larguirucho con los labios estirados y las cejas como arqueadas por la sorpresa. Sonreía, sonreía bajo su bigote pelirrojo, el soldado. No, no sonreía, el veneno no se había convertido en sonrisa, era tan solo una risita de superioridad.

–¡En orden! ¡Todo en orden! Lo declaramos OK, le dejamos salir al ancho mundo –decretó el soldado y le hizo un gesto al Nómada para que se dirigiera hacia el pájaro que iba a trasladarlo a donde fuera.

¿Sangraba al subir al avión? En absoluto. Así había imaginado la separación de sí mismo, sangrando. La operación de amputar la lengua había condicionado la concesión del pasaporte, el equipo de intervención recogía su instrumental bárbaro, empezará a manar la sangre vieja. ¿Sin anestesia? Con instrumentos oxidados, bárbaros. Esperaba, crispado, que empezara a fluir la sangre del cerebro y del corazón y del vientre, por qué no, y de los ojos, por supuesto, de la mirada acostumbrada al paisaje de toda la vida y de los oídos familiarizados con la fonética de su biografía, sí, esperaba resignado y aterrado y no había sucedido nada. Nada, nada, ¿quién habría podido imaginárselo?

Se tambaleó al subir la escalerilla del avión, parecía mareado y es que lo estaba. Se acurrucó luego, agotado, en el asiento estrecho de la ventanilla. La cabeza entre las manos sudadas, la maleta sobre la cabeza mareada. El pasajero descansaba, extenuado, en el vientre del camello volador, volaba, se marchaba, huía, liberado, desligado, desarraigado, hacia ninguna parte.

–¿Se encuentra mal? –le preguntó la azafata.

El pálido pasajero no respondió. Estaba concentrado, intentaba recordar las primeras palabras del librito amarillo confiscado en el control de aduana. La primera frase, siquiera la primera. «*Nach einer glücklichen… einer glücklichen, jedoch beschwerlichen Fahrt… jedoch für mich sehr beschwerlichen Seefarht*»… Así pues, por el mar, un viaje por el mar, no por el aire. Feliz, feliz, pero muy fatigoso. No dice de dónde ni hacia dónde, eso no lo dice. «*Nach einer… für mich sehr beschwerlichen Seefahrt erreichten wir endlich der Hafen.*» Un puerto, sí, la orilla desconocida, la orilla del desarraigo.

–Le voy a traer una aspirina. Tenemos aspirinas especiales para los que no soportan volar.

La joven le ofrecía una pastilla y un vaso de veneno límpido, cristalino. El paciente no parpadeó, parecía dormido, el viejo avión soviético se sacudía como loco, para despertarlo, pero nadie parecía capaz de despertar al Nómada pálido, confinado, con los ojos cerrados, en la indolencia y la ascensión. Estaba solo, solo, solo, no conseguía recuperar a Tamar, precisamente ahora, cuando tenía tantas cosas que decirle.

Hablaba con la azafata, iba a hablar con ella, sí, cuando le trajera otro vaso de veneno destilado y la pastilla de cianuro, hablaría con ella.

–No, no quería ser un nómada, créame. Tampoco mi amigo Günther quería, en vano lo abrumaron con el regalo de sus antiguos conciudadanos del Imperio alemán que le pagaron el pasaporte. Yo no sabía que el doctor Sima consideraba que era también una terapia. Probé la aventura a edad muy temprana, cuando era un crío inocente y no me sentó bien. No me sentó nada bien, no conseguí vomitarla, se me quedó en las entrañas, infectó todos los aparatos nómadas. Tampoco le sentó bien a mi querida hermanita Tamar, ni a nuestros padres, ni a los demás. Prefiero las derrotas, si son obligatorias, prefiero las ilusiones de las derrotas, pero no, no quería convertirme en nómada. No creo en la terapia de Ed Sima. Aquí, en el lugar en el que he sufrido y amado, aprendí a hablar, a escribir y, sobre todo, a leer, aquí vi el mar. El despachador del destino no me permite tener otro ADN que el de los transhumantes, lo sé. Quería quedarme aquí, no creo haber sufrido lo suficiente. Me había acostumbrado a los trucos, las componendas y las recompensas, a las canciones en lugar de oraciones, chistes renovados para una hipnosis mejor. Sí, a todo, solo me faltaba Tamar, lo reconozco, y me sigue faltando. Por eso me emborraché...

La azafata se marchó, pero el paciente seguía hablándole también solo, en voz alta, irreprimible.

—Sí, con vino barato y cigarrillos baratos y malos, me emborraché hasta que no sabía quién era Agatha ni quién era yo. Una noche larga, venenosa, que me curara la estupidez, que me arrojara, por fin, fuera del purgatorio alegre. Lejos, al otro mundo, cielo o infierno, lo que fuera, lo más lejos posible. Y el colmo es que, al alba, me desperté más tonto que antes, más decidido que nunca a quedarme en la rutina paralizante. Un cálculo sencillo, entendía el lenguaje doble, triple, múltiple, con muchos sentidos fluidos, había descubierto el placer de inventar las charadas de la supervivencia. Cauto con las metáforas, pero tentado por ellas. Saboreaba el tránsito del besuqueo a la rabia y el rencor, el humor de los espabilados, el código de los poetas, la sensualidad de las mujeres, tenía amigos y libros y montañas y mar, alegrías reales.

—¿Me ha llamado? —preguntó la joven de dentadura perfecta—. Se ha recuperado, ¿verdad? Veo que se ha recuperado.

Sí, había recuperado los lamentos. El liante no estaba en absoluto seguro de la decisión de desarraigarse. El necio no creía en la resurrección, tampoco en el renacimiento. Se había iniciado en el escepticismo y la apatía, sentía que el avión lo alejaba, lo seguía alejando de sí mismo, viejo y apestado y huérfano como era. «No se puede vivir así, no se puede aguantar más», repetían los amigos y los soplones, se acabó, hemos tocado fondo. Estaban todos agotados, también los informantes, y los amigos convertidos en informantes, el absurdo diabólico había terminado por agotarlos. «¿Y si sufres otro cólico al riñón, como hace dos meses, cuando era imposible encontrar un taxi y te salvó el cerdo de Mitu, ese soplón con coche y toda clase de maquinaciones a discreción?» Cerraba y abría los ojos, como aquellas mañanas cuando se despertaba con las sombras de los dos sabuesos y un sobre amarillo.

–¡No me vuelvas loco con esos recuerdos, Agatha! No me agobies con tus advertencias, solo quiero un poco de agua. Agua, agua, solo eso, del grifo, solo eso.

Luego Agatha había desaparecido, al igual que Tamar, sintió de nuevo la mano aterciopelada de la oficial del vuelo, que le tocaba delicadamente el cuello.

–Ya está, hemos llegado. Los demás han descendido ya, pero le ha sentado bien un poco de descanso. Se ha recuperado, el descanso le ha aliviado el pánico.

Ciertamente, no había nada que aliviar, el avión estaba vacío.

EL LECHO PRIMORDIAL

Spinoza renunció por entero a la herencia, excepto a la de un objeto: la cama de sus padres. El ledikant *le acompañaría de un lugar a otro, y acabaría muriendo en él. Encuentro fascinante la fijación por el* ledikant. *Desde luego, existían razones prácticas para conservar la cama, al menos por algún tiempo. Un* ledikant *es una cama con dosel y cuatro columnas, con pesadas cortinas que pueden echarse para transformarla en una isla cálida y aislada. En tiempos de Spinoza, el* ledikant *era un símbolo de riqueza. La cama común en las casas de* Ámsterdam *era la cama* armoire (*literalmente, una cama situada en el interior de un espacioso armario de pared cuyas puertas podían abrirse por la noche*). *Pero imagínese el lector aferrarse a la cama en la que sus padres lo concibieron, en la que jugó siendo niño y en la que murieron sus padres, y decidir dormir siempre en ella, vivir prácticamente en ella.*[7]

No importa lo acogedora que fuera Ámsterdam; no se puede imaginar la vida del joven Spinoza sin la sombra del exilio. El idioma era un recordatorio diario. Spinoza aprendió holandés y hebreo, y posteriormente latín, pero en casa hablaba portugués, y en la escuela portugués o castellano. Su padre siempre hablaba portugués en el trabajo y en casa. Todas las transacciones se registraban en portugués; el holandés se empleaba solo para tratar con los clientes holandeses. La madre de Spinoza nunca aprendió holandés. Spinoza lamentaría que su dominio del holandés y el latín no igualara nunca el del portugués y el castellano. «Me gustaría mucho poderos escribir en el idioma en el que fui criado», le escribió a uno de sus corresponsales. Costumbres y vestidos eran otro recuerdo de que, dejando a un lado la prosperidad, aquello era el exilio en lugar de la patria.[8]

Más importante todavía, sin embargo, fue que la historia reciente de los judíos sefardíes obligara a Spinoza a enfrentarse a la extraña combinación de decisiones religiosas y políticas que habían mantenido la coherencia de su pueblo a lo largo de los siglos. Creo que la confrontación condujo a Spinoza a tomar partido en cuanto a dicha historia. El resultado fue la formulación de una ambiciosa concepción de la naturaleza humana que pudiera trascender los problemas a los que se enfrentaba el pueblo judío y ser aplicable a la humanidad en su conjunto.[9]

EL REENCUENTRO

«*Einer glücklichen, jedoch beschwerlichen Fahrt.*»
Un viaje feliz, pero fatigoso. Bajó del avión como había subido, tambaleándose. Iba a reencontrarse con su antiguo compañero del campamento de pioneros, Günther Buicliu, convertido en Becker, el apellido de la madre alemana que se lo había

llevado a Berlín, al otro lado del Muro de la Muerte entre el Este y el Oeste. Günther había sido un celoso activista al que el púber destinado a ser nómada había conseguido, sin embargo, acercarse. Había descubierto así, poco a poco, detalles de la vida de su «camarada pionero» Buicliu. Era hijo de Aristide e Ilse, los antiguos propietarios de una fábrica de cerveza, muy conocida en la multicultural Transilvania donde vivían. Como si ese pecado no fuera suficiente, había formado parte, sin entusiasmo, de la Hitlerjugend, donde le resultaba más humillante el ejercicio físico que la ideología. Después de la guerra, avergonzado y culpable, trabajó como voluntario en un gran proyecto de las juventudes comunistas, orgulloso del carné del partido que lo redimía de su pasado. «Con dos tíos nazis, tenía que expiar la estupidez familiar.» En la universidad, en la capital, se había reencontrado con su antiguo interlocutor de la pubertad, el otrora entusiasta soñador en el paraíso comunista, se había convertido ahora en un escéptico y receloso lector en la biblioteca del Instituto Rumano de Relaciones Culturales con el Exterior. La camaradería juvenil no había desaparecido, se veían a menudo y mantenían sus encendidas disputas. De activista de partido, Günther había evolucionado para acercarse a un grupo singular y pintoresco de «disidentes de izquierdas», sobre todo alemanes, como se identificaban y eran identificados por la policía secreta. Invitó también a su amigo a unas cuantas reuniones clandestinas, pero luego evitó exponerlo a riesgos inútiles. El grupo de Günther era una verdadera anomalía en un país donde la crítica al sistema venía de la derecha nacionalista, en ningún caso de la izquierda «alógena» y casi invisible, que se consideraba traicionada por los oficiales que ostentaban el Poder.

Había contemplado la marcha de sus padres, comprados en divisas por el Estado alemán que había perdido la guerra y había ganado la beca de la paz. Nunca había imaginado que fuera a seguir sus pasos. Recibió de forma inesperada el pasaporte no deseado, pagado por los capitalistas de Alemania occidental, a petición de su madre, recién llegada a Múnich. En vano había rechazado las zalamerías del coronel Tudor y el pasaporte de sus hermanos de la Gomorra occidental; finalmente, había cedido. Lo asfixiaban su papel de alemán comunista, rebelde contra un comunismo caricaturesco, así como la pantomima de los pequeños tejemanejes de la calle valaca. ¿La pureza del Dogma en el manicomio burlesco? Se marchó, su testarudez infantil no le servía ya de ayuda, se marchó sin resolver el dilema. Antes de partir, se encontró con su antiguo amigo del destacamento de pioneros, sentía la necesidad de un símbolo de la despedida. Pedía un intercambio. No de las antiguas corbatas rojas, sino un intercambio completamente distinto.

—Mira, chaval, lo que se le ha ocurrido a mi mollera chiflada. ¡Quiero un recuerdo tuyo! Lo compensaré al instante, te lo juro.

En ese momento histórico de su amistad con Günther, el historiador del Circo no imaginaba que también a él lo esperaba la partida hacia la nada.

—Sí, sí, un recuerdo. ¡Quiero tu talit del Bar Mitzvah! Te doy a cambio mi corbatín de la confirmación en la iglesia.

—Lo siento, hace mucho que no lo tengo. Me sorprende que tú hayas conservado ese pingajo.

—Mi madre, fue mi madre la que lo conservó. Bueno, yo te doy mi corbatín.

El amigo lo analizó cuidadosamente y lo guardó en el armario, entre camisas, donde esperaba que perdiera, poco a poco, su carácter sagrado. Cuando le tocó a él aceptar el pasaporte del mismo coronel Tudor, sintió la tentación de llevarse también el corbatín de Günther, pero titubeó. ¿Y si la policía de frontera reconoce este objeto de culto? No sospechaba que el problema en la frontera pudiera surgir de un cuento alemán, escrito por un francés agnóstico, el poeta romántico Chamisso, agnóstico como tantos de sus amigos. «¡Nada impreso!», le informó el Soldado Uno de frontera.

Entretanto, también en Berlín había demostrado Günther ser un testarudo. Fue contactado enseguida por los anticomunistas de izquierdas, e incluso por un célebre escritor que le prometía un lanzamiento en la prensa socialdemócrata, pero se había negado a declarar públicamente lo que se esperaba de él sobre el oportunismo y la tiranía del país que lo había expulsado. «No escupo en la sopa que he comido»... Encontró finalmente, al parecer, un pequeño grupo de independientes nada reticentes a criticar a la izquierda y la derecha, al capitalismo perverso y viciado y al socialismo estatal, corrupto y criminal. ¿Y ahora? Había encanecido el guapo Günther, al menos lo que dejaba ver una calvicie avanzada. Fumaba mucho, los dedos manchados de nicotina hablaban de su inadaptación, el rostro estaba profundamente arrugado. Se miraban con nostalgia: la juventud quedaba ya lejos, pero ellos seguían vivos y firmes en ese envidiable abrazo masculino. Günther lo guio hacia su minúsculo coche anticapitalista, una coqueta cajita sobre ruedas, como anillo al dedo para dos inmigrantes bohemios. Se instalaron en los dos asientos ajados, Günther se mostraba locuaz:

–Sabes adónde has llegado, ¿verdad?

–Es imposible olvidarlo. De aquí, del Reichstag, partió la maldición de encontrarme entre los nómadas. Aunque tuviera aún la edad de jugar con el aro.

–Olvidémonos un poco de Adolf y de su bigotito. En 1871, aquí había ochocientos mil habitantes, hoy hay dos millones. Ninguna ciudad, a excepción de Chicago, ha experimentado un crecimiento semejante. Un Chicago europeo, eso pensaba Mark Twain. Una ciudad dinámica y fea, estrictamente funcional. Un arquitecto la bautizó «casa sin cejas». El comercio arrancó enseguida, como entre los yanquis. Negocios, bancos, lujo, hoteles, burdeles, modernidad, masificación. Hasta que se pasó de las locomotoras a los cañones.

El pasajero escuchaba distraído, comprendía que Günther no tenía ganas de arrancar el motor.

–El adorado Adolf quería edificios de granito que duraran una eternidad, como él. Granito extraído en campos de exterminio, probablemente. Se debatió también aquí, entonces, el asunto de los rascacielos. Si somos como Chicago, no podemos evitar los zancos yanquis, decían muchos. Incluso el galitziano cristianizado Joseph Roth soñaba con resolver así la escasez de viviendas. El dilema de la Torre de Babel. Desafiaremos al cielo, desafiaremos al Todopoderoso.

–¿Adónde vamos?

–A mi casa. Una celda minúscula, nos obligará a llevarnos bien.

–¿Rathenau-Platz?

–¿Por qué lo sabes?

–La dirección de tus cartas. El famoso ministro judío asesinado por los teutones que vengaban a Jesús. Leí en algún momento la carta de su madre al asesino. Impresionante.

El motor arrancó, la ciudad recibía al huésped con agitación y elegancia. Muchos parques, ningún rascacielos.

–Conocí a Herr Rathenau.

–¿Cómo? ¿Antes de que nacieras? ¿Soñaste con él?

–Conocí al personaje de Arnheim, descrito por Musil en *El hombre sin atributos*.

–¡Un libro demasiado gordo! Los libros… Una novela demasiado larga. No tuve la paciencia de leerla. Pero conozco la biografía del liberal Rathenau. Después de salir de la cárcel, su asesino salvó a judíos de la muerte. Sería el efecto de esa carta de la madre de la víctima. La madre de Walter, el asesinado.

–Musil no llegó a saber eso.

–Entre sus cualidades no estaba la de la profecía. Pero tenía otras, difíciles de vender.

–¿Sabías que Rathenau escribía a principios de siglo, en 1902, sobre la ciudad más bonita del mundo? Berlín, donde vives.

–Por aquel entonces no existía el Muro de las Lamentaciones entre el Este y el Oeste. Había, en cambio, inválidos con organillos. El niño Walter los vio cuando lo llevó su abuela a aplaudir al emperador a la salida del palacio. Se imaginó que el organillero, que lo tenía fascinado, iba a ofrecerle entonces la canción *La ciudad más bonita del mundo*... Admiraba la calle del gran Friedrich, sin sospechar entonces que en algún momento dividiría la ciudad en dos. También el puente de Hércules y la famosa iglesia de San Nicolás. El propio Nabokov alabó la ciudad cuando se exilió por aquí. Veía mitos en el cielo y las estrellas de la posteridad, hablaba sobre el amigo Pilgram, el investigador de los insectos, que dio nombre al insecto *Agrotis pilgrami*. Soñaba con islas lejanas y bosques de mariposas.

–Oh, me has matado. Tienes una habitación abarrotada de libros. La soledad te ha traído muchos amigos, por lo que veo.

La diminuta habitación de Günther estaba repleta de libros y de cintas con grabaciones musicales. En el último piso, sin ascensor, con tan solo dos ventanas minúsculas. Bohemia de verdad, en consonancia con un profesor de música de izquierdas.

–Veo que tienes poco equipaje. Se adecúa a mi jaula. Hay sitio para echar un colchón en el suelo donde dormirá el anfitrión, o sea, yo. Tú tienes mi cama estrecha, de asceta. Nos las arreglaremos. Con la condición de que no pasemos demasiado tiempo en la jaula, tenemos que pasear por la ciudad más bella según Rathenau. Es decir, por la mitad capitalista. Imagino que no te interesará la otra parte, el Este, la utopía tiránica de Alemania.

–Me interesa. El famoso Museo Pérgamo y muchos otros monumentos. Pero me da miedo pasar al otro lado. Me atrapa la Stasi y me envían a Moscú.

–Nos limitaremos a esta parte de la ciudad, aislada por la muralla china del imperio socialista del Este. ¡El escaparate del Oeste! Perfecto para espías y artistas, es decir, incitante. Por lo demás, esto es lo que vamos a hacer hoy. Caminaremos a lo largo del Muro. Por nuestro lado hay grafitis y eslóganes irreverentes, propios de una democracia infantil. Por el otro lado, ametralladoras. Está anocheciendo, estamos a finales de año, verás la iluminación como de cuento de la ciudad. Te sentará bien, he oído que en el pequeño País balcánico del que vienes las calles están a oscuras.

–Sí, y hace frío en las casas. Una educación estoica. Un socialismo lisiado y rígido, con un futuro dorado.

La iluminación de fiesta era, ciertamente, intensa en todas partes. La ciudad flotaba en las luces y guirnaldas festivas, los escaparates rebosaban de regalos y alegres deseos. Solo el Muro señalaba que en el otro lado había una escenografía más seria que debía ser protegida con las armas.

Una pequeña bodega del barrio turco les recordó a los exiliados los buenos años de su juventud y la gastronomía de sus lugares natales.

Cuando regresaron, Günther sacó el objeto mágico de una caja ajada y le ofreció, a modo de homenaje por el reencuentro, la *Fantasía para flauta* de Telemann.

EL TEMPLO

La mañana parecía acogedora, los lirones estaban decididos a salir de la jaula cuanto antes.

–¿Adónde? –preguntó el viajero.

–Propongo la sinagoga. O la iglesia, la mezquita, lo que prefieras.

–Bueno, tú sabes que no soy...

–Lo sé, claro que lo sé, pero así es el viajero, visita museos, iglesias, parques, es solo parte del ritual. Objetivos turísticos, por así decir.

Justo en la parte inferior del antiguo bloque donde vivía Günther se encontraba la oficina del banco en el que solía sacar dinero para sus gastos. Varios clientes en las ventanillas, otros tantos guardando cola, a la espera.

–¡Este es el Templo de nuestros días! El banco. ¡Míralos! –animó Günther al recién llegado–. Feligreses concentrados mientras esperan, pidiendo, al Dios de la Bolsa, que bendiga su cuenta. Yahvé, Buda, Cristo, Mahoma, Confucio, cualquiera que sea el pseudónimo o apodo que lleve. Son tímidos los feligreses. Sí, míralos. Inseguros, intranquilos, mudos, tensos.

Así se mostraban, ciertamente, en el silencio sagrado del banco. La mirada clavada en el suelo, devota.

–Espero que no estés cansado, podemos intentar la primera excursión turística. He reservado estos primeros días para ti. Imagino que sentirás curiosidad por ver las reliquias de Adolf.

–No, preferiría el Jardín Botánico.

–¿El Jardín Botánico? No sabía que te gustara la naturaleza. Entiendo que te has aficionado al señor Chamisso.

–Sí, busco las reliquias del botánico que fue. En primer lugar, poeta, luego, botánico. Von Chamisso. Ya te he contado el incidente del aeropuerto, cómo me incautaron el relato del hombre sin sombra. Espero recuperarlo aquí, en alguna librería. Hasta entonces, veré qué ha quedado del recuerdo de Adelbert von Chamisso. Un exiliado, como nosotros. Un noble francés, desterrado por la Revolución francesa, y que llegó aquí siendo joven para ponerse al servicio de la reina. Luego sirvió al ejército, más adelante se dedicó a sus estudios. En su círculo de amigos eran todos alógenos, dicen.

–De acuerdo, vamos al Botánico, así aprenderé también yo algo sobre las plantas del planeta. Pero, ya que estamos hablando de tierra, pasemos antes por el cementerio.

–¿El cementerio? ¿Un destino turístico?

–También lo es. Un gran cementerio donde se puede leer toda la historia de esta gloriosa nación desdichada.

El metro estaba limpio y reinaba el silencio. Al igual que el inmenso cementerio de amplias alamedas y árboles vetustos. Nombres célebres, tumbas principescas, inscripciones ambiciosas. Ciertamente, toda la historia del imperio. Bajo las suntuosas lápidas, descansa la élite de una gran nación, capaz de grandes desastres.

–La mayoría de estas estrellas desaparecidas fueron nómadas, como tú, o huidos y vagabundos como yo. Llegaron a ser generales y fiscales, grandes médicos y banqueros, famosos rateros y cortesanas de lujo, parlamentarios condecorados y malabaristas de circo. Incluso importantes rostros de la iglesia. Extranjero era también el Führer, de hecho, aunque no hubiera venido de lejos.

Günther se atusaba una y otra vez el mechón rebelde de su cabello canoso.

–Eres un epígono. El cementerio nos lo recuerda. Un epígono en un nuevo comienzo de la migración. Cíclico, como todos los comienzos. Con un final celebrado aquí, en la tumba.

–Cuando éramos pioneros, tu humor no era tan morboso. Nos poníamos, contentos, las corbatas y coreábamos eslóganes sobre la fidelidad a la causa de Lenin y Stalin. Ahora no tenemos eslóganes, tampoco fidelidad.

–Tú has conservado algo.

–No de esos eslóganes infantiles. Y, sin embargo... las ilusiones, el progreso, ¿no es verdad? ¿Un disidente progresista? Un exiliado. Yo soy un exiliado en la patria de mis antepasados desde hace ochocientos años, que se exiliaron a los Balcanes como colonos y colonizadores. Exilio y más exilio... Tus correligionarios estaban acostumbrados al exilio, ¿no? Lo continuaron, encontraron en él valores y guaridas.

–¿Correligionarios? Sabes perfectamente que yo no tengo religión.

Tomaron asiento, Günther miraba al turista, este contemplaba los árboles y guardaba silencio.

–Imagino que esperabas ver el búnker donde el mariquita se tomó el veneno. Con la Virgen sin desvirgar –intentó animar el diálogo Günther–. O tal vez el sitio donde fracasó el atentado de los aristócratas contra el advenedizo. O el lugar donde el Führer soltaba sus parrafadas histéricas. Histéricas, pero también hipnóticas, como ya sabemos.

–No, no, mi objetivo era el Botánico. Louis Charles Adélaïde de Chamisso. Adelbert. Célebre botánico, más célebre que el poeta que era.

–Lo visitaremos mañana, te lo prometo. Pongo por testigos a los árboles solemnes, a las piedras sagradas, prometo cumplir mi palabra. Mañana. Pero llevaremos también al rabino de Berdichev.

–No, porque no le gustan los ateos. La anécdota cuenta que un sábado, de camino a la sinagoga, el rabino se encuentra con el gamberro del pueblo, el vagabundo, el golfo. Un ateo que, por supuesto, estaba fumando tranquilamente y tragando el humo con placer. ¿Cómo es que estás fumando en sábado? ¿No sabes que no está permitido? ¿Te lo ha recomendado el médico? ¿Acaso estás enfermo? ¿El cigarrillo como medicamento? Ni hablar. Fumo porque me gusta. Hago solo lo que me gusta. No me gustan los médicos ni los rabinos. Yo soy ateo. ¿Ateo? ¿Y en qué seminario has estudiado? ¿En qué yeshivá? No puedes rechazar algo sin conocer lo que estás rechazando. Así pues, ¿en qué yeshivá? ¿Qué yeshivá te ha hecho ateo? Esa es la anécdota. Una broma, una broma que no es en absoluto una broma. ¿Qué clase de ateos somos nosotros?

El silencio se instaló de nuevo, Günther se atusaba otra vez el mechón. Ninguna respuesta. ¿Esperaba otra pregunta?

–Explícame por qué me has mostrado las tumbas de los judíos alemanes famosos. Más alemanes que los alemanes. Sigues obsesionado por el antisemitismo, ¿verdad?

–Así es.

–¿La historia del ginecólogo de tu madre? Me la contaste una noche, en nuestro campamento de Lipova, no recuerdo ya los detalles.

Günther guardaba silencio, la pregunta echó a volar hacia las copas de los árboles de alrededor. Al cabo de uno, dos, nueve instantes, la pregunta descendió, suavemente, hacia Günther.

–No solo entonces. No solo entonces comencé a hacerme preguntas. En el periodo de la persecución antisemita, antes de la expulsión de los judíos de nuestra ciudad transilvana, estaba en vigor la prohibición de que los judíos trabajaran, incluidos los médicos. Mi madre no quiso renunciar a su ginecólogo, que era hebreo, y eso supuso un problema para la familia. Ya sabes que los de etnia alemana, como éramos nosotros, simpatizaban con el Führer. No exactamente toda la familia, mi tío Rudolf era antifascista, estuvo a punto de ser arrestado. Periódicamente, el gafoso pálido con el título obtenido en Viena, que era el médico de mi madre, se presentaba avanzada la tarde, a escondidas, y se encerraba en el dormitorio con la paciente. Cuando se iba, mi madre cerraba la puerta con cuidado después de echar un vistazo a la calle. El recuerdo quedó definitivamente grabado en mi memoria, porque me intrigó y dio pie a mis preguntas. Coincidió con la época en que no podía enfrentarme a los ejercicios físicos a los que estaba sometido nuestro grupo de jóvenes nazis. ¡Luego llegó la tan elogiada paz! ¡Mentiras, por supuesto! Las mentiras de los vencedores sobre los vencidos, como siempre...

Günther se detuvo, sofocado.

–Acudí, humillado, a hablar con el pastor. Me estimaba, era su estudiante favorito. Yo sabía dónde vivía. Somos verdugos, asesinos, hemos quemado gente viva porque eran judíos. El pastor me escuchó, me acarició el hombro. Me llevó a la biblioteca, sacó un gran volumen encuadernado en piel. «Mira lo que consignamos aquí, lo consignamos nosotros, no nuestros enemigos. Las crónicas medievales alemanas ofrecen muchos detalles. Convincentes y terribles.» ¡Así pues, la culpa era alemana! La llevo conmigo, como sabes, peleo con ella, no nos podemos separar. Y ahora pregunto yo: ¿cómo se llama tu enfermedad? ¿Autismo? ¿Rima con la mía? Autismo, antisemitismo... es decir, anti-antisemitismo. Filosemitismo.

–No, en absoluto. No se parecen en absoluto. No existe relación alguna entre nuestras fijaciones. Yo estoy con el circo. Exhibicionismo, si quieres. Esencial. Esencial para la excursión terrestre.

–¿Y el holocausto? El tuyo y el nuestro... Callas como una tumba desde hace años, como si no fuera tu historia. Siempre he querido preguntártelo, pero por carta no podía ser.

Günther, furioso, se puso en pie de un salto, el banco se agitó, bruscamente.

–¡Jamás! ¡Ni una palabra sobre los supervivientes! ¿El campo de concentración, el recuerdo? Tampoco a Tamar le permites hablar sobre su madre o sobre tu madre. Silencio absoluto, ni siquiera has estado allí, ni siquiera sabes griego, no entiendes la palabra, no la has oído nunca.

–Ya hablan otros, muchos. La farsa de los judíos, dicen ellos. Los hebreos son declarados mentirosos, aprovechados, manipuladores. Un espectáculo circense con actores ruidosos, víctimas y verdugos con una máscara inocente.

–¿Qué más te da? Lo que cuenta es la verdad.

–¿La verdad? Se trata del circo. Desde siempre. Damos saltos mortales y tragamos sables.

–¿Por eso somos nosotros ateos? ¿Yo con mi negra obsesión, tú con tu juego infantil? ¿Ambos sin Dios, sin mito? ¿Solo realidad?

–Por lo que veo, el archivo del antisemitismo se ha infiltrado en tu vida. Un microbio longevo, inmortal. ¿Cabe en tu celda?

–Solo mientras pueda. Lo que aguanten mis fuerzas, no el espacio.

Y pasó el día y pasó la noche y llegó el día siguiente. Mañana.

EL BURDEL

–Bueno, hoy tienes otro plan.

–Sí, al Burdel.

Günther estaba tranquilo, se negaba a ver la consternación del antiguo pionero y rehusó, luego, en el taxi, explicarse. El edificio ante el cual se apearon era alto y severo. ¿Una sociedad filantrópica o bancaria? ¿O ambas?

–No, no te llevo a una sex-shop. Todavía no. Deberíamos abrir también una puerta de esas, no tenéis esa clase de terapia en el socialismo multilateral. Después del cementerio, esta es la parada adecuada... Eros y Tánatos. Es decir, Tánatos y Eros. A la sex-shop irás tú solo, no me necesitas a mí. Aquí, sin embargo, está bien venir acompañado.

Un hombre con librea, fornido e impasible, se inclinaba ceremoniosamente ante los clientes; nos abrió la puerta pesada y maciza en la que ponía con letras doradas KAUFHAUS DES WESTENS, Almacenes de Occidente. Almacenes del Planeta.

–¿El Burdel de Occidente, aquí, todo a la luz del día?

En la planta baja, cosmética y perfumería, lencería y joyas y figuritas; en el primer piso, juguetes y objetos para niños; en el segundo piso, accesorios de viaje; en el tercero, calzado de señoras; en el cuarto, ropa para caballeros; en el quinto, moda femenina, en el sexto, calzado masculino, en el séptimo utensilios para la casa y así hasta el décimo, donde se encontraban los inmensos expositores con treinta y ocho tipos de pescado, cuarenta y nueve clases de queso, cincuenta y un variedades de salchichón y jamón, ochenta y ocho variedades de vinos y otras bebidas de todo el mapamundi. Y la carne, consumidor, por supuesto, no nos olvidamos de la carne, en este siglo del consumo, carne de ternera y de cerdo y de conejo, carne de tigre y de golondrina, de oca y de paloma y de ardilla, de oso y de osa, de víbora y de novillo y de buitre, cientos de féretros elegantes, con etiquetas elegantes en muchas lenguas elegantes de la masacre planetaria.

–¡El Burdel! ¡Aquí está! ¡El Burdel del Atiborramiento! La pornografía del bienestar y de los caprichos gastronómicos. No puedes embarcarte en la gran aventura sin esta mínima instrucción. La democracia de todos los gustos y los ingresos. Todo se llama industria en la época postindustrial. La industria de la pornografía, cifras de negocio abrumadoras, la industria alimentaria y de la ropa y del armamento, la industria de y la industria de, todo fomenta el consumo planetario, el comercio y la competencia, las masas y la individualidad, con sus grandes necesidades y aspiraciones. Si tienes la suerte de vivir en la tierra de las promesas capitalistas, lejos de las ruinas del mundo retrasado, sin agua ni pan ni aspirinas. Aprende, viajero. ¿A qué hora te levantabas en el socialismo para conseguir un litro de leche? ¿O papel higiénico? ¿O baterías para el calentador?

El viajero no parecía atento o bien esperaba el momento en que el interlocutor se quedara sin resuello.

–Veo que vuelves a ser el pionero ávido de conocimiento. No has perdido la logorrea ni siquiera aquí, en el paraíso del bienestar. Nostalgias infantiles.

–No solo eso. Informaciones, orientación para un migrante. Emigrante, inmigrante.

Se detuvieron para mirarse un instante.

–Informaciones y constataciones, solo eso. ¿Has visto los envoltorios? ¡La industria del envoltorio! ¿En el chocolate, las cajas de zapatos y las bolsas de preservativos y los tubos de cosméticos y las botellas de aguardiente y los sujetadores? Una industria capital, el embalaje. ¡La etiqueta esencial! Define la época. La época próspera y pecadora. En la tienda y en la iglesia y en el parlamento, la industria de la trivialización reparte el narcótico del día cuidadosamente envuelto. Cuidadosamente envuelto y vendible. Opio para el pueblo, como nos enseñó la dialéctica marxista. Envuelto en trampas para el beneficio. Seguro, el beneficio. Ese es el undécimo mandamiento, convertido en el primero. La plusvalía del tío Karl. Impresa en las bragas de la diva y en la corbata del ministro y en los sombreros de los asesinos. La patria nos ha evacuado a uno tras otro, la «raza superior» y la «raza inferior», ¿no? De hecho, no nos ha evacuado, nos ha soltado, solo eso.

Se detuvieron de nuevo, se miraron de nuevo.

–Aquí he comprendido que todo lo que decían los mentirosos de allí sobre los mentirosos de aquí era verdad. Y todo lo que inventan estos de aquí sobre los del otro lado del Telón de Acero y del Muro de las Lamentaciones, también es verdad. Pero no te creas que he olvidado que el hombre es el capital más precioso, como nos enseñaba la dialéctica marxista. Nos levantábamos al alba para conseguir un sitio en la cola de la leche y el pan, un cuarto de gallina tuberculosa o tres rollos de un supuesto papel higiénico. Así era, ¿no? En invierno, el «precioso capital» helado de frío está en el sofá, envuelto en mantas y jerséis. Pero el pueblo... el pueblo sigue tragando mierda, hace la cola no solo para el aceite y el queso, sino también para los periódicos, en los que apenas encuentras una palabra verdadera. Lo sé, no he olvidado ese mundo tan interesante, más interesante que el aburrimiento pragmático de aquí. Interesante, ¿no? No sabes si tu amigo es soplón de la policía o si tu amante les informa también, ni si los aparatos de escucha están montados en el pie de la lámpara o en el tenedor o en el colchón en el que eyaculas. Interesante, ¿no? Desenmascaré la hipocresía y me metieron en chirona. No les convenía mi protesta comunista contra la mascarada comunista. Les parecía una provocación de lo más peligrosa. Tampoco con los de aquí me da vergüenza. Solo están mejor dotados, eso es todo. Háblame del camarada Tudor. El camarada coronel. Me cantó también a mí la serenata de la despedida. Se alegraba por el hecho de que me hubieran comprado los capitalistas, sabía que los odiaba tanto como a los charlatanes marxistas del Danubio.

El pionero no respondió, no tenía ganas de hablar. Solo cuando tomaron asiento en una mesa lateral, en el gran bufé de la tienda, lleno de comida y bebida y pasteles, frunció el ceño, dispuesto a abordar el asunto.

–¿El camarada Tudor? Gordinflón, elegante y miserable. Si estás en sus manos es feroz, hasta entonces es todo adulación. ¡Los nuevos profesionales! Incomparablemente más taimados, más sutiles, mejor adiestrados que los de la época de nuestros padres, asustados incluso de su propia sombra... La sombra, el mote del informante. Estaba entre nosotros, silencioso y febril, todo ojos y oídos. Sin ideología, solo con metodología. Al final no me quedó claro qué quería el coronel, ¿que me marchara o que no me marchara? Tampoco comprendí su último golpe, solo sé que me perturbó.

—¿Cuál?

—El doctor Eduard Sima, al que no había visitado desde hacía años, apareció de repente, ¡colaborador del coronel! Y no de hoy, de ayer, de hace mucho. De la época cuando me trataba.

—¿Qué clase de médico?

—Psiquiatra.

—¡Ajá! Ya veo.

—Pues eso. Solo que el señor Sima disfrutaba de un respeto unánime, limpio como una patena. Compañero de hospital de mi hermana. Ella me lo recomendó como si fuera un confesor. Un santo, un curandero sagrado.

—¿Y te sanó? ¿Qué tenías?

—Un síndrome…

—¿Anticomunista? ¿El síndrome anticomunista? ¿Por ese motivo informaba al coronel?

—Entonces no sabía nada del coronel, no se me pasaba por la cabeza. Nadie habría podido imaginar que el delicado, el educado Eduard estaba al servicio del coronel Tudor. Eduard era considerado un ángel, dispuesto a ayudar a todo el mundo.

—Incluso al coronel. Así es, cuando eres bueno, eres bueno con todo el mundo, ¿no? Así pues, tenías un síndrome. Si no es el anticomunista, entonces, ¿cuál? ¿Cómo se llamaba?

—No creo que tuviera un nombre, Eduard lo llamó FR. El coronel me lo recordó, esa bestia. El doctor le dijo que vivir en el extranjero me curaría. Ya ves… La sanación ha comenzado, podríamos decir, en tu celda de izquierdista.

—FR, ¿qué es eso?

—Fobia a la Realidad. A lo real.

—Es un literato tu médico. Nunca he oído hablar de esa enfermedad.

–Lo estás oyendo ahora. La teoría de Eduard era que el campo de concentración me hirió en lo más profundo, luego el comunismo empeoró la herida. Así que no tenía ya confianza en la realidad. La sustituí por los libros.

–Interesante. Muy interesante.

–Claro, todo lo que pasaba allí, como bien has dicho, era interesante.

–Y el exilio, ¿qué arreglaría el exilio?

–Impondría la realidad. Porque pierdo mi lengua y, por tanto, también los libros. La realidad se vuelve inevitable.

–Encuentras libros también aquí, incluso en tu lengua. La lengua de casa. No es un problema.

–Yo estoy citando ahora a san Eduard.

–¿Te recomendó algún medicamento?

–No, estaba en contra de los medicamentos. Decía que basta con ser consciente de la situación, comprenderla, y que la recuperación llega por sí misma.

–¿Eso es lo que sucedió?

–No me curó de leer. Tengo un doctorado, como sabes, en Historia del Circo, no en la oscuridad de las calles del luminoso socialismo. Pero ahora vayamos a ver las plantas. Lo has prometido. La realidad de las plantas, no de los libros, ni siquiera los que tratan sobre la vegetación del mundo.

–Mañana. Mañana. Entretanto, he repasado también yo la historia del aristócrata polivalente. *Monsieur* von Chamisso, poeta romántico e investigador, explorador, sabio. Lo conocía, yo te envié aquel librito con la Sombra y Schlemihl. Adelbert era también esposo, y padre de hijos legítimos, unos cuatro o cinco. También me he documentado sobre el Jardín Botánico. No anoche, cuando dormías como un tronco, sino antes de tu visita. Así descubrí también a Kadu, el amigo de Adelbert, nativo de no sé qué islas, adonde llegó el barco con la expedición de la vuelta al mundo. Adelbert se hizo amigo del nativo y le dedicó un emocionado elogio.

–¿Dónde has leído eso?

–En el libro sobre el viaje de Chamisso alrededor del mundo. Encuentras detalles sobre su extraordinario viaje en el Museo Botánico y en la Biblioteca Botánica. Allí descubrí a Adelbert y a Kadu. Sí, tendrás tiempo de leer, ahí, en la biblioteca del museo. Como corresponde al síndrome FR. ¡Ahora, a la taberna! A la taberna teutona.

EL JARDÍN Y LA BIBLIOTECA

El visitante también se había preparado, a través de sus lecturas, como hacía siempre, aunque Günther resultaba ser un guía bien informado. El Jardín fue fundado por el Gran Elector en 1679 y trasladado a comienzos del siglo XX a su nueva sede, cuando la colección se había globalizado. Ahora cada una de las plantas tenía dos nombres, como todos los habitantes de la tierra y como su gran bautista, Carl von Linné.

La criatura de pétalos rojos como la sangre, en torno a un núcleo de bulbos moteados –blanco, verde, rojo–, se presentaba al mundo como *Euphorbia pulcherrima* y había venido de México; *Selenicereus pteranthus*, la princesa blanca de la noche, que se abre eróticamente para la polinización sobre un lecho de hojas verdes largas y afiladas, había emigrado también de México. Fastuosas aventureras, extrañas, como todos los alógenos.

–¿Y el *Judío errante*? –le preguntó el turista al señor en sudadera que lo acompañaba después de la marcha de Günther.

–¿Se refiere a la *Zebrina pendula* o a la *Tradescantia albiflora*? Ambas tienen el apodo de «el Judío».

–No lo sé, no estoy seguro, quiero averiguarlo –respondió el turista.

–No están en este invernadero, sino en el oval, un poco más allá. Ya no son exóticas, tampoco tropicales, se han adaptado al mundo civilizado. En el invernadero oval puede ver también una exposición especial, provocadora, emprendida por la señora Trude, nuestra colaboradora. Crea flores artificiales con órganos animales. Flores morbosas, soberbias. Tiene un doctorado en arte y una galería en el centro de la ciudad, donde exponen artistas iconoclastas.

–¿Qué artista no es iconoclasta?

–Bueno, no todos lo son. Trude trabaja dos días por semana con nosotros, en el laboratorio, donde tiene su propio espacio, pero ahora está fuera del país. Sus flores son perversas, pero incitantes.

–¿Órganos de animales? ¿Cómo es eso?

–Pieles y órganos. Riñones, pulmones, hígado, lengua, vejiga, corazón, oreja. Y el sexo, por supuesto. Fuerza los límites de lo estético, eso dice en su catálogo titulado *Bestial*. El asesinato de los animales sucede de todas maneras con fines alimentarios. Nuestra amiga Trude combina fragmentos de animales o pájaros muertos, pero todavía frescos. Fotografía el producto, luego lo destruye. De todas formas, se pudrirían. La fotografía queda como un documento artístico.

–Así pues, fotografías.

–Fotografías de lo hipotético, eso dice ella. Compite con la naturaleza, como hace siempre el hombre. Flores carnívoras, fantásticas. Como por ejemplo la *Vagina pilosa*. Un orificio con labios de color carmín apenas entreabiertos, en la hendidura vaginal. Alrededor de la tentación, una envoltura de pelo suave, rodeada de plumas finas, blancas, de pájaro, como mechones de pelo alborotado.

El visitante levantó, intrigado, la mirada hacia el guía. El señor con sudadera blanca y gafas de montura fina, de oro, se mostraba impasible, como un sabio que recitara un texto aprendido de memoria. El silencio se prolongaba, al guía se le había agotado la paciencia, dispuesto a cambiar de tema.

–He entendido que se ha propuesto visitar, durante una semana, todos nuestros invernaderos, y también la biblioteca, por los documentos de Chamisso. Sí, fue uno de los fundadores del Jardín. Aquí encontró la calma y su final. Tal vez podamos sentarnos un poco a la sombra, en el banco, para hablar.

El banco a la sombra se encontraba justo enfrente.

–En 1943, perdimos cuatro quintas partes del Herbarium con los bombardeos. Después de la guerra, comenzó el intercambio internacional, recibimos semillas de todo el mundo. Un personaje especial en la historia del Jardín fue la señora Elisabeth Schiemann, la primera mujer erudita que trabajó en el Museo Botánico y que publicó *El origen de las plantas cultivadas*. Fue despedida de la universidad, al igual que otros eminentes botánicos, por culpa de la política racial nazi. En 1943, las SS instalaron en el jardín un sistema de defensa subterráneo, pero los rusos lo destruyeron. En 1949, comenzó la reconstrucción de los jardines exteriores con la ayuda del plan Marshall. Cuarenta años después, nosotros hemos sido los primeros en inaugurar un jardín con aromas para los ciegos e invidentes parciales. Les permite percibir la individualidad de las criaturas vegetales a través del tacto.

El guía, diligente, guiaba, el escuchante escuchaba, el sol se dejaba sombrear por unas nubes de algodón ceniciento.

–Ah, sí, sobre el gran Chamisso –recordó el guía del inmaculado mono–. Al principio fue responsable del Jardín Botánico Real, bajo la dirección de Heinrich Friedrich Link. Un exiliado, el señor Chamisso, como ya sabe. La emigración de la nobleza francesa comenzó antes de la Revolución. El joven Adelbert llegó a Prusia en 1798, allí fue paje de la reina, la esposa de Friedrich Wilhelm I. Realizó luego el servicio militar y durante la guerra franco-prusiana se vio obligado a luchar contra la patria perdida. Estaba desgarrado, como todos los exiliados, por la ambigua pertenencia a dos identidades nacionales.

Había hablado, de nuevo, como un libro, con la mirada gacha. Levantó la mirada para ver si lo escuchaba. Lo escuchaba con avidez.

–Lo obsesionaba la idea de un viaje alrededor del mundo. Lo llevó a cabo en 1815, cuando participó en la expedición naval

Rurik, del capitán Otto von Kotzebue, el hijo del famoso dramaturgo. Tras doblar el Cabo de Hornos, cuando llegó al archipiélago de las Carolinas, Adelbert quedó fascinado por las plantas y animales del lugar, pero también por la gente enana, como niños, y por su vida ingenua, idílica. Allí, entre aquellos salvajes infantiles a los que adoraba por su inteligencia y candidez, encontró un amigo, Kadu. Lo llevó con él a Kamchatka. Chamisso estuvo también en las posesiones rusas de América y Asia, donde lo impactó el embrutecimiento en que Rusia mantenía a aquellos pueblos. Llegó luego a San Petersburgo. Aunque se había naturalizado como prusiano, Adelbert seguía siendo un gentilhombre francés. El despotismo lo horripilaba.

Las explicaciones parecían haber terminado. El funcionario recibió los agradecimientos del turista con una leve inclinación de cabeza y le aseguró al extranjero que estaría a su disposición, si era necesario, también los días venideros.

El viajero se dirigió a la biblioteca en busca de unas informaciones escondidas bajo las portadas de los libros. Bastaba con abrirlos uno a uno.

«Soy francés en Alemania y alemán en Francia; católico para los protestantes y protestante para los católicos, un hombre de mundo para los estudiosos y un director de escuela para la alta sociedad; jacobino para los aristócratas y noble para los demócratas.» Así se lamentaba Adelbert en la mesa de Madame de Staël... Enamorado de la famosa escritora, le pregunta: «¿Qué quiere hacer conmigo?». La famosa escritora le responde: «Eso que sois: un hombre de corazón fuerte y formas encantadoras, insociable y tímido con la gente, un hombre de condición elevada y de cultura».

Cuando, en 1801, la familia Chamisso decide regresar a Francia, Chamisso no los acompaña por falta de dinero. El joven oficial, un ávido lector, se consuela con amplias lecturas de Rousseau, Voltaire y Schiller. Los disgustos y las depresiones parecen diluirse en el aire limpio del campo. Decide partir a

Berlín para estudiar ciencias naturales. Recorre a pie los Alpes en busca de plantas.

Libros abiertos en el pupitre de lectura. Emocionantes confesiones sobre la amistad y el precario estado psíquico que atraviesa, pero también sobre el libro que está escribiendo, el de la «sombra perdida». «De esta manera entré decidido en la historia de Peter Schlemihl. Escribí ese verano para desconectar y distraer a los hijos de un amigo. Para mi sorpresa, el relato fue favorablemente recibido en Alemania y en Inglaterra. Encontré por casualidad, en mi amigo Julius Hitzig, un artículo sobre una expedición rusa al Polo Norte. Hitzig envió cartas al consejero Kotzebue y enseguida recibió una respuesta de parte de su cuñado, el almirante von Krusenstern, a la sazón capitán de la marina imperial rusa, el poder del conde Romanzov para la expedición».[10]

¿Era su patria la aventura de sus viajes? La separación y la vuelta a casa, el deseo de partir y el deseo de volver y siempre una nostalgia que llama a otra. En esta indecisión crepuscular, la falta de sombra no era visible.

«¿Quién eres tú, de hecho?» «Soy un don nadie, un estudioso sin título; tampoco un poeta de talento, nada; no tengo nada, ni siquiera una patria que incluso el hombre más pobre tiene. No tengo sombra... Y tampoco quiero tenerla, pronto tomaré de nuevo el cayado.»

Los tiempos no eran ya tan tolerantes como en torno al 1800. La época en que, pocos años antes, el diplomático y erudito Varnhagen von Ense, con el que Chamisso había editado *Berliner Musenalmanach*, le entregó el corazón a la alógena Rahel Levin, convertida al cristianismo, quedaba ya lejos... Ahora había llegado el pánico desde Fráncfort y Wurzburgo y desde muchas otras partes de Alemania. Se oyó el grito de Hep-Hep,* se arrojaron piedras, los judíos fueron perseguidos y

---

* Se trata del pogromo contra los judíos askenazíes entre agosto y octubre de 1818 que surgió en Bavaria y se extendió enseguida por otras regiones.

golpeados, el rostro demacrado de Ahasverus proyectó una sombra inmensa sobre Alemania.

Adelbert creía en Cristo y en Alemania, que solo podía ser humanamente noble y cristiana. ¿Por qué no se alzaba ninguna voz, por qué se habían vuelto todos mudos? Goethe guardaba silencio, lo que tenía que decir habría sustentado el equilibrio; Schleiermacher, como teólogo protestante, tenía que mantenerse al margen, aunque se movía en círculos semitas y promovía el bautizo de los judíos, y Wilhelm von Humboldt discutía con su amada Caroline, una feroz antisemita. Él consideraba a los alemanes bondadosos y cultivados y, si eran así, no había motivos para preocuparse. Eduard Hitzig, judío cristianizado y el amigo más cercano de Chamisso, habló con Humboldt en muchas ocasiones. «Los judíos tienen muchas opciones», decía, escéptico, este. «Cada opción es difícil, buena y mala, como todo lo que ellos hacen de manera distinta a los demás. Son extraños por excelencia y sufren, son una piedra de prueba para sí mismos, pero también para los pueblos en cuyo seno viven... El camino que usted eligió (el de la cristianización) me parece una legítima culminación de la Emancipación de los judíos; ha plantado el sello de la religión cristiana sobre su igualdad (cívica y política); ha llevado una vida auténticamente alemana y cristiana, ejemplar por sus efectos humanitarios. Ha crecido en el medio circundante que ha amado. Sin embargo, el destino de los judíos no tiene salida, porque se mezclan en conflictos y situaciones hostiles. El otro camino, el de perseverar en su identidad sagrada, habría conducido a unas consecuencias inimaginables, a una revalorización, en su país, de una historia de dos mil años. Niego con la cabeza al pensar en algo así.»

El turista copiaba con tesón y, de vez en cuando, traducía, de paso, alguna frase, para tenerla en los dos idiomas, para vivirla en los dos idiomas, en el del autor y en el suyo. El extranjero lleva su destino como una piedra de prueba para él mismo, pero también para aquellos en cuyo seno vive y va a vivir. «Las soluciones de compromiso los situarán siempre en un estado de tensión hostil. Ellos nos plantean en todo una dificultad que tampoco ellos pueden resolver, pero precisamente esta falta de soluciones es valiosa y profundamente humana.» Había subrayado dos veces las palabras de Humboldt. Le parecía mal que la universidad que llevaba su nombre se encontrara al otro lado del Muro de las Lamentaciones.

Había subrayado dos veces, en color rojo, también lo que sigue: «Nos cuesta considerarlos justos. Tal vez deberían ellos, después de un sufrimiento tan prolongado, convertirse en sacerdotes y santos; pero ellos siguen ocupados con sus asuntos banales, humanos. Una decepción que puede ser también una fuente de odio». ¿Sacerdotes y santos? ¿El síndrome FR, inventado por el *securista* Sima y trasmitido a sus jefes para mostrar su fidelidad y habilidad como informante?

«Dudo que una comunidad completamente sagrada de estos antiguos errantes estuviera protegida de la incomprensión de los de alrededor. Yo siento simpatía por ellos», le decía Humboldt al hebreo cristianizado Hitzig, mirándole fijamente a los ojos. «El sentido de su extraordinaria historia es una epopeya del sufrimiento única, asumida en nombre de todos los pueblos. Pero el judaísmo está perdido», continuó Humboldt la lección ante el hebreo que había perdido su judaísmo. «Esta pérdida, la consecuencia de la confrontación entre la maldición y la bendición, es su manera de ser elegidos.»

¿El pueblo elegido? ¿Elegido, por tanto, para el sufrimiento? ¿Y el recelo, Herr Humboldt? ¿Y el chivo expiatorio? «Con la mirada en el suelo, pero sin lágrimas, que se habían agotado ya, relató Ernest, el hijo de Adelbert, que le decían que su padre era un *schlemihl*, no un alemán verdadero, y entre los franceses huraños de la Belle-Alliance algunos afirmaban que, si fuera judío, sería todavía peor.» ¿Era este Ernest hijo de Adelbert? Eso decían... No estaba a salvo del recelo que rodeaba a su padre, el aristócrata Louis Charles Adélaïde de Chamisso, expulsado del castillo nobiliario de la familia y convertido en errante, paria, apátrida elegido para el sufrimiento.

Chamisso intentaba, sin convicción, consolar a su hijo. «Schlemihl es un cuento, solo un cuento.» Abrazaba, emocionado, a su hijo, sentía el latido de su joven corazón. «¿Es cierto que Schlemihl es judío? Eso decía el profesor.» «No lo sé, Ernest. Pero si lo fuera, sería la expresión del dolor por la patria perdida. Por la ausencia de una patria. El sufrimiento del apátrida es profundamente humano. El sufriente debe ser aceptado y protegido. En este mundo cruel y banal, el extranjero necesita protección. Eso debería deciros vuestro profesor.» Sentía que el niño lo entendía a medias y no se quedó tranquilo, tenía que protegerlo del sufrimiento. «No es vergonzoso ser judío, ni siquiera es algo malo. Solo que es muy difícil después de todo lo que hemos visto y oído. Pero ser una persona no es ninguna vergüenza.»

No es una vergüenza, *Monsieur* Chamisso, ¿eso es lo que piensas? Y entonces ¿por qué el síndrome FR, el efecto patológico del campo de concentración, como afirma Sima, y de los traumas posteriores al campo? ¿No es una vergüenza ser un hombre entre los supuestos hombres?

En absoluto «supuestos», incluso hombres vivos, vitales, vulnerables, aquí, en la tierra que han poblado de rascacielos y sueños y horrores que repiten una y otra vez, en su delirio milenario.

—Te he comprado el librito amarillo de Reclam —lo recibió su amigo Günther, abriendo la puerta de la celda y ofreciéndole el regalo—. Toma, recuperado.

—Sí, este es —asintió el Errante—. Philipp Reclam jun. Stuttgart. Mi ejemplar confiscado en la aduana. Para la lectura del perro *Doberman*, decían los soldados socialistas. El humor local sobrevive a las desgracias. ¿Estimula el síndrome Sima? Libros, libros. La fobia a la realidad...

—No diría eso. Por el contrario, el hambre de realidad. Pero ¿qué tal el Jardín?

–Fabuloso. Inabarcable e indescriptible. Plantas fantásticas, la imaginación de un creador desenfrenado, ilimitado, podría decir que histérico. Volveré, es una experiencia esencial. Aprendes a verte insignificante. Banal. Corriente.

–Me he permitido abrir el librito. Es como un pequeño cuaderno de viaje, tenías razón. He descubierto precisamente al principio la dedicatoria del botánico a su amigo. Parece que somos nosotros dos. «*Der Zeit gedenk ich, wo wir Freunde waren, Als erst die Welt uns in die Schule nahm*».[11] ¿Es este Peter un familiar nuestro?

–Un familiar lejano, diría yo, Adelbert es un errante, como nosotros.

–¿Expulsado, exiliado, aventurero? ¿Qué edad tenía Peter?

–No lo sabemos, no nos lo dicen. No es el inmigrante Rossmann de Kafka, que llega a América por haberse acostado con la criada. Y no tiene un tío senador, tan solo una carta de recomendación.

–¿Para quién, de quién? No me acuerdo...

–Para un acaudalado señor John. La carta menciona, por supuesto, las cualidades del advenedizo. Pero el señor John le abre los ojos a la realidad: si posees un millón, eres alguien aquí. Y aparece el Hombre de Gris, que le compra la sombra errante. Por una bolsa de dinero que no se vacía jamás. El millón, es decir.

–Ah, sí, lo he visto en la primera página. Me preguntan a menudo por la sombra que perdemos frecuentemente cuando la conciencia se retira a la sombra. En el socialismo, la sombra era el Informante, que nos seguía para poder informar todo lo posible. El espía. La sombra al servicio del coronel Tudor.

–El errante, tras vender la sombra, se vuelve rico, se vuelve sospechoso.

–¿El negocio con el diablo?

–No exactamente. El Hombre de Gris no es el hombre de negro, es solo un intermediario. Un mediador, un «*dealer*». El héroe de nuestra época mercantil. El diablo banalizado y mezquino, accesible. Democrático y popular.

–El hombre es el capital más precioso.

–Una definición que se cumple aquí. Solo aquí, en el capitalismo de *El capital* de Marx. Antes de acabar como ermitaño e investigador de la naturaleza, Peter acaba en el hospital. Es el paciente número 12, apodado el Judío o, tal vez, reconocido como tal. Alógeno, apestado, un número. ¿Has oído hablar de la literatura schelmiana?

–No creo que se hablara de eso en las reuniones de pioneros.

–Yo me he enterado precisamente hoy, en la Biblioteca de las Plantas. España, siglo XVI o XVII. *Pícaro* o *schelm*. El retrato de la sociedad a través de peregrinaciones autobiográficas. El judío eterno, por tanto. La etimología de la palabra *pícaro* remite a la tradición judía. *Schelm*, en alemán corresponde al pícaro y tiene relación con el hebreo *Aas*, el signo del reverso, el regreso de los convertidos bajo la Inquisición. El viaje pícaro es horizontal en el espacio y vertical en la sociedad. Esto es lo que he descubierto. Domina la incertidumbre.

–Pssí, la incertidumbre. Te he traído otra cosa, de una librería de viejo. La novela de un checo, Natonek, sobre la vida de Chamisso, Allert de Lange, Ámsterdam, 1939. «*Mich drängt aus Europa hinaus», sagte er zu Hitzig.*[12]

–No eres un judío converso, querido berlinés. Hitzig se convirtió para asegurar a sus hijos un futuro estable. Tú no tienes hijos, tampoco esposa. Ni amante, por lo que veo.

–No, pero soy de izquierdas, como dices. Por lo tanto, judío. Incluso antes del Holocausto expresa Hitzig la necesidad de una separación espiritual y política de Europa. Quería ya otra cosa. África, las distancias, el vacío. Y era un noble francés, no un paria.

–Separarse de Europa, también para asegurar a sus hijos un futuro estable. La nobleza había sido expulsada de Francia y Chamisso no se sentía demasiado seguro tampoco en Alemania, aunque no era judío. Solo apátrida. Pero iba a casarse por amor, de todas formas, *monsieur* Chamisso. Fue padre de dos niños y una niña. He sabido hoy, en la biblioteca, de la existencia de uno de los chicos, Ernest.

—¿Dos chicos y una chica? ¿Y Peter?

—Sí, tres hijos y un fantasma. El hijo ficticio. Ficticio, pero no del todo. El más cercano, probablemente.

—Sí, hoy te he encontrado también una profesora de inglés. La lengua global, vayas donde vayas. Está dispuesta a orientarte. Depende de lo que te quedes.

—No lo sé. Tamar tiene problemas con su divorcio. Tal vez sea por mi culpa. El señor cuñado no me tragaba desde el principio. Consideraba nuestra relación excesiva. Tamar promete que me va a alquilar un alojamiento cerca y que me visitará, que hablaremos por teléfono, tralalalá... No es un comienzo alegre. Pero tiene misterio. Me daba miedo el aburrimiento de la prosperidad. Veo que aparecen emociones.

—Nosotros ya mantuvimos esta conversación cuando me fui yo del arrabal socialista. Entonces decíamos que allí donde haya gente, no puede existir un aburrimiento total, ya se ocupa la gente de eso.

—No quería marcharme. Te he contado solo patrañas. ¿Por qué iba a marcharme? ¿Para buscar cometas de colores? Yo decía eso, pero tú seguías con el experimento de la libertad. No me apetece completar el relato. Lo cierto es que estaría bien seguir esperando aquí, pero no demasiado.

LECCIÓN DE INGLÉS

Günther le había informado al turista de que Jennifer trabajaba en un centro del ejército americano. Le ofreció también las informaciones preliminares pertinentes, dirección, número de teléfono y una breve descripción, en absoluto alentadora. Una joven tímida y poco sociable, esbelta, indolente y ágil, de ojos brillantes. El turista la llamó por teléfono y, disgustado por el laconismo de la conversación, decidió quedar con ella en su lugar de trabajo, curioso por ver cómo era la escuela alemana de los yanquis uniformados. Sí, Jennifer habla un alemán perfecto, podréis entenderos, le aseguró Günther, repitiéndole que la joven americana, amiga suya, se había mostrado dispuesta a iniciar al errante en la lengua del Nuevo Mundo. No aceptaba dinero, consideraba esta caridad voluntaria un precio demasiado bajo por todas las decepciones que sus arrogantes y egoístas compatriotas les habían causado a los pobres cautivos del otro lado del Muro.

–¿Jennifer? –preguntó el visitante, inclinándose sobre el escritorio en el que una joven de pelo corto y gafas de montura azul escribía deprisa en un registro.

–Jennifer Backer, *ja, ja* –respondió de inmediato la profesora, sin levantar la mirada.

–Soy el amigo de Günther.

–Ah, *ja, ja*, un momento.

Se ruborizó antes de enfrentarse a la mirada inquisitiva del extranjero. Se levantó, alta, con una camiseta blanca, ceñida a un busto generoso, y se quitó las gafas. Tenía unos ojos grandes, negros, que ardían, brillaban, como le había dicho Günther. Le hizo un gesto a un colega, que les trajo café. Le contó al peregrino que era de Boston, enamorada tempranamente del alemán de los románticos, de Berlín y de la historia y la realidad de esa fascinante ciudad. Se quedará unos años más para enseñar al ejército de ocupación la lengua de los teutones a los que habían vencido. No le apetecía demasiado regresar a la competitividad americana, aunque Boston, «creo que ya lo sabe», es una especie de pequeña Europa.

He aquí que, después de una breve conversación, no era ya tan lacónica. Cuando vio que el invitado parecía satisfecho con lo que había descubierto, cogió una servilleta de la mesa y escribió el número de teléfono.

–Llámeme para fijar el horario.

Vivía en un bloque de cuatro pisos, junto a un parque cercano a la Ópera. Segundo piso, sin ascensor. El impacto fue inmediato: en la puerta, la anfitriona lo recibió con los brazos abiertos de par en par y una sonrisa amistosa, sin atisbo de timidez. El invitado observó sus brazos largos y sus bonitas manos, los pies largos y descalzos. La anfitriona llevaba unos vaqueros negros y una blusa corta. Se quedó con los brazos abiertos.

–Entra, adelante. Yo me ocuparé de todo.

No parecía interesada por el asombro del alumno, tampoco por el hecho de que no tuviera nada que estrechar entre sus brazos.

–¿Fobia a la realidad? Seamos serios. Es decir, no lo seamos. Günther me ha contado lo de ese diagnóstico exótico. *Monsieur* Sartre lo llamaba *la nausée.*[13]

El Nómada se encontraba ya en la habitación. Casi sin muebles, tan solo una cama amplia y una mesa ancha, montones de libros en el suelo. Se sintió arrastrado, bruscamente, hacia la vestal que explicaba, entrecortadamente: «Esto es asunto mío, no te preocupes. No te asombres. Déjate llevar», repetía Jenny.

Jenny comenzó a desnudarlo sin prisa, metódicamente, de arriba abajo, con una sonrisa alentadora. Cuando terminó y se encontraban ambos desnudos, el uno ante el otro, retrocedió un paso para contemplar el órgano despierto. «Es bonito. Y no es tímido en absoluto», sonreía, afectuosamente, mientras se dirigía hacia la cama grande y verde.

–Günther no debe enterarse –susurró Jenny, en el abrazo final–. Entiendo que te asquee la realidad después del campo de concentración y la trampa de ilusiones que siguieron. Yo soy pragmática, a pesar de estas pilas de libros, aunque he leído también al camarada Sartre.

También el alumno sonreía, sorprendido por el brusco debut. Por la naturalidad de la aventura en la que se había zambullido.

–Pareces todavía asombrado. No tienes por qué. La atracción es simple, natural. Tendremos tiempo también para el inglés. Y para una conversación real.

–Sí, lo tendremos, estoy convencido.

–Has estado aquí, presente, lo he sentido. Estás también ahora. No es tu sombra, sino el propio presente.

–No estoy seguro –respondió, más adelante, el alumno–. No me esperaba que Günther charlara sobre mis rarezas. Los alemanes son más discretos que nosotros, los balcánicos.

–También Günther es balcánico, incluso aunque sea alemán, y no hay nada de malo en ello. Tenéis mucha más vida que estos. Pero no ha cometido ningún sacrilegio. Somos buenos amigos, nos conocemos, confiamos el uno en el otro. Estaba convencido de que también nosotros dos seremos amigos.

–Un clarividente, un profeta... ¿Qué más te ha contado?

–Me ha hablado sobre tu hermana. Que estás enamorado de ella.

–¿Enamorado? El amor es un error de atribución, dice uno de los libros del suelo. Estamos muy apegados, sí. Dos huérfanos criados juntos. Con y para el otro. Ajenos al mundo, si no incluso en contra de este.

–Sé que está casada.

–Sí, está casada. Yo no soy su marido. De mí no se puede divorciar. Y tampoco querría.

–¿Y cómo se llama?

–Tamar. Tamara.

–Eso quería oír. Para comprobar si tienes confianza en mí. No tienes. Todavía no tienes. Ya tendrás. Seremos amigos. Tamar es diferente a Agatha.

–Agatha significa síndrome FR. Fobia a la realidad. Günther te lo ha contado también, evidentemente.

–Estaba seguro de que nos haremos amigos, eso es todo. Pero el síndrome FR no me gusta. Hace falta otro nombre, otra metáfora.

–¿Te parece una metáfora? Es la definición de un médico, su diagnóstico.

–Un lector frívolo. Sensible a los efectos baratos.

–Entonces, ¿tienes otra propuesta?

–Lo pensaré. Tenemos tiempo. Entiendo que has aplazado tu partida al mundo.

La vestal cumplía con fantasía y pasión el ritual erótico. Era persistente, jadeos y gritos breves, vergonzosos y desvergonzados, caricias tiernas y tórridas. Una especie de terapia silenciosa y tenaz e irresistible. Sí, irresistible, su pareja estaba cautiva en esa comunión delicada y experta, ya no estaba seguro de si la sombra actuaba en su lugar, tampoco le importaba, atrapado en el juego eléctrico del instante. Dos cuerpos sedientos de alegría, uno era el suyo, eso parecía, y no habría podido desprenderse de él y tampoco quería, Jenny estaba en él, por completo, y él en ella, enlazados y aherrojados, una vez y otra vez y otra, en el placer. Atenta y perspicaz, la profesora estaba dedicada por completo a los cuerpos exaltados.

Cómo será la clase de inglés, se preguntaba el alumno, después de recuperarse de la hipnosis y se quedó, extenuado, con la mirada clavada en el techo.

La pausa se prolongó. El silencio de la habitación era perfecto, al igual que el de los cuerpos satisfechos; Jenny ya no estaba en la cama ni en la habitación –se oía la ducha en el baño. Tampoco reapareció cuando cesó la ducha. Al parecer no se daba prisa, el alumno tenía tiempo de arreglarse la ropa y las ideas para el siguiente experimento pedagógico. No se había cambiado, seguía en vaqueros y descalza. El cautivo contempló largamente sus bonitos pies y sus bonitas manos. Estaba a punto de confesar su obsesión infantil por las manos y los pies femeninos. La blusa no era ya de gasa, sino de un tejido grueso y negro, cerrada hasta el cuello, como una monja. El extranjero se resignó a contemplar, de nuevo, la amplia habitación, dispuesto a pedirle a la profesora el traslado, en el futuro, del ejercicio erótico al final de la clase. Sobre la mesa había ahora dos tazas de café, junto a los cuadernos y los libros y los lapiceros.

La lección transcurrió perfectamente, en un ambiente amistoso y profesional. Ningún desliz bromista. Al final, Jenny lo abrazó con camaradería y le dio unos golpecitos protectores en el hombro. Se verían al cabo de tres días, a la misma hora y en el mismo sitio. No tuvo tiempo o ganas de solicitarle el traslado del ritual del comienzo al final de la clase, lo hará la próxima vez, dentro de tres días. Tres días después, la sorpresa no fue menos que la del debut. Jenny apareció con la misma ropa y la misma disposición cordial, pero sin impulsos tórridos; esperaba, tal vez, que tomara la iniciativa su compañero, pero este no hizo gesto alguno. El inglés parecía un ámbito suficiente para la curiosidad de ambos.

Lo mismo sucedió las semanas siguientes. La lengua globalizada de una época global abría una nueva aventura, un nuevo refugio, pero el nómada era un novicio y solo podía esperar una incipiente familiaridad con la nueva fonética y unas cuantas expresiones coloquiales con las que, entusiasta, lo dotó Jenny.

Salieron juntos varias noches, abordaron en su conversación muchos de los libros del suelo para su evidente satisfacción compartida. ¡Ninguna alusión al acercamiento del primer día! Como si el primer encuentro no hubiera sucedido o fuera tan solo una sombra pasajera del tiempo irrecuperable. El ejercicio cerebral, desarrollado con la misma competencia que el erótico, los reunió, sin embargo, de nuevo. Reencontraron lugares comunes, iniciados en lenguas y lugares distintos.

Parecía que el diálogo hubiera tomado, del diálogo erótico, una intensidad cómplice que reconstituía la pareja. No se trataba de fobia a la realidad, sino de otra cosa, una realidad más profunda en la que el turista no podía dejar de pensar. Jenny, que se había presentado como pragmática y lo confirmaba, no estaba en absoluto menos interesada que su alumno en su curioso encuentro.

Ahora bien, el poeta cuyo nombre se nos quedó impreso en edad tan temprana, el poeta alemán que se les muestra a nuestros muchachos como primer modelo valioso era un extranjero, un foráneo. Canciones francesas sonaron junto a su cuna. El aire, el agua y los alimentos de Francia formaron su cuerpo, el ritmo de la lengua francesa transportó todos sus pensamientos y sensaciones hasta que fue un adolescente. Solo entonces, con catorce años, vino a nuestro país. Nunca llegó a hablar el alemán con soltura. Contaba en francés. Se dice que, cuando escribía, recitaba en voz alta sus inspiraciones en francés, antes de transcribirlas en verso, y el resultado, no obstante, era una magistral poesía alemana.

Esto es sorprendente; más aún, es inaudito. Hay ejemplos de hombres de espíritu que, simpatéticamente atraídos por el genio de un pueblo extranjero, cambiaron de nacionalidad, se sumergieron por completo en los problemas y las ideas de la raza elegida por afinidad con ellos y aprendieron a manejar la pluma no solo con propiedad sino también con elegancia en un idioma que no era el de sus padres. Mas ¡qué significa la corrección, qué significa la elegancia frente a la profunda familiaridad con las sutilezas últimas y las intimidades de una lengua, esa sublime habilidad en relación con el tono y el movimiento, la acción refleja de unas palabras sobre otras, su sabor voluptuoso, su valor dinámico, estilístico, curioso, irónico, patético, esa maestría –por aprehender en una palabra lo que es imposible analizar– con el suave y poderoso instrumento del idioma que caracteriza al artista literario y que necesita el poeta! Aquel que ha nacido con la vocación de enriquecer algún día la literatura de su pueblo, debe hallarse concernido por su lengua materna de una manera particular. La palabra, que está ahí, que pertenece a todos y que sin embargo parece pertenecerle a él en un sentido más íntimo y afortunado que a los demás, será su primer asombro, su placer más temprano, su orgullo infantil, el objeto de sus ejercicios secretos y no reconocidos, la fuente de su vaga y extraña superioridad. ¡Y ser trasplantado a esa edad a un país extranjero, a una zona de habla y costumbres extranjeras! Aunque en algún lugar dentro de él hubiera ya alguna simpatía latente, aunque la adaptación interna al ritmo alemán, a las leyes del pensamiento alemán, se hubieran consumado de un modo inconsciente y voluntario, ¡cuánta lucha y cuánto esfuerzo por conquistar los valores de nuestra lengua hicieron falta para convertir a un muchacho francés en un poeta alemán!...

Era un hombre dulce, de elevada estatura, con una larga cabellera lisa y rasgos nobles, casi hermosos. Tendía a hacerse amigo de los niños y los seres primitivos, conservaba un recuerdo entusiasta de los nativos de las islas Radak, y consideraba al indio ulea Kadú, que fue su asistente en los Mares del Sur, «uno de los caracteres más bellos que había encontrado en su vida y una de las personas a las que más había amado»...

Pues el exceso de ternura y lo brutal son necesidades complementarias del temperamento romántico, ávido de estímulos, y justo ese contraste es el que desliza la obra de Chamisso, con su claridad latina, racional y compacta, al ámbito anímico del romanticismo... La maravillosa historia de Peter Schlemihl *fue escrita* —anticipemos lo histórico-literario— *en 1813, en esa época en que el poeta, en una situación de abandono personal y político, se dedicaba a la botánica en la finca de la familia Itzenplitz, con la que le unían lazos de amistad... No es un cuento. Aunque se apoya en un fondo de indeterminación, es de naturaleza novelística, y es demasiado serio, demasiado apasionado en un sentido moderno, pese a su tonalidad grotesca, como para poder incluirlo en el género del cuento infantil... La narración comienza en un tono realista y burgués, y la maestría artística del autor consiste precisamente en que sabe mantener esas convenciones realistas y burguesas hasta el final e incluso al relatar los sucesos más fabulosos con absoluta precisión, de tal modo que la historia de Schlemihl nos parece «maravillosa» en el sentido de que un hombre se ve sometido por voluntad divina a un destino sin-*

75

gular o inaudito, pero no en el sentido sobrenatural e irrespon-
sable de los cuentos infantiles. Ya su forma autobiográfica, de
confesión, contribuye a que su pretensión de verosimilitud y rea-
lidad nos parezca más estricta que en los impersonalmente fabu-
losos cuentos infantiles, y si hubiera de definirla con el nombre
de un género, habría que elegir, en nuestra opinión, el de «nove-
la fantástica»... Nada de pie equino, nada de demonios ni de
bromas infernales. Un hombre tímido, de modales corteses (un
rasgo exquisitamente convincente) cuando comienza la decisiva
conversación sobre la sombra y a quien también Chamisso, en-
tre el respeto y el horror, trata con desconcertante cortesía... El
seducido Schlemihl elige la bolsa de los deseos, y a continuación
viene ese momento incomparable en que el anciano se arrodilla,
despega del suelo con sorprendente habilidad la sombra de
Schlemihl de la cabeza a los pies, la levanta, la enrolla, la dobla
y se la mete en el bolsillo.

La cosa es que ahora todos, hombres, mujeres, niños de la
calle, se dan cuenta enseguida de que Schlemihl no tiene som-
bra y le cubren de burlas, compasión y desprecio. Este punto
me hace reflexionar un poco más que el de la bolsa de los de-
seos. Si me cruzara a pleno sol con un hombre que no proyec-
tara sombra alguna, ¿me daría cuenta? Y aunque me diera, ¿no
lo atribuiría a alguna circunstancia óptica por mí desconocida
que impediría casualmente que se proyectara la sombra? ¡Me
daría igual! Justamente en la imposibilidad de comprobarlo y
de responder a esa pregunta están la gracia y la originalidad del
libro, y una vez formulada esa hipótesis todo ocurre según una
lógica conmovedora.

Lo que sigue entonces es la descripción de una existencia
privilegiada y envidiable, pero románticamente miserable, so-
litaria a causa de un sombrío secreto, y nunca poeta alguno ha
sabido mostrar una existencia semejante y hacerla sensible de
un modo más sencillo, verdadero, vívido y personal...

Vemos al rico Schlemihl huir de su casa de noche, a la luz de
la luna, envuelto en un amplio capote, con el sombrero calado

hasta los ojos, impulsado por el mortificador deseo de poner prueba a la opinión pública, de oír su propio destino de boca de los transeúntes. Le vemos inclinarse bajo la compasión de las mujeres, las burlas de los jóvenes, el desprecio de los hombres, especialmente de los corpulentos, «que arrojan una sombra particularmente amplia». Le vemos tambalearse de vuelta a casa con el corazón desgarrado porque una dulce muchacha, que sin proponérselo se fijó en sus ojos, al descubrir su falta de sombra se cubrió el bello rostro con un velo y continuó caminando con la cabeza baja. Su arrepentimiento sobre el trato no tiene límites...

Con el mayor realismo se describe entonces cómo Schlemihl intenta arreglárselas penosamente con su maldición. En un momento de debilidad, hace conocedor de su oprobiosa falta a su ayudante de cámara, un muchacho de agradable fisonomía y el buen hombre, aunque horrorizado, decide desafiar al mundo permaneciendo junto a su bondadoso señor y ayudándole en la medida de sus fuerzas. Lo rodea de cuidados, está en todo momento delante y junto a él, lo prevé todo y, más robusto que Schlemihl, le cubre rápidamente con su propia y perfecta sombra en los momentos de peligro. Así le es posible a Schlemihl moverse entre la gente y representar un papel. «Por supuesto, tuve que aparentar muchas peculiaridades y manías», dice, «pero esas cosas les quedan bien a los ricos.» Las derrotas y las humillaciones no dejan de producirse. Y sin tardanza se hila todo ello con el emocionante episodio de un tema inmortal en la poesía romántica: el amor del hombre estigmatizado, perseguido, difamado y maldecido, hacia una muchacha pura e inocente, en el seno de la humanidad más tranquila y burguesa. Es el desdichado idilio con la hija del inspector forestal y no falta en él ninguno de los elementos típicos que pertenecen al desarrollo del tema: ni la inocente y vana alcahuetería de la madre, ni la tosca incredulidad del padre, que «no quiere elevarse tanto», ni los remordimientos de conciencia del pretendiente, los presentimientos de la muchacha, sus tiernos intentos de intro-

ducirse en el secreto de su amado y su grito de mujer: «Si eres desdichado, úneme a tu desdicha, para que te ayude a soportarla». Pero reinan aquí una inspiración nueva, una nueva vitalidad y una gravedad tan conmovedora en la expresión, y una tal fidelidad al detalle, que se olvida por completo lo fantástico del planteamiento, al igual que el propio poeta parece haberlo olvidado. En ningún momento la narración se aleja tanto del cuento infantil como aquí, en ningún momento es hasta tal punto novela, realidad, vida auténtica... Nada más satisfactorio que el final del capítulo donde el Maligno, «como si estuviera acostumbrado a ese trato», con la cabeza gacha y los hombros encogidos, se deja golpear en silencio... Y no podría imaginarse un final más bello que el que inventó el poeta, que es conciliador pero a la vez grave y lo más alejado posible del optimismo infantil de los cuentos, donde todo acaba con una boda y un «fueron felices y comieron perdices».

Schlemihl, «expulsado de la sociedad humana a causa de una culpa prematura», de ninguna manera regresa al seno de esa sociedad, no recupera su sombra. Sigue estando solo, sigue expiando su culpa, pero en sustitución de la felicidad burguesa recibe por una benévola causalidad la vasta Naturaleza y dedica su vida al servicio de la ciencia. La precisión geográfica con que el autor describe los viajes de su héroe con las botas de siete leguas es de nuevo un medio de proporcionar una base realista a unos hechos fantásticos, y un indicador de su cautela... Así Schlemihl, un viajero grotesco y contento con el destino que le ha tocado, emprende colosales viajes de estudios por toda la superficie terrestre... ¿En qué medida es esta obra una confesión, y qué significa la falta de sombra? Desde la aparición del libro, muchos se han roto la cabeza con esta cuestión, se han dedicado tratados a esa pregunta, y se ha respondido demasiado tajantemente que el hombre sin sombra es el hombre sin patria. Considerar que solo ese es el «significado profundo» de un motivo que al principio solo fue una ocurrencia extravagante es, cuando menos, excesivamente escueto. El Schlemihl no es una alegoría, y Chamisso no era hombre que hubiese hecho de algo espiritual, de una idea, lo primario de su producción. «Solo la vida», era su máxima, «puede volver a captar la vida.» Pero precisamente por eso, sin una experiencia vital no hubiera podido transformar un divertido tema de cuento infantil en algo tan lleno de vida y de verdad novelesca, y ni la necesidad de diversión ni el deseo de agasajar a unos niños habrían bastado para hacerle escribir la historia, si él no hubiese sido consciente de hallarse en la situación propicia para poder insuflar un aliento propio y personal en su creación.

Una vez más, ¿qué era eso propio y personal? Para la edición francesa del Schlemihl, Chamisso escribió un delicioso prólogo... Y cita a continuación, sin más, la definición de sombra de un sabio libro: «L'ombre considerée sur un plan situé derrière le corps opaque qui la produit n'est autre chose que la section de ce plan dans le solide qui réprésente l'ombre».[14]

«C'est donc le solide», *observa Chamisso*, «dont il est question dans la merveilleuse histoire de Pierre Schlemihl... La leçon qu'il a chèrement payé, il veut qu'elle nous profite et son expérience nous crie: songez au solide.»

«Songez au solide!» *Esa es la irónica moraleja de este libro, cuyo autor sabía bien qué significa carecer de solidez, de estabilidad personal... Conocía los tormentos de una existencia juvenil problemática que, sin una carrera de verdad y sin un futuro de verdad, no es capaz de identificarse a sí misma y que, con la autoestima herida, por todas partes experimenta la burla y el desprecio, especialmente por parte de los sólidos, de los corpulentos «que arrojaban una sombra particularmente amplia». Tal vez albergara opiniones aún más curiosas sobre la indeterminada realidad y la falta de solidez de la existencia. Él, un francés de nacimiento, se había establecido en Alemania y podía decirse que, si el azar lo hubiera querido, habría podido establecerse en cualquier otro lugar... ¿Qué era, quién era en realidad? ¿Una nada o un todo? ¿Una persona indescriptible, capaz de sentirse como en casa en todas partes e imposible en todas ellas? Debe de haber habido días en que él no se habría sorprendido de no tener sombra, tales eran su indeterminación e irrealidad.*

En Peter Schlemihl *la sombra se ha convertido en el símbolo de la solidez burguesa y de la pertenencia a la humanidad. Se la menciona junto con el oro, como algo que hay que tener si uno quiere vivir entre los hombres y de lo que uno solo querría deshacerse si estuviera dispuesto a vivir para sí mismo y para lo mejor de sí mismo. A los burgueses, como se diría hoy, o a los filisteos, como dirían los románticos, podría decírseles irónicamente: «Songez au solide!». Pero la ironía casi siempre implica hacer de la necesidad una superioridad, y todo el librito, que no es otra cosa que una descripción profundamente vívida de los sufrimientos de un marginado, de un apestado, prueba que el joven Chamisso supo apreciar dolorosamente el valor de una sombra saludable...*

Es la vieja y buena historia. Werther se suicidó, pero Goethe siguió viviendo. Schlemihl vaga sin sombra, como un naturalista que solo vive para sí mismo, grotesco y orgulloso sobre montañas y valles. Pero Chamisso, que ha escrito un libro con sus sufrimientos, se da prisa en desprenderse de aquel problemático estado de crisálida, se hace sedentario, padre de familia, académico, y es aclamado como maestro. Solo los eternos bohemios encuentran aburrida esa vida. Uno no puede ser siempre interesante. Uno se va a pique mientras sigue siendo interesante o bien se convierte en maestro. Pero Peter Schlemihl *se cuenta entre las más valiosas obras de juventud de la literatura alemana.*[15]

ARPEGGIONE

El Errante se presentó en la última clase con un gran ramo de flores. La profesora esperaba en la puerta. Ya no estaba descalza y tampoco se mostraba familiar.

—Si lo he entendido bien, te vas a donde tu hermana.

—Me he exiliado por ella. Me necesita. Y yo también a ella. De hecho, yo a ella... No tenemos más familia.

–Sí, lo entiendo. ¿Cuándo te vas? Por lo que te conozco, podrías desaparecer de repente una noche. Tal vez lo hayas decidido ya.

El Exiliado guardaba silencio y la contemplaba. Zapatos de tacón en los pies, sus bonitas manos blancas, la sonrisa.

–Antes de separarnos te propongo que paseemos por Berlín. Mi ciudad favorita. He comprado entradas para el concierto. Tenemos tres horas para pasear, es decir, tiempo para la melancolía. El programa incluye compositores alemanes y austriacos. Por lo que sé, Bucovina está vinculada a Austria. Para la dulce Bucovina tenemos a Schubert, figura en el programa con una pieza rara, la *Sonata Arpeggione*.

–Conozco la *Sonata Arpeggione*. La escuché por primera vez, hace muchos años, interpretada por una violonchelista rusa.

–El delicado Franz es un sentimental.

–Tal vez, pero a mí no me parece un defecto. La vulnerabilidad, lo sé por experiencia, se descarga en la melancolía. Es una de las piezas escritas justo antes de morir. Estaba gravemente enfermo y desesperado. «*La mélancolie, c'est le bonheur d'être triste*»,[16] dice Victor Hugo, y Herr Schubert lo sabía.

Al salir de la sala de conciertos, el Viajero besa la mano de la profesora al estilo del viejo continente.

–El concierto ha sido fabuloso, gracias por esta velada musical y por todo lo demás.

–Así pues, partirás enseguida.

–Sí, enseguida, tengo los billetes de avión. Hasta entonces podríamos cenar juntos. Es la noche de la separación, ¿no? Espero que no sea demasiado larga.

–¿Regresarás a la tierra del viejo continente?

–¡Quién sabe lo que nos depara el futuro! He vivido toda mi vida en la incertidumbre, estoy acostumbrado a las misteriosas vueltas que da la vida.

Entraron en un pequeño y cercano local húngaro. El Errante picoteó el guisado y vació dos botellas de vino tinto. La profesora lo contemplaba en silencio, sonriente. Cuando abrió la puerta de su casa, le hizo una reverencia al invitado y lanzó los zapatos hacia la esquina de la habitación.

ENTRE MUROS

Se oyó una especie de tímido aporreo en la puerta, pero el lirón estaba demasiado cansado, no podía moverse. Luego, otro, aparece un sobre amarillo que se cuela bajo la puerta de entrada. El durmiente no tenía valor para abrir la puerta y se quedó así, anestesiado, a la espera. Luego entraron los dos gemelos gordos, con sus trajes de gala, y examinaron, hastiados, la pequeña estancia del huésped dormido para siempre. El sobre amarillo ya no estaba en la puerta sino debajo de la mesa. ¿Dónde se encontraba Günther, por qué no aparecía para denunciar el allanamiento de su domicilio?

Günther había desaparecido hacía un par de días, sin avisar y sin disculparse, el Viajero se sentía cada vez más inseguro en su estudio estrecho y en la gran ciudad desconocida, asaltado por demasiadas y no demasiado atractivas novedades. Llevaba dos días solo y no se atrevía a llamar a la policía; esperaba que apareciera su anfitrión. Los fantasmas nocturnos lo acosaban, felices por atormentarlo con la orden de que se presentara urgentemente ante las autoridades para justificar su viaje a una capital extranjera. Le aseguraban, cada vez, que no le sucedería nada malo, que la investigación no se prolongaría demasiado, que el Proceso no tendría lugar, que la burocracia democrática era lenta e ineficiente, al igual que la no democrática. Y si, finalmente, tenía lugar el Proceso, este no sería público, no había motivo de preocupación. Sería secreto, a puerta cerrada, en un marco riguroso y hermético, de ejército teutón. He aquí que el rubio se había quitado el gran sombrero, de fieltro, había

abierto el sobre amarillo, mirando fijamente a su hermano gemelo y moreno, como si no hubiera nadie más en la estancia,
solo ellos dos, enviados por el coronel Tudor. El testigo dormido era el destinatario del sobre amarillo.

«Mi querido paciente y amigo», sonaba el primer requerimiento. ¿Paciente y amigo? ¿Cómo es eso? ¿Desde cuándo ese
doble ascenso de grado?, se agitaba el Errante. ¿Quién ha inventado esta pesadilla y dónde se encuentra Günther para que
proteste contra esta puesta en escena? «Te aconsejé que me visitaras de manera periódica. No porque quisiera retomar el
contacto con la doctora Tamar, mi colega en el hospital balcánico. ¡Ni hablar! Por tu bien. Por tu enfermedad, si es que podemos denominarla así. Podemos, eso sí lo admitiste. Lo admitiste, no lo olvides, lo admitiste e hiciste muy bien.»

El sobre pasó de la mano del rubio a la de su hermano moreno, dispuesto a continuar el mensaje del doctor *securista*.

«Espero que recuerdes el diagnóstico, fobia a la realidad.
Como consecuencia del campo de trabajo y del periodo de hipnosis posterior al campo. No te gustó la denominación, lo recuerdo. Te opusiste vehementemente. Puedes llamarla como
quieras. El rechazo de la complicidad. El privilegio de la guarida. La fuga sin retorno. Cualquier denominación puede ser
buena, lo principal es la atención que le concedas. Lo prometiste, no lo olvides. No lo olvides, aunque estarás lejos, con tu
hermana, lejos, me dijo el coronel que te había concedido el
tránsito libre.»

El sonámbulo se puso tenso, sin abrir los ojos, se incorporó
sobre los codos para enfrentarse a la realidad. Esperó unos minutos y abrió, con dificultad, los pesados párpados. Nada, nadie. ¡Otra vez, como ayer, como anteayer! Los actores de la
policía habían desparecido, como si no hubieran existido. Se
llevaron también el sobre, sí, para no dejar huella se llevaron
también el sobre amarillo como el limón, como la hipocresía.
El Errante se dejó caer de nuevo entre las almohadas, pero no
conseguía quedarse dormido. Todo esto lo había provocado la

ausencia de Günther, pero, sobre todo, su mensaje de ayer. ¿Cuándo, cómo se había escabullido, a hurtadillas, silencioso, de la celda, por la noche? El Errante encontró por la mañana, sobre la mesa, en lugar del café que Günther se ocupaba de preparar cada día, una escueta señal de vida. Una nota con una orden breve, escrita en tinta roja: «¡Lee los periódicos!». Eso quería decir que el antiguo instructor de pioneros volvía a escondidas, por la noche, cuando sabía que su amigo estaba muerto por el cansancio del día y luego se esfumaba de nuevo, como había sucedido también ayer. Los periódicos estaban, ciertamente, alarmados, aunque la alarma sonaba diferente en sus páginas cuando traducían el pánico general: «mañana aparecen los rusos», «vienen los americanos», «el fin de la Segunda Guerra Mundial», «agujeros en el muro», «nos vamos a reunir», «homenaje a Kennedy: *wir sind alle Berliner*»,[17] «los checos y los húngaros nos envían mensajes», «comienza la tercera carnicería global», «todo depende de Mischa Limonada del Kremlin»,[18] «haced acopio de comida y de radios portátiles», «ahora es ahora: entre yanquis y siberianos». El Viajero se preguntó si regresar, de inmediato, al lugar de donde había partido o si seguir las travesuras de la Historia desde este punto privilegiado. Acababa de marcharse, podía regresar con sus amigos rebeldes y el camarada coronel Tudor o quedarse allí, entre mundos, para participar en las patéticas reuniones de Günther y corear eslóganes por la libertad. O volar cuanto antes hacia ninguna parte, donde lo esperaba, en una rama pintada, Agatha.

Se sentía febril, inquieto, contagiado por la histeria del momento. Confuso, alerta, como los transeúntes en la calle, que solo hablaban de la llegada del apocalipsis. Tenía que acechar a Günther, por la noche, aprovechar sus breves apariciones para comprender qué estaba sucediendo y pedirle consejo, como a un antiguo y competente camarada de pubertad. Tenía sueños agitados, las pesadillas se sucedían sin sentido. Una noche de lluvia intensa, ayer, anteayer o incluso hoy, volvió a ver en la pequeña estancia a los dos visitantes, llegados para anunciarle el arresto y el Proceso que le estaban preparando: los mismos gemelos, uno sentado en la taza del váter, el otro, a la pequeña mesa junto a la ventana.

Cuando ellos desaparezcan, ¿encontrará de nuevo el mensaje del coronel Tudor? Sí, había un sobre amarillo en el suelo, debajo de la mesa, pero sin dirección. En su interior, una nota escrita por una mano apresurada. «Te aconsejé que me visitaras periódicamente, como cualquier paciente responsable. No persigo restablecer ningún contacto profesional con Tamara, aunque sé que te refugias en ella. No, ninguna intención de esas, ¡ninguna! Se trata de tu enfermedad. Fobia a la realidad, así la bauticé yo, y así es. Tú puedes llamarla como quieras: obsesión por la soledad, rechazo de la esperanza, recelo infeccioso, la droga de la lectura. Que sea consecuencia del campo de concentración de la infancia o de lo que vino después, poco importa. Contacta conmigo antes de partir. Sin falta. Tu médico y amigo te desea lo mejor.»

¿Lo mejor para mí o para el coronel Tudor?

El sonámbulo se quedó con el teléfono en la mano, dispuesto a llamar a Jennifer o a la policía o al hospital. En el angosto estudio de Günther no había ningún ratón, ninguna mosca y ningún paraguas al que consultar. Los dilemas no eran sencillos ni fáciles de solucionar. Se había confrontado con algunos muy parecidos durante años, décadas sucesivas, bajo el emblema dorado de la hoz y el martillo. Retirado en su habitación tan pequeña como una caja de cerillas, se presentaba, sin embargo, de manera regular, a los debates ilegales con los cómplices de la retórica rebelde. ¿Otra rutina contra la rutina estatalizada? ¿Y? Nada. Nada. Había llegado al mismo sitio, es decir, lejos del lugar de la zozobra. A una capital extranjera, de pasado dudoso, retirado en la biblioteca y en el jardín del señor Adelbert von Chamisso. Y ahora, cuando la explosión había llegado, por fin, al Muro de las Lamentaciones entre el Este y el Oeste, ¿el Nómada va a huir de la culminación de lo que había esperado sin esperar, solo porque no tiene ya el valor de creer en la realidad? ¿Blindado contra las trampas de colores? ¿Qué harán los quejicas del Este cuando pasen al otro lado del Muro, entre sus compatriotas que desde hace tantas décadas no son ya sus compatriotas, preocupados tan solo por impuestos y tarifas, no por los eslóganes y el futuro de la humanidad altruista? ¿Y qué harán cuando sus nuevos vecinos, que han saltado, finalmente, los muros, se diseminen por las calles y las tiendas y las iglesias a las que no habían tenido acceso, reivindicando refugio y comida y una nueva formación profesional? Los pobres desgraciados que llegan tarde al banquete de la abundancia, obligados a enseñarles a los arrogantes de la Nación y del dinero que los enemigos no son necesariamente de una raza inferior, sino precisamente de la misma familia histórica, perdida durante mucho tiempo en el desierto de los engaños y del terror. ¡Sí, para veros ahora, juntos, hermanos de la cruz gamada! Y yo, el Errante de siempre, sospechoso por definición, ¿cómo y dónde encontraré refugio, sin importar en qué grupo o territorio me encuentre?

Se había acostumbrado a afeitarse cada mañana, pero esa mañana lluviosa y festiva, cuando se tambaleaban el Muro y él mismo, tenía que protestar contra el juego de los dioses y del azar. Volvió a instalarse ante la mesa, contemplando el círculo oscuro del café, a la espera de que aparecieran los dos gemelos de la delegación. Contemplaba la taza y el reloj, calculando el tiempo de espera reglamentario. Lo duplicó y se puso, decidido, de pie, con sus piernas largas y delgadas. ¡No, hoy no se va a afeitar! Hoy no, tenía asuntos más importantes. Antes de cerrar la puerta, metió en el maletín el pasaporte con el emblema proletario. En la mesa estaba su mensaje para Günther, en caso de que apareciera mientras su huésped se encontraba fuera. «Gracias por todo. Me veo obligado a abandonar vuestra maravillosa metrópolis precisamente cuando se reunifica y reconquista su gloria. Mi amada hermana se divorcia y no puedo demorarme. Así que me pongo las botas voladoras de Schlemihl y me voy.»

El pionero de otra época y su amigo, el instructor, se sentaron, como antaño, en un banco, mirándose con simpatía. Esperaban a que se anunciara el despegue. Estaban sumidos en una intensa controversia.

—No insisto más si es que se trata efectivamente de un problema familiar, aunque lo dudo. Pero no es una simple farsa de la Historia, como me parece que quieres creer. Se trata incluso de un acontecimiento extraordinario, soñado por todos nosotros. Una oportunidad única de estar aquí y ahora, en el corazón de la explosión. Ninguno de tus argumentos me ha convencido.

—Tampoco a mí me convencerían.

—¿Eso quiere decir que te quedas? Al menos un mes, una semana. Creo que en una semana el muro saltará por los aires, ya se oyen los gritos de júbilo.

—Sería una estupidez quedarme. No he aportado nada a la gran victoria. No me apetece celebrarla precisamente aquí, de donde procede mi enfermedad. Todas las enfermedades. No solo la cruz, sino la Cruz Gamada.

—Aquí no están solo Karl y Adolf, está también Chamisso.

—Ese es francés y aristócrata. Exiliado, no tiene con quién juntarse en la rebelión.

—Deberías quedarte siquiera por mí. Para compartir el abrazo el Día de la Reparación. Si has estudiado el Circo, tendrás cosas que ver. La tanto tiempo soñada unificación teutona… los prósperos occidentales y los orientales rezagados. Una lección extraordinaria. Los alemanes no solo odian a los judíos… puedes odiar también a tus semejantes de la misma sangre y la misma fe. Hombre sí que eres, ¿no? Los occidentales asustados ante la idea de que los hermanos del Este mermen sus ingresos y les estropeen la cerveza, sucios y paletos, como los han educado el camarada Honecker y el camarada Ulbricht y sus antepasados, Marx y Engels. ¡Será un espectáculo, créeme! La juerga de la unificación se esfumará en cuanto los occidentales echen un vistazo a su billetero. Verás lo que significa, de hecho, la unidad nacional, la identidad histórica. Los orientales agitarán la plusvalía, descubierta también por un alemán, aunque impuro, nieto de un rabino, Herr Karl, *der grosse* Marx.

Günther continuaba su alegato con poco entusiasmo; finalmente sacó de la mochila un sobre.

—Confiaba en que cambiaras de opinión. He aplazado también entregarte este mensaje. Es de Jennifer.

—¿Un certificado de virilidad?

—Podrías ahorrarte el sarcasmo. Jennifer es una criatura maravillosa, la conozco bien. Honesta, valiente, luminosa. Entiendo que has dejado las clases.

—Hace poco. Después de tomar la decisión de fijar la fecha del vuelo. No le dije nada, pero ella se dio cuenta.

—Sí, que sepas que tiene una intuición extraordinaria.

—Lo sé. Y está llena de sorpresas. Me esperaba cualquier cosa, pero no la clase inicial y tampoco la del final. Ya te conté lo de la primera. Luego siguió, sorprendentemente, un perfecto periodo escolástico y casto. Nada, ni un gesto de acercamiento, ninguna alusión. Me preguntaba si no habría sido un sueño o una pesadilla de esas que me visitan con frecuencia. O, más bien, la decepción. Soy vulnerable, como sabes, a las dudas. Pero al final, ¡bum! Cuando ya no me lo esperaba, aunque fuera algo reciente, después de ir al concierto, se repitieron los síncopes del principio. La lección inicial, retomada de forma idéntica. Como si no hubiera tenido lugar ninguna interrupción. Comienzo y final idénticos, *pathos* y pasión. Y profesionalidad, podría añadir, pero dirás que soy sarcástico.

—Lo eres, lo eres, eso es lo que hay. Ella le escribió a su tío de la universidad.

—¿Qué tío, qué universidad?

—Tiene un tío que la adora. Es el rector de una universidad o *college* yanqui, no lo sé. Le escribió sobre el Errante del Este. Una especie de carta de recomendación. Dice que su tío jamás le ha negado nada.

—Un motivo de más para tomar mi vuelo. ¿Qué hay en este sobre?

—La dirección de su tío y lectura para el vuelo. Una clase de inglés, para que recuperes el tiempo perdido.

Günther sacó el pequeño opúsculo, amarillo, delgado, del sobre.

—*The Schlemiel as Modern Hero*. Fíjate aquí, en estos capítulos: «Ironic Balance for Psychic Survival». Y más abajo: «The American Dreamer» y «The Schlemiel as Liberal Humanist». Y la editorial: University of Chicago Press, Chicago&London. Tu mundo, ratón de biblioteca. ¿La fobia o la intensificación de la realidad?

—Sí, sí, muy bien, nos están llamando para embarcar. Una última pregunta, porque no sé si volveremos a vernos ni cuándo. No voy a preguntarte por las tres esposas semitas de las que te has divorciado, ni por qué, ni qué relación mantienes ahora con ellas. La primera era Zimra, que cambió su nombre a Zoia. Zoia Kosmodemianskaia, la heroína de la Unión Soviética. La otra era Sulamita, a la que apodaste Sula, la última era Erika, ¿no? Ninguna consiguió curarte de los judíos. ¿Por qué te obsesionan los judíos hasta la fijación? ¿Los perseguidos? También hay otros, siempre hay otros. Al fin y al cabo, eres progresista y universalista, cosmopolita, internacionalista. ¿Por qué los judíos?

—La culpa alemana. Soy alemán, de todas formas, aunque haya crecido entre los Cárpatos y el Danubio. Claro que hay otros sospechosos y perseguidos, pero los judíos ocupan un lugar de honor. Siempre. Antes y después de Cristo, antes y después de Hitler o Stalin o Haman, el persa. El primer lugar de la lista. Preveo solo añadidos, no mejoras. Incluso en nuestros idílicos tiempos, cuando los puntos cardinales se acercan y se confunden. ¿Y tú? No te pregunto por el Circo, que también es inmortal. Te pregunto por qué huyes de ti mismo. Por qué te tapas los oídos cuando oyes hablar del Holocausto, de los pogromos, del odio étnico.

El Viajero guardaba silencio. Al cabo de un rato, miró el reloj de la muñeca izquierda. Era tarde, el pájaro había arrancado los motores.

—Por orgullo, Günther. Rechazo la compasión, odio el gimoteo. Les dejo a los otros, a los que nos mataron y quemaron, que se expliquen.

—¿Es decir, yo? ¿Yo, yo? Eso es lo que hago y veo que te irrita.

—Está también el miedo a revivir la realidad. Con una vez tengo bastante.

—¿Depositas en mí la misión de poner patas arriba el pasado alemán y la historia de los errantes?

—Yo no creo ya en misiones. No te impongo nada, me resulta indiferente.

—¿Es posible que te resulte indiferente precisamente a ti?

—Es posible, *mein Herr*. Precisamente a mí, es decir, al especialista en circo y en payasos. ¿Eso es lo que quieres decir?

—En absoluto. Estamos en el aeropuerto antes de la separación. No es una casualidad que estemos aquí juntos.

—Tal vez no lo sea.

—Entonces, dime, ¿cuándo te has vuelto ciego y mudo? ¿Estás preparado para el exilio? ¿Exilio en el país de los exiliados?

—Tal vez, tu dialéctica me vence, pero no me convence. Vence, me reanima una décima de segundo, pero no me convence.

—¿Qué te convencería?

—Un encuentro entre Karl y Adolf, las sombras que se pegan a nosotros como lapas. Se te pegan a ti, quiero decir. Yo estoy vacunado.

—¿Cuándo? ¿Por cuánto tiempo?

—Varias vacunas. El cotidiano burlesco.

—Demasiado simple, ¡pura retórica! No te reconozco.

—Una ventaja para los dos. Hace que la separación sea más fácil.

Un largo y prolongado silencio. Como era previsible, el Viajero callaba, pero su interlocutor no podía permanecer mudo demasiado tiempo.

—¿Podría escribirte? Estamos en un mundo libre, ¿no? ¿Responderías?

—No lo sé, el futuro es incierto.

—¿Le escribo a tu hermana?

—¡En ningún caso! Ella no ha estado presente entre nosotros.

—Podría estarlo.

—No, prefiero que la dejes al margen de nuestras disputas.

—Entonces te escribiré a ti.

—Como quieras.

—Eso es lo que quiero, soy un alemán cabezota.

—Prometo leer tus mensajes berlineses.

—¿Sin responder?

—No lo sé, no puedo asegurarlo.

Se abrazaron fraternalmente, como en la llegada, compensaron la emoción con una palmada masculina en el hombro. Como si el futuro mereciera tanta desesperanza como el pasado.

El Viajero subió, titubeante, las escaleras del futuro, sujetándose a la barandilla metálica, sin mirar abajo por miedo a marearse.

Y llegó, de nuevo, el día siguiente. Su sitio estaba junto a la ventana, el asiento vecino estaba libre, la azafata era rubia y delgada.

¿Había sangrado al subir al avión? En absoluto. Tan solo un leve mareo, como antes de cruzar la Estigia. Se acurrucó en su asiento estrecho, perdido en el vientre del armatoste volador.

—¿Se encuentra mal? —preguntó la azafata.

El pálido larguirucho no respondió. Se sentía bien, en serio, no había ningún motivo de preocupación, solo una cierta emoción, como en el primer vuelo transoceánico. La fortaleza voladora era yanqui, acostumbrada a los océanos y a cruzarlos, los pasajeros eran pocos y estaban felices, no había motivo de inquietud. La azafata servía zumo de naranja, llegará también el güisqui y la sopa dietética, nuestro cliente es nuestro señor. Al cliente no parecía interesarle el menú, sacó el pequeño opúsculo del bolsillo y un librito un poco más grande, también amarillo; intentaba no caer en el aburrimiento de un viaje demasiado largo.

«*Nach einer glücklichen… jedoch beschwerlichen Fahrt*»,[19] anunciaba el relato de Chamisso. El lector buscaba el episodio del banquete del señor John, que le informaba al errante de que necesitaba un millón para convertirse en un ciudadano honorable, luego el final, el de los botines mágicos que te llevaban a cualquier sitio en un instante. ¿El señor John? Sí, sí, creo que así le llamaba la joven Jennifer. John no sé qué más. John, sí, John Patrick Johnson, eso ponía en la nota pegada en la primera página del opúsculo que le habían regalado.

«*This is my uncle. Mr. John Patrick Johnson, él ya ha oído hablar de ti*»,[20] escribía la graciosa políglota. Debajo, la dirección del rector del *college*, el teléfono de su casa y del trabajo, el nombre de su esposa, una viuda sueca. Título, *Doctoral dissertation*. Ajá, papel de postre en el almuerzo del ratón de biblioteca.

Un schlemiel es un personaje folclórico y ficticio… entronca con los bufones de otra época y encarna los rasgos más importantes de su tradición: su debilidad… es inofensivo y antipático… es vulnerable e inepto… no es ningún santo, tampoco está libre de culpa, es tan solo débil, quiere convencernos de que su debilidad es fuerza… su rechazo a ser definido por otros no es una actitud precisamente adecuada para alguien que quiere mejorar su situación respecto a su opresor… un sólido sentido de identidad… un subproducto… su background se convierte en una bolsa de valores individual, de intensa identidad, incluso también de libertad personal. Por muchos motivos, extraños o naturales, este héroe desafortunado, al que llamamos schlemiel, se ha convertido en una figura recurrente en la cultura americana. Su proliferación no ha pasado desapercibida. Sin embargo, como tantos otros en América, él es un desarraigado y ni él ni los que lo rodean parecen conscientes de su origen.[21]

Una clase de inglés elemental, había que releerla, una y otra vez. El alumno de Jennifer no estuvo a la altura de las expectativas de la profesora. Se merecía, por tanto, repetir el ejercicio. Solo que el pasajero tenía sueño y se sentía débil, no había dormido en toda la noche al celebrar el regreso de Günther a la guarida y la inmediata despedida.

Toda la noche charlando sobre lo que vendrá tras la caída del Muro y qué otros muros aparecerán, dónde y cuándo y de qué manera, pero no se podía renunciar a ellos, ¿verdad?, preguntó, provocador, el Errante acostumbrado a los muros. La pasión era real, como en otros tiempos, y había que celebrarla.

Le gustaría quedarse dormido ahora, en el asiento estrecho del avión, pero no se atrevía, no estaba seguro de que no aparecieran también aquí los dos gemelos para recordarle al elegante coronel y al médico que trabajaba para él.

El estudio etimológico más detallado sobre el término schlemiel (schlemihl, shlemiel, etc.) lo encontramos en el artículo de Dov Sadan, escrito en hebreo y titulado «Lesugia: schlumiel» («Sobre schlemiel»), publicado en Orlogin. El profesor Sadan confirma el uso frecuente del término en alemán antes del siglo XIX... la palabra procede del argot del hampa hebreo... Schlimazl significa «desgraciado», «gafe». Con abundantes ejemplos de textos en yidis y en hebreo, el profesor Sadan muestra que, en general, el término se refiere a un hombre bueno y devoto, pero carente de fortuna, que, de manera accidental o permanente, representa a una víctima de la mala suerte.[22]

Por desgracia, con Günther no se podía abordar este tema... Desde el primer intento había saltado como movido por un resorte: ¿ahora, precisamente ahora se te ocurre, cuando, por fin, cae el Muro? ¡Claro que aparecerán otros, claro que los Muros son inevitables, pero al menos uno salta por los aires! Ahora, ahora, aquí, donde ha habido siempre muros sobre muros.

Él analiza el libro para mostrar que Peter Schlemihl está inspirado, aunque sea de manera inconsciente, en la figura de

Ashaverus, el judío errante, y en la falta de sombra (que todos los demás hombres poseen). Del mismo modo, como en las obras de muchos alemanes de origen judío contemporáneos de Chamisso, el término schlemiel llegó a ser utilizado de una forma específica: no para un simple necio, sino para alguien destinado a ser diferente, apátrida, extranjero y judío.[23]

El profesor Sadan menciona también, por supuesto, la famosa explicación etimológica del término, perdida hoy en día, falsamente defendida por Heinrich Heine en Melodías hebreas, *según la cual el origen del término se encuentra en Herr Schlemihl ben Tsurishadai, jefe de la tribu de Simeón (Números 7: 36), que fue asesinado por error por Finees cuando este intentaba matar a Zimri, imponiéndolo así para siempre como el prototipo de la víctima infeliz. Heine dice que todos los poetas son descendientes de un* shlemiel *primordial.*[24]

Irónicamente, el profesor Sadan afirma que el creador de este shlemiel *prototípico tiene su propia encarnación: la estatua de Heine, semejante a la sombra de Peter Schlemihl, expulsada de su tierra natal, y que encontrará finalmente refugio en el albergue precario de Nueva York.*[25]

Las palabras se tambaleaban, el lector se había quedado dormido, aunque el vuelo sobre el ancho mar apenas había comenzado. La estatua de Heine, la sombra de Peter Schlemihl y la orilla inverosímil de Nueva York... hojeaba el librito amarillo. Intentaba, mareado, hojearlo, atraído por los nombres que lo poblaban, Don Quijote, Menahem Mendel, Oblómov, Herzog, el Idiota de Dostoyevski y Pnin de Nabokov y Samsa el del praguense y Ulrich, el solitario sin atributos de Musil, con su hermana Agathe, el triestino Zeno, *Monsieur* Meursault y *Monsieur* Berenger, no encontraba a ninguno... La autora, Ruth Wisse, estaba preocupada tan solo por los emigrantes de Europa del Este. Pero ahí está el capítulo «Holocaust Survivor», la relación de Schlemihl con los supervivientes de la oscuridad, *Le dernier des justes* de Bart, sí, pero *Gimpel Tam* no es un superviviente, aunque es *tam*, es decir, necio, ingenuo;

94

pero ¿dónde está el Herman de Singer, el superviviente que se queda ardiendo toda la vida en los crematorios? No, no está aquí, tampoco está Grosz el de Bassani, ni Tišma o Kertesz o Kiš o Levi o Celan, nos quedamos dormidos, dormimos, nos vigilan los dos gemelos enviados por ben Tsurishadai, de la tribu de Simeón, para anunciarnos que el Proceso ha quedado atrás, en la Tierra, a poca altitud, en la siempre aplazada culpabilidad sin culpa.

Aquí, en el aire, el Viajero parecía visitar al tío John de la profesora. Se preparaba leyendo la visita de Schlemihl, la aparición del emisario vestido de gris, la propuesta para comprar la sombra.

—¿La vendes?

Estupefacto, el Emigrante recuperó enseguida la cordura.

—¿Venderla? ¿Por qué no? No me sirve para nada. ¿Pagas bien?

—Increíblemente bien, te vas a convencer.

¡El sueño, sí, la mejor terapia, el paraíso de la apatía! Aparecen angelitos de porcelana, Jennifer la amorosa y el doctor y el soldado del aeropuerto y la Biblioteca de Alejandría, con todos los libros del mundo, te dejas llevar por la brisa del mar nocturno, libre y fuerte, sin brújula y sin reloj, en las nubes de la amnesia benefactora, hasta la orilla tan azul como el cielo, donde ondeaba el pañuelo de bienvenida de la fortuna.

Se acercaba, sí, se acercaba cada vez más a la orilla diáfana donde ondeaba la esperanza, no podía y no tenía por qué y no era capaz de prepararse, tenía que abandonarse tan solo al albur de la brisa perfumada, embaucadora. Inercia, sí, inercia, solo eso, apatía, engaño, solo eso. Podía durar lo que fuera necesario, no existían ya el tiempo ni la duración, la ausencia podía durar e iba a durar lo que fuera necesario.

Lo acariciaban los dedos diáfanos de los ángeles, no tenía fuerzas para abrir los ojos, para despertarse quién sabía dónde y cómo, ajeno a sí mismo, no, mejor no, el ligero movimiento del avión parecía una caricia, los ángeles lo acariciaban, lo habían encontrado, abrió poco a poco los ojos para que lo reconocieran.

–¿Se encuentra mal? –preguntó la azafata, con la mano diáfana sobre su hombro.

Era la misma, rubia y esbelta. No tenía fuerza para contradecirla, las palabras habían muerto.

–Tiene un sueño agitado, me he dado cuenta. Estaba preocupada. ¿Quiere tomar algo? Agua, té, café, güisqui, vino. Cualquier cosa le sentará bien.

–Sí, sí, güisqui. No lo había pensado, pero creo que me sentará bien.

La rubia esbelta y servil se retiró para regresar con el veneno, el Viajero se había quedado dormido de nuevo, al instante, persistía tan solo la caricia diáfana de la azafata, piel sobre piel, como en los sueños de su infancia y en los sueños de después, cuando Tamar se acurrucaba agazapada junto a su hermano, «la cáscara», como le llamaban, o «la cuchara» o «el cubil», y se abrazaban uno contra otro, desnudos, piel sobre piel, seda sobre seda, dos felinos abrazados en uno, inseparables, tal y como querían, que pasaran por ellos y más allá de ellos los años y las agresiones, las edades y las inundaciones, sin rozarlos, sin poder separarlos. El Viajero se había acurrucado, como en otra época, para hacerle sitio a su hermana, en el hueco hecho solo para ella, entonces y ahora y durante todo el tiempo de las edades que habían pasado y pasaban. ¡La modorra del vaivén celeste, juntos! De nuevo juntos, un solo cuerpo, como antes y como siempre, el vértigo criminal e irresistible. Cegado por la luz de sus brazos, que lo estrechaban, y por el huso perfecto de sus piernas, que lo abrazaban también, como unas lianas animadas, y por la voz profunda y clara que traducía para él, siempre, el Destino implacable de la trayectoria doble y triple y múltiple del exilio.

Había perdurado el vacío de los engaños, un vacío sin fin. El balanceo del avión indicaba de nuevo un roce angelical, diáfano, que lo impelía a abrir los ojos.

–Se ha quedado dormido de nuevo... Me alegro, ahora se encuentra mejor. Le he traído el elixir. Los demás han descendido ya. Puedo ayudarle si lo desea.

¡Ni pensar, estamos en la Tierra Prometida, cada uno con su estrella!

El ardor del alcohol había sido eficiente, le había recorrido todo el cuerpo como una conmoción eléctrica. Un breve desmayo, bum-bum, el despertar.

EL REENCUENTRO

Descendió lentamente la escalerilla del avión, esperó con paciencia a que apareciera la maleta, se dirigió sin prisa hacia la salida. Identificó enseguida la silueta y el rostro de su hermana en la muchedumbre que esperaba. Dejó de avanzar y tampoco ella corrió hacia él, como habría previsto el guion. Se detuvieron los dos, en la distancia, para contemplarse.

El Viajero cerró los ojos para verla mejor: niña, luego adolescente, junto a su hermano alto y esbelto, que se inclinaba un poco para abrazarla por los hombros, luego con sus pijamas idénticos, cuando él la llevó en brazos hasta la cama del orfanato. Y más adelante, cuando la esperó, con unas rosas en la mano, a que bajara las escaleras de la universidad, la princesa de los cuentos, junto a su hermano con uniforme de deportista. Y de nuevo la adolescente con la falda demasiado corta, y la doctora con la bata blanca, y la boda con el periodista y la visita a la tumba de su madre, para obtener el perdón por los pecados pasados y futuros.

Abrió los ojos: su hermana estaba a un paso, no era la Mina de Schlemihl, tampoco Jennifer la políglota, solo Agatha.

–Agatha –susurró el Viajero levantándola entre sus brazos.

–No soy Agatha –susurró adulada–. Soy Tamar, tu querida hermana. Tu querida hermana. La única. Tamar. Tamara. Así me bautizó tu tía. Mi madre.

No se besaron, esperaban ambos abrumados por la emoción, decididos a refrenarla. Después se encaminaron hacia el taxi, cogidos de la mano. Luego, en taxi, hacia el hotel. Mudos, lejanos, cerrado cada uno en sí mismo. La habitación no era grande, pero era luminosa. Sobre la mesa, una botella de vino, dos copas y una fotografía, el hermano y la hermana en la edad de los juramentos, en una postura solemne, como dos prometidos tímidos, asustados por la mirada de la gente. De repente se volvieron el uno hacia el otro en un abrazo impetuoso, doloroso, interminable.

—¿Hasta cuándo? ¿Hasta cuándo? —preguntó Agatha.

—Hasta que volvamos a ser un solo cuerpo.

—Deja la maleta aquí, por el momento, la llevas luego a tu habitación, un piso más arriba.

—¿Mi habitación? ¿Qué sentido tiene? ¿Así son las normas aquí?

—Por supuesto que no. Lo he decidido yo. Es mejor. Bueno, tal vez sea mejor.

—¿Lo mejor preferible a lo bueno?

—Eso es lo que creo yo. Y lo crees también tú.

Siguió un largo, largo silencio.

—Ok, como quieras. Estamos de acuerdo de nuevo.

—Estaba segura. Lo he percibido. Bueno, tal vez sea mejor.

—Sí, sí, lo mejor preferible a lo bueno.

Tamar reía, su risa rotunda y joven llenó la habitación, y su hermano llenaba las copas. Brindaron, se miraban, no se saturaban.

—¿Qué clase de vino es este?

—Uno especial para un acontecimiento semejante. Importante por partida doble.

—¿Doble?

—Sí, mi divorcio y tu llegada.

—¿En serio? Pensaba que se había aplazado.

—Se ha aplazado una y otra vez. Ha habido largas discusiones. Demasiado largas. No tenemos hijos, no he sido pillada en flagrante delito, tampoco él, nada dificulta la separación. Pero no va a perdonarme. Se siente humillado y no va a perdonar. Sin embargo, camino con mis propias piernas. Bonitas todavía...

Y se levantó la falda para mostrar sus largos husos, una piel de seda asombrosa. Luego siguió:

–De todas formas, te ha escrito una carta de recomendación.

–¿Al coronel Tudor?

–No, a una universidad muy importante de aquí.

–Confía en que esté lejos de ti.

–Sí, de mí. Ya lo sabes, se mostró receloso desde el principio...

–No se me consultó en relación con la recomendación para los sabuesos balcánicos, ni para la universidad yanqui...

–Fui yo. Por ti y en tu nombre. Le escribió a un antiguo compañero de facultad que es ahora rector de una universidad importante. En cuanto al coronel, había que hacer algo para que pudieras salir de allí, ¿no?

–Sí, sí. Y he salido. Es decir, me han dejado salir. Tras el alemán Günther, el Errante circuncidado. Estoy aquí, contigo. ¿Qué vino estamos tomando?

–Uno especial. Prince Cantacuzino. Nos recuerda el pasado de nuestra tierra.

–Entonces, bebamos. Por el pasado.

Y se inclinó para besarla, ella se cubrió los labios con la mano.

–He dicho pasado, por el pasado. Nuestro pasado. Nuestro beso, nuestro pacto. Lo bueno, solo lo bueno –insistió el hermano.

Tamar se pegó a él, como en el pasado. Le pasó los brazos alrededor del cuello, lo besó largamente, como en otra época. Luego bebieron, en silencio, la botella de vino.

–Descálzate, quiero ver tus piernas de arriba abajo. Y las manos, los brazos hasta los hombros.

Sí, esa era su obsesión, las manos y las piernas. Tamar lanzó la blusa blanca sobre la cama, estaba en braga y sujetador, como hacía mucho tiempo, pero interrumpió la visión.

–¿Recuerdas cuando te besabas las manos, tus propias manos, durmiendo?

–Sí, y te asustaste. Estabas a mi lado, despierta, creías que me había vuelto loco. Y yo pensaba que eran tus manos, no las mías. Otra locura.

–Y bien gorda. Nos reímos los dos de cómo te traicionaste en sueños.

–Y no solo en sueños. Me zarandeaste para despertarme. No sabías que besaba tus manos.

–No, no lo sabía, no era mi pesadilla, sino la tuya. Me besabas las manos, creías que eran las mías, pero eran tus propias manos. ¿Una pesadilla?

El hermano no respondió, contemplaba las manos y las piernas de su hermana, su mitad. No era la pesadilla de otra época, sino la de ahora.

–Vamos a bajar al restaurante. Luego te llevas la maleta a tu habitación. Y dormimos, anestesiados, en nuestras camas y nuestras habitaciones.

El hermano vio cómo se vestía, excesivamente despacio, y no respondió. El restaurante estaba casi vacío, comieron sin ganas y apenas hablaron.

–Te he reservado una habitación en otro piso, durante tres meses. La temporada en la que estás matriculado a un curso de inglés para recién llegados. Tienes que asumir la realidad.

–Ya sabes lo que pienso sobre la realidad.

–Siempre estaré a tu lado, contigo, ya lo sabes.

–Estaba a punto de olvidarlo. Creía que lo que querías era esto, olvidar, que olvidemos.

–No te lo permito. Yo no voy a olvidar. Tampoco quiero. Las habitaciones las separa un piso, no un continente. Al coronel Tudor le encantaría saber que tampoco aguantas esta realidad. Otra realidad, ya lo verás. Tu fobia es antigua, pero a una realidad antigua.

–Otra, por supuesto. Pero realidad, al fin y al cabo.

—Merece la pena el experimento de la amnesia y de un nuevo comienzo.

—Estoy preparado. Me compré una guía en el aeropuerto. Escrita por un extranjero como yo.

—¿Más libros? ¡Libros y más libros! No soy Agatha, ya te lo he dicho. Soy Tamara, o Mara, como quieras.

—Ya sabes cómo quiero. Pero tengo en cuenta lo que tú quieres.

—Muy bien, tampoco tú eres el hombre sin atributos. Déjame ver la guía.

Sobre la mesa apareció un librito. *Elogio de la sombra.* Junichiro Tanizaki.

—El japonés afirma que en este mundo, práctico y mercantil, la sombra desaparece. Queda como un emblema del pasado, perseguido por los orientales. Otra estética. Diría que incluso otra ética en la feria capitalista. Aquí se venden hasta las sombras. La sombra y cualquier otra cosa, riñones, corazón, esperma. Un gran carnaval de oportunidades, de intercambio. Compras y vendes. Y después de vender, vuelves a comprar. Y también el dinero se compra y se vende. En los templos modernos, los bancos supranacionales, globales. Metería mi sombra en una de sus cajas fuertes y te enviaría la llave por correo.

—Eso son clichés.

—Fieles a la realidad.

—Tal vez. Clichés, de todas formas. Faltan las lagunas, el enigma. La ambigüedad. Lo más interesante, lo más incitante. Dejemos todo eso para mañana. Estarás cansado, por supuesto.

—Lo estoy. No lo suficiente. Nunca lo suficiente.

—Yo me quedo aquí una semana, no puedo quedarme más. Para facilitarte la adaptación.

Al amanecer, oyó un extraño y delicado golpeteo en la puerta, como el rasguño de un gato. El doblete de los fantasmas nocturnos. ¿Habían regresado los fantasmas del pasado? ¿Las sombras enviadas por el coronel Tudor para registrar el nuevo refugio del Errante? ¿Dos agentes de confianza, dispuestos a llegar a donde hiciera falta?

–Sí, soy yo –gimoteó Tamara–. He venido a darte la bienvenida.

El camisón se había deslizado ya sobre el suelo, la hermanita estaba desnuda, como en el pasado. Seductora, como siempre. El hermano le besó las manos, las manos y las piernas, como hacía tiempo, como desde siempre.

Y llegó, de nuevo, el día siguiente.

Paseo por la ciudad. Agatha aferrada del largo brazo del larguirucho. Una pareja reunida. Sol, el infantilismo de la felicidad.

Ante la Casa Blanca, sus dedos blancos le hicieron detenerse.

–No corras. Mira esa estatua con atención.

El visitante miró con atención la estatua del presidente Washington, el símbolo de la capital.

–Hay una estatua de Washington en la que le falta un botón de la chaqueta.²⁶ ¿No te parece increíble? ¡El presidente del país! Del Nuevo Imperio. Una estatua-símbolo. Un Símbolo Nacional. ¿Puedes imaginar algo semejante en otra parte? ¿La Corona Imperial Británica, el Reich alemán, la Gran República Francesa, la Rusia zarista o estalinista? El detalle no es casual. No es ni siquiera iconoclasta. Simplemente realista, verídico, inevitable. Una imperfección aceptada. El vínculo entre los elegidos de la nación y la gente corriente. La novedad del Nuevo Mundo.

Tamar recapitulaba evidentemente un recuerdo o asaltaba tan solo la frontera de la imaginación.

–Aquí has venido. Aquí estamos los dos.

–¿Dónde podría esconderme?

–En ningún sitio, es imposible. Pero puedes desaparecer. Si mañana por la mañana desapareces del hotel, sin dejar rastro, volvemos a vernos dentro de veinte años, cuando me eches en falta de nuevo. Entretanto, no te encuentra ni el diablo. Bueno, no se sabe, el diablo podría tener el mapa de este continente, con unas estrellitas de colores ante las guaridas donde se esconden los huidos de la realidad. Pero yo creo que el diagnóstico de Sima era solo para protegerte del coronel y de sus sabuesos.

–Ni hablar. El coronel sabía que me reúno con disidentes.

–Por tanto, realidad no significa fobia, sino también algo más.

–Algo más, pero también fobia. En Berlín, mi amigo Günther no podía comprender que no quisiera asistir a la caída del Muro. Simplemente no tengo fe en las ilusiones. Ya no tengo. Eso es la fobia.

El hermano la contempló, era la misma, como mucho tiempo atrás y, sin embargo, no era ya la misma. También ella lo contemplaba, con excesiva concentración. Había renunciado a su habitual timidez y discreción, tan acorde, siempre, con las formas anglosajonas. Estaba más elegante que el día del reencuentro, una elegancia simple, como de costumbre, la llevaba con naturalidad, como si no hubiera nacido en un campo de concentración y no hubiera crecido en la miseria y el miedo.

Tamar se detuvo en el sendero, escrutó el caracol, plantado delante de sus zapatos.

–¡Mira, tenemos un acompañante! Nos cierra el paso, nos anuncia que existe y que quiere estar con nosotros. Oh, qué encuentro… No te he escrito sobre mi depresión. Una compañera chilena del hospital me trajo entonces un libro sobre un caracol que había curado, con su simple presencia, a una enferma joven, confinada en la cama durante mucho tiempo.

Una presencia muda, enigmática. Terapéutica. El caracol errante ha venido a darles la bienvenida a los exiliados, errantes al igual que él. Está dispuesto a esconderse en cualquier momento, asustado, dentro de su caparazón. Fraternal o simplemente cómplice, este mensajero.

–Mira, el presidente Washington se ha ocupado también de esto y nos ha enviado a un americano para que nos dé la bienvenida. Un errante, solidario con los errantes del mundo venidos a homenajear al presidente sin botón. Sentémonos aquí, en este banco verde.

Tomaron asiento, Tamar sostenía en la mano el caracol en un pañuelo grande y blanco.

—Me lo voy a llevar, es testigo de tu llegada. ¿O lo quieres tú? Te haría compañía. Es modesto, come poco, no hace ruido.

Tamar había guardado ya el caracol envuelto en el pañuelo dentro de su bolso.

—Ya te habrás dado cuenta de que no estoy bien —murmuró finalmente el hermanito.

—¿Quién está bien hoy en día? Cada uno con su naufragio.

—Lo llamo naufragio Schlemihl. No sabemos de dónde vino y adónde fue el pobre Peter, el protagonista de la historia de la que te he hablado. Sabemos que al final se retiró a una cueva, lejos de la idílica sociedad humana. Investigaba la naturaleza, al igual que quien lo creó, Herr von Chamisso. No la naturaleza del hombre, sino la del entorno. El errante ya había comprendido a sus semejantes.

—Yo tampoco estoy bien, no hablaba del naufragio de los libros. Tu llegada, probablemente, pero también el hecho de que yo haya venido a buscarte. Tal vez recuerdes que tenía, cíclicamente, sobre todo en verano, crisis psicológicas, depresiones. Sin motivo aparente. Solo la nada, el vacío que la acentuaba. Me has recordado esos veranos, los veranos del pasado.

—Un pasado recién pasado. Ya no es verano. El otoño corre hacia el invierno.

—Lo sé. Significa que ha cambiado el ciclo. Se ha vuelto más compacto. Lo siento, me habría gustado estar más serena en nuestro reencuentro.

—Tampoco yo lo estoy. Pero existimos, seguimos existiendo. Eso es lo principal. Estamos de nuevo en la misma geografía. ¿Cuándo se cerrará el divorcio?

—No lo sé, no va a ser fácil. Lo he visto suplicante, luego duro, amenazador. Le va a costar ceder. Me aseguró que me daría toda la libertad que quisiera, que no tengo por qué marcharme.

—¿También la libertad de ofrecerme alojamiento?

—Las libertades a las que se refería no me interesaban. Quiero estar sola, volver a encontrarme, eso es todo.

—Así pues, tampoco después del divorcio podremos estar juntos.

—No estaría bien.

—Me llamaste y he venido.

—Tenías que salir de ese callejón. Te visitaré, me visitarás. Nos veremos.

—Para tomar un café.

—Tendremos los días que queramos o podamos.

—Perfecto. Es *fair*.

No había reproche alguno en la voz de su hermano.

Y llegó el día siguiente y llegó la noche, la noche de la partida.

—Tengo preparada otra botella de Prince Cantacuzino, para la noche de la partida. Cuesta encontrarlo y es muy caro. Es también la primera noche del caracol con nosotros. Es decir, contigo. Te lo dejo, no para que me sustituya, sino para que esté, mudo y ciego, a tu lado. De mi parte, no de la del presidente sin botón.

Después de que las copas se llenaran y se vaciaran, se oyó, de nuevo, la voz del pasado.

—¿Recuerdas la película soviética *Sombras de los antepasados olvidados*? Paradzhánov, ¿no? Creo que así se llamaba el director. El tema tenía que ver con los Cárpatos, ¿no? La vimos juntos, yo sentada en tus rodillas. Eso que nos sucedió a edad tan temprana tuvo también esa consecuencia. Solos, huérfanos, solos nosotros dos en este mundo. Nos acurrucamos el uno en el otro. Fobia a la realidad, ¿no? Nuestra realidad. ¡Decididos a no hablar con nadie sobre nosotros! El pasado recién pasado, como dices. Borramos de nuestro vocabulario las palabras persecución, campo de concentración, holocausto, odio, acoso, Judá, pogromo. No queríamos aceptar los papeles que nos habían escrito otros.

—¿Quieres que hablemos de ello? ¿Para eso has invitado al Príncipe Cantacuzino?

La noche de su partida, que tenía que ser la noche del reencuentro, resultó larga y dura e inolvidable. Como siempre, el hermano había aceptado sus decisiones. Una semana después de la marcha de su hermana, el hermano llamó por teléfono al rector John Patrick Johnson, el tío de Jennifer.

Agatha ya no quería ser Agatha. La biblioteca no salva de la desesperación.

> *Cuando escapo de las garras*
> *De esa sombra abrumadora...*
> *Eh, grito,*
> *Eh, responde ahogado el eco.*[27]

MÍSTER JOHN

Fue interceptado en la puerta de la imponente finca por un caballero en traje negro y pajarita. Le mostró la invitación, el caballero marcó un número de teléfono, pronunció despacio el curioso apellido del invitado, luego asintió, señalando con la mano el jardín de donde llegaba un alegre trino de invitados. Tintineo de copas, gritos de júbilo juveniles, una fiesta de una cierta envergadura. La invitación subrayaba la naturaleza de la festividad: la esposa del rector acababa de regresar de Hong Kong, junto con su hijo de un matrimonio anterior, y celebraban su mayoría de edad. Los grupos de elegantes huéspedes se disputaban la primacía de rodear a la feliz familia. El atractivo rector, la bella rubia, el joven con un traje blanco, zapatos blancos, cabello negro-negro, peinado con brillantina.

—¡Oh, es usted! El Errante perpetuo. ¡El Nómada! Me alegro de que haya aceptado la invitación. La recomendación de

Jenny fue más que convincente. Es mi sobrina preferida, podría llamarla hija. Mi hermano, un gran neurólogo, no se ha ocupado demasiado de ella. Jenny no escribe nunca cartas de esas, es muy seria y desprecia toda clase de mediación. Tengo absoluta confianza en ella. Así que lo voy a presentar. Un refugiado, ¿no? Huido de la peste comunista, ¿no es así?

El recién llegado estrechó las manos de las señoras y los caballeros que rodeaban al jovial rector, conmovido, aunque no del todo, por la caridad de la audiencia que le sonreía animada.

El rector no parecía, sin embargo, dispuesto a dar por finalizadas las presentaciones, quería alimentar la curiosidad y la buena disposición de los invitados.

—Mi hermano es una celebridad. Y, como sucede entre nosotros, celebridad significa dinero. Steve es muy rico, ciertamente, pero Jenny lo ha ignorado siempre. Podría decir que ha desafiado, tal vez incluso despreciado, la riqueza, incluso aunque esta proceda del trabajo y el mérito. Es una asceta en todo.

El Refugiado empezó a interesarse por el discurso del anfitrión, esperaba escuchar más cosas sobre el ascetismo de su sobrina, pero míster John cambió bruscamente de tema.

—Discúlpeme, ya he empezado a hablar de dinero. El vulgar tema yanqui, ¿no? No es culpa nuestra, no es nuestra opción. Es nuestra circunstancia. El pragmatismo ha levantado este gran país. Con unas consecuencias duras, por lo general. No es como en París, donde te las apañas incluso en una miserable buhardilla. Aquí, si tienes un millón vives bien. Y si tienes dos… No te estoy desanimando, te estoy informando. En cambio, cualquiera puede convertirse en cualquier cosa. Democracia popular. Se adaptará.

El Nómada guardaba silencio, no se sentía cómodo en absoluto. Aprobaba, asintiendo con la cabeza, la mímica de los exiliados.

—El problema es si sus virtudes, enumeradas por Jenny, son vendibles. Entiendo que en el lugar de donde viene no lo eran. Aquí ya se verá. Tema de reflexión. Tendrá también otros.

El extranjero aprovechó el momento en que la atención se desplazó hacia el joven homenajeado, el hijo del decano, y se alejó hacia el sendero que llevaba a un bosquecillo, por donde deambulaban también otros invitados. En un banco, protegido por un arbusto, descansaba un hombre de una cierta edad, con un traje gris impecable, melenas y gafas. El Nómada se sentó a su lado.

–He oído cómo lo ha presentado John. Un hombre muy inteligente, el rector. Y bien intencionado, debe saberlo. No destaca, no alardea, pero ayuda a la gente. Me voy a presentar. Charlie. Abogado. Me ocupo de los inmigrantes. De sus papeles, de su adaptación al nuevo país. No va a necesitarme. Creo que le encontrará un hueco en la universidad.

–Lo dudo. Como ya ha mencionado, mis pocas cualidades no son vendibles. No lo eran tampoco en mi país. Y además está el idioma. Ya lo ve, lo balbuceo. Aquí soy todavía sordomudo.

–En este país hay sitio para cualquier cosa y para cualquiera. Cualquier cualidad o defecto. No es como el lugar de donde procede. Con un solo patrón, el Estado. Es decir, el Partido, ¿no?

El Nómada se volvió hacia su interlocutor. Bajo el traje gris y grueso, vestía un chaleco de lana negro y –el colmo– llevaba guantes. Sobre el banco, a su lado, un bastón con un bisonte plateado en la empuñadura, y un sombrero grande, negro.

–No tengo nada que vender. Mi alma no la compra nadie. Goethe y Fausto están pasados de moda. Mercancía caducada.

–Eso es cierto. Pero si no le sale nada con John, pase a verme. Encontraremos nosotros algo.

Kardash ponía en la tarjeta de visita. Konrad Kardash.

–¿Y eso de Charlie?

–Así me llaman, es más fácil. Una cortesía. Pero yo también provengo de su zona.

¿Húngaro, turco? ¿Y por qué sabe él de qué zona procede el Nómada? ¿Había avisado John a su público de que entre los invitados habría un refugiado recién llegado de un país de esos? El Exiliado había guardado ya la tarjeta dorada en el billetero con muchos compartimentos que le había regalado su hermana. Observó al abogado mientras se alejaba, encorvado, con pasos cortos y rápidos, bajo un paraguas enorme e inútil, en una tarde sin lluvia y sin sol.

Al cabo de un mes de espera y vacilaciones, llamó a la puerta del angosto despacho de Charlie Kardash, en el último piso de un edificio antiguo y sin ascensor. Konrad Kardash-Greyhound (Charlie), eso ponía en la puerta.

El pequeño Greyhound estaba en zapatillas de tela, un jersey grueso, a rayas verdes y rojas, cubierto por un chaleco grueso, negro. Estaba sentado ante su escritorio con una taza de té negro. Manos cortas, pecosas, las mismas minúsculas gafas.

–¡Ajá, *welcome*! Así que el bueno de John no le ha encontrado un hueco al Errante. Pero lo hará, estoy seguro. Por el momento, tenemos que arreglárnoslas. Toma asiento en esta celda poco hospitalaria.

El cliente se sentó en el taburete frente a la mesa llena de papeles.

–¿Qué sabes hacer? ¿Qué podrías hacer?

–Nada. Ni siquiera conozco el idioma, solo para conversaciones breves. Sigo un curso, me matriculó mi hermana. Un curso elemental, absolutamente elemental, para orientarme.

–Ajá, así que tienes una hermana, no estás perdido del todo. Pero tampoco salvado. Entiendo, entiendo. ¿A qué se dedica tu hermana?

–Médico. Médico pediatra. Aquí no puede ejercer, no ha convalidado sus estudios. Trabaja como enfermera jefe.

–Entiendo. ¿Qué hacías en tu país de origen? ¿A qué te dedicabas?

–Estaba en un instituto de investigación.

–¿Qué investigabas?

–Arte. Historia del Arte.

–Sí, recuerdo lo que decías en la fiesta de John. Que tampoco allí tenías nada que vender. El alma, el arte, sí... no son productos de consumo. ¿Qué tipo de arte? ¿Qué parte de la historia del arte?

–El espectáculo.

–Eso ya es algo. El espectáculo ha ocupado y ocupa nuestra vida, podrías ampliar tu investigación.

–Me he ocupado del circo. He publicado algunas cosas. Es un tema sospechoso en mi país. Sospechoso pero actual. Pan y circo. Circo en todas partes, pan en ninguna. Los censores estaban atemorizados por las autoridades, sobre todo en la última década. Me sentía desanimado, estaba escribiendo un libro. En secreto. Tengo una lista con los fragmentos publicados en revistas extranjeras.

–Interesante, interesante. Eso podría servir. PR. ¿Sabes lo que significa PR? *Public Relations*. Sin promoción, no se consigue nada. Nuestro encuentro forma parte de las PR. *Networking*. La Red. El anuncio. El envoltorio. ¿Tienes algún manuscrito prohibido? Es decir, ilegal.

–No, no, no se podía salir del país con algo escrito, algo impreso.

–Ajá, interesante –asintió el abogado, tomando un sorbo de té negro–. También eso puede ser un detalle de PR. Es decir, puede ser utilizado. Tengo que informarme, tengo que pensarlo. Hay *colleges* para payasos. Pocos, pero existen. ¿Te has ocupado también de los payasos?

–Sobre todo de los payasos. De los antiguos, de los de hoy en día. Los fragmentos publicados en Italia son, todos ellos, sobre el arte de los payasos y sobre los payasos. Y sobre su lugar en la sociedad y en el arte.

–Perfecto, perfecto. Tenemos ya un esbozo de biografía y de bibliografía. Me voy a ocupar de ello, lo prometo. Voy a informarme y te informaré. Déjame la dirección de tu hermana, imagino que es más estable.

–No, no. Bueno, sí, es estable, pero prefiero no utilizarla. Te llamaré yo para preguntarte.

–¿Cuánto tiempo llevas aquí?

–Un mes.

–¿Y de qué vives? Entiendo que te alojas en un hotel.

–Sí, mi hermana ha pagado la habitación por tres meses. Un hotel modesto, pero agradable y bien situado.

–¿Y los gastos cotidianos?

–Mi hermana me ha enviado dinero.

–Ajá, sois solidarios.

–Muy apegados, desde la infancia. Es solo medio hermana, la vida nos unió. Hemos estado siempre juntos, el uno para el otro.

–¿Y cómo te las arreglas?

–Soy amigo del portero del hotel. Un indio. Él me ha conseguido unos perros para que los saque a pasear. Está bien pagado. Limpio las ventanas de la cafetería, ordeno las cajas de la farmacia y cosas de esas.

–¡La realidad! ¿Te atrae la realidad?

–No mucho. Pero la realidad doméstica no me molesta. Como soy huérfano, me he acostumbrado, he sobrevivido. No soporto las manipulaciones, las ilusiones, los eslóganes, la utopía, las esperanzas.

–Ajá, así que trabajas, algo, en lo que salga.

–No quiero agobiar a Agatha.

–Ah, qué nombre tan bonito. ¿Alemán?

–Más bien austriaco.

–¿Y cómo te pasas los días? Imagino que no tienes amigos.

–No, tampoco los busco. Cuando tengo tiempo libre, voy a las bibliotecas de aquí.

–Ajá, el oficio… Ok, estaremos en contacto, llámame más o menos dentro de un mes. Te encontraré algo, te lo aseguro.

Agatha no parecía demasiado encantada con las promesas de Charlie, y cuando este formuló, por fin, una propuesta concreta, parecía verdaderamente espantada.

–¿Lejos, en las montañas? ¿En un pequeño pueblo remoto?
–Si me contratan, no me quedaré mucho tiempo. Un año, digamos. Así aprendo el idioma, me acostumbro a los yanquis. Y vuelvo de rodillas a donde míster John, con la antigua carta de Jennifer entre los dientes y con una nueva, del *college* de payasos.

–Un año, dos… –murmuró Tamara, abrumada–. Un *college* exótico, escondido entre las montañas, lejos de cualquier asentamiento urbano. Estoy segura de que solo es accesible en burro. No me veo cabalgando hacia tu cabaña.

–No está lejos de cualquier asentamiento, está junto a una estación climatológica. Y utilizan los burros solo en los números de acrobacia, no tienes por qué preocuparte.

Para la decepción de su hermana Tamara y la estupefacción del Refugiado, la entrevista de trabajo en el *College* Buster Keaton transcurrió de manera poco convencional, bajo unos auspicios sorprendentemente favorables. La rectora del *college*, Stephanie de Boss, bajita, rellena, de cabello pelirrojo, rizado, era europea y generosa.

–Mis padres son franceses, el apellido es el de mi primer marido. Tuve un segundo esposo solo durante un breve periodo de convivencia. Ahora estoy casada con el *college*. Me dedico al circo, comprendo que compartimos la misma pasión. O debilidad. ¿Son debilidades las pasiones? No creo. Fui una trapecista apasionada, ahora soy una administradora apasionada. Pero nosotros, los apasionados, somos, de hecho, extremadamente serios, ¿no es verdad? ¿Qué opinas?

–Demasiado serios –murmuró el candidato.

–Mis padres tenían en Burdeos unos amigos de su bonito país. Bromistas, sociables. Decían que eran de un país maravilloso, una pena que estuviera habitado… ¿Habitado por payasos? No estaría mal. Espectáculo, puesta en escena, farsa, magia, bufonería, acrobacia, ¿por qué no? Aquí, en el país de todas las posibilidades, domina el espectáculo. Democracia significa muchedumbre, seducción de los votantes, por tanto. Los seduces, los compras a través de las promesas, del espectáculo, haces cualquier cosa. ¿Democracia? Vota tan solo una cuarta parte de la población... La mayoría de un cuarto no es nada. Mejor, sin embargo, que el yugo de la hoz y el martillo bajo el que estáis vosotros. He visto la lista de tus publicaciones, no está nada mal. Pero la bibliografía no está actualizada.

–No puede estarlo.

–Lo comprendo. Al día está tan solo el circo global. El juego global. ¿Tienes algún payaso favorito?

El candidato guardaba silencio. Callaba con impertinencia, pero Stephanie no parecía irritada.

–¿Chaplin? ¿O nuestro mentor, Keaton? ¿Qué dices?

Al candidato le costó hacer acopio de valor para retomar el diálogo.

–Peter Schlemihl. Me gustaría impartir un curso sobre Peter. Era y no era un payaso, precisamente por eso es interesante.

–¿Peter? ¿San Pedro? No era en absoluto un payaso. Ni siquiera tenía humor –replicó la señora De Boss–. Petros es una roca, en griego, Piedra. No sé cómo es en arameo, tal vez sea lo mismo. Jesús lo llamó Simon Ban-Iona, exactamente eso, roca.

El Refugiado se quedó boquiabierto y seguía así, con la boca abierta, a la espera de una nueva sorpresa de la hechicera.

–Veo que te he asombrado. Pensabas que una acróbata es sin duda analfabeta. Fui acróbata y sigo siendo católica. La escuela católica es seria. Antes de la acrobacia estudié en un colegio de monjas, y acróbata no soy ya desde hace mucho, he encontrado también tiempo para los libros. De este Peter no he oído hablar. Nunca.

–No es exactamente un payaso. Su nombre en hebreo se refiere a un atolondrado que tropieza con sus propios movimientos y pensamientos.

–Hebreo, es decir, judío.

–No necesariamente. El nombre combina al santo de la iglesia cristiana, el antiguo judío Pedro, Peter, el judío, con el judío desafortunado y nómada Schlemihl. Identificado como judío solo en el hospital. La enfermedad lo desenmascaró. Depresión. Ansiedad. Ilusiones y desilusiones. Alienación. Es decir, un errante. El relegado sospechoso, marginalizado. El extranjero. El excluido. El expulsado. ¿Qué van a saber los burócratas del hospital? Lo vieron con una barba descuidada, y ya está, lo pasaron al grupo de condenados. La Biblia nos dice que el atolondrado Schlemihl se lio con la esposa, no precisamente honrada, de un rabino; lo pillaron, tonto como era, y lo mataron por el pecado que tantos otros habían cometido ya con la matrona.

–Aquí no tenemos rabino ni rabina.

–Tenéis pastor, seguramente. Peter es un nombre sagrado para los pastores.

–¿Quién es el autor?

–Un católico francés. Un gran botánico y poeta romántico. Exiliado de Francia durante la Revolución, nacido en el castillo de Boncourt, en la Champagne. Era un exiliado, un errante, cómplice de los errantes e hijo de la naturaleza. Estuvo también aquí, en California, habló con las flores y los árboles. Su héroe es también un errante, el símbolo de la migración y de la globalización.

–No sé si encaja con nuestros estudiantes. Bueno, sí que lo sé, no encaja.

–Tiene también un aspecto mágico. Vinculado a nuestra época mercantil. Schlemihl vende su sombra.

–¿Su sombra? ¿Quién la compra? Leí una vez una obra de teatro de un soviético, *Sombra*, de Yevgueni Shvarts. Llegó a nosotros porque era subversiva. La sombra se revela contra su poseedor, contra su autoridad. Pero no, no veo ese tema en nuestro currículo. Mejor algo relacionado con tu experiencia y tu biografía. Conozco al señor Charlie Kardash, el que te ha recomendado. Somos extranjeros, tal vez por eso nos conozcamos.

–También yo lo soy. Todos perdemos nuestra sombra. Incluso aunque no la vendamos.

–Nuestros estudiantes aprenden a llevar y a asimilar, hasta identificarse con ella, la máscara de bufón cómico o trágico: cómo recibir tartazos en la cara, cómo caminar con zapatos inmensos, dar un triple salto mortal y hacer juegos malabares y mímica. Un curso como el tuyo se saldría de la rutina, tengo que pensármelo. Tal vez no estaría mal, en definitiva, que aumentara su autoestima. ¿Y los payasos bajo el terror? La revolución francesa y la rusa, el Holocausto, el Gulag, la iglesia, la mezquita... He leído tu biografía, conoces bien todos esos temas, los has vivido. Aquí conocí un caso. Una familia de enanos deportados a Auschwitz. Eran de tus Cárpatos. Los alojamos una temporada en el *college*. Ofrecieron también algunos espectáculos, nos dejaron algunos documentos. Los hemos utilizado. El *college* necesita donantes, creo que me entiendes. En este país la caridad va de la mano de los estímulos financieros.

–Una idea original. Un tanto cínica. Me refiero a los enanos. Es grotesco.

–Lo grotesco forma parte del circo, ya lo sabes. Y también de la vida. No soy original, la vida es mucho más original. Sobrevivieron al infierno gracias a su anomalía. Sí, una anomalía grotesca. Fueron protegidos, los eligieron como cobayas para experimentos, pero también como marionetas de diversión. Los acogimos con cariño, los filmamos. El test Auschwitz, eso decían. Test, no crematorio ni infierno ni horror. Mengele los cuidó, fue para ellos un cariñoso adiestrador. Siberia, Camboya, las tiranías islámicas, Auschwitz, grandes universidades del terror. El circo del terror. ¿Qué dices?

El trabajo en el *College* Keaton le atraía. Cuando estrechó la mano de la rectora, observó, tarde, que la señora De Boss tenía una palma exageradamente grande. ¿Sería por la acrobacia? Estaba dispuesto a preguntárselo al eremita Schlemihl, escondido en la gruta donde estudiaba la naturaleza.

Los románticos burgueses, comenzando por Novalis, son hombres del tipo de Peter Schlemihl, «hombres que han perdido su sombra». El actual escritor occidental también ha perdido la sombra y ha emigrado al nihilismo y la desesperación. (Maxim Gorki)

La verdadera fábula poética es la que contiene su propio significado, como cualquier novela, drama, cuento o poesía lírica, puesto que los elementos maravillosos y milagrosos que estructuran su urdimbre o que se incorporan a ella no tienen, desde el punto de vista del arte, ningún significado relevante. Por este motivo es Peter Schlemihl *una pequeña obra maestra y, al serlo, el relato debe ser leído en su importancia literal; hay que apartar de la mente todos los significados propuestos por los comentaristas en lo referente a la sombra, las botas mágicas, quién es Peter Schlemihl o en qué etapa de su vida se convirtió en protagonista...*

Leer la historia de Peter Schlemihl como una alegoría significa que estamos siguiendo una pista falsa. La sombra debe ser estimada en «su justo valor». En términos prácticos, no vale nada, pero su ausencia hace de Peter un hombre estigmatizado. De tal manera que la falta de sombra se convierte en un símbolo de todo lo que pueda producir un efecto similar en un individuo. Pero nuestra sombra no es exactamente una sombra cualquiera. Como el propio diablo está implicado en toda la historia, podemos presuponer que también tiene unas propiedades mágicas. Puede ser manipulada, retorcida, alargada para que parezca un objeto físico material. Una de sus características, igualmente importante, es que, a plena luz del día, cualquiera puede constatar de forma inmediata que a Peter le falta la sombra. Una preocupación semejante concedida a una característica generalmente irrelevante es contraria a toda costumbre habitual en el comportamiento humano...

Tal vez la característica más ingeniosa del curioso relato sea el doble sistema de valores que presenta. Estos valores pueden representarse en una única serie matemática como (1) la sombra, (2), el oro, (3) el alma inmortal. En esta serie, la sombra aparece como el equivalente del valor nulo, la bolsa que no se vacía jamás tiene un valor finito, y el alma inmortal, como integridad (moral) personal, tiene un valor infinito. En el juicio que afecta a esta serie de valores, el diablo hace girar hábilmente los tres elementos 180° respecto al eje central. La bolsa, de valor finito, permanece en una posición central, mientras que los otros dos valores se invierten. La sombra adquiere un valor infinito, y el alma inmortal, la integridad personal, pasa al punto cero de la escala. Recordamos cómo el voluble vendedor se refiere al alma como a una cantidad desconocida, una «x». es imposible imaginar una inversión de los valores del mundo y del espíritu más apropiada. No perdamos tampoco de vista la presión que el diablo ejerce sobre Peter para determinarlo a salvar a Mina de las garras de Rascal. Él apela a los más cálidos y más nobles impulsos humanos para convencerle de que renuncie por completo a su integridad personal para obtener un bien limitado. El motivo de su propio sacrificio es traído a colación aquí en su forma más paradójica. La lógica de Peter está, por supuesto, demasiado poco entrenada para penetrar en el laberinto de ese dilema. Hablando sin sentido, como un hombre sencillo, él deja la lógica en manos del lector. (Hermann J. Weigand)[28]

Me da miedo la disolución de lo cómico y el incremento de la lamentación, puesto que el relato consta, de hecho, de a + b, Ideal y Caricatura, el elemento trágico y el cómico. (Chamisso)

COLLEGE KEATON
PANELES DE LA ENTRADA

Coming events cast their shadow before[29] (*motto* de T. Campbell para el poema de Byron, *The prophecy of Dante*).
Seguimos la *commedia dell'arte*, de ayer y de hoy.
Better a witty fool, than a foolish wit[30] (Shakespeare, *Como gustéis*).
Jesters do oft prove prophets[31] (Shakespeare, *El rey Lear*).
... *the purpose of playing, whose end, both at the first and now, was and is, to hold, as 'twere, the mirror up to nature, to show virtue her own feature, scorn her own image, and the very age and body of the time his form and pleasure*[32] (Shakespeare, *Hamlet*).

Situado en un magnífico enclave campestre, entre montañas, en la tradición de *El juego de los abalorios* de Hermann Hesse, el *College* Keaton es una institución cultural única que combina el más elevado arte dramático, según los principios del famoso Stanislavski, con la creatividad burlesca de la farsa y la sátira, en la tradición clásica y moderna del espectáculo del teatro y del cine. Los profesores no son únicamente directores, actores y payasos famosos, sino también conocidos comentaristas y críticos, autores de apreciados trabajos sobre la historia de la representación en el arte, el teatro y el cine, incluido el circo, y ofrecen una gran variedad de cursos teóricos y aplicados, sobre lo grotesco y la sátira, el humor y el melodrama, la tragedia y las marionetas, en colaboración con el Instituto Latinoamericano y Africano de Cine y el Museo de Arte de Brasil. Los estudiantes se inician no solo en el arte de los payasos, sino también en el significado histórico y estético de su papel, perpetuado desde la antigüedad hasta hoy en día en la vida del espectáculo, así como en el espectáculo de la vida cotidiana.

El carnaval y la mascarada no están presentes en la existencia humana desde ayer ni desde hoy, sino desde siempre, y podemos reencontrarlos también en la era de la televisión, la del populismo político y demagógico y la del mercantilismo que domina todas las esferas de la vida social.

Lo grotesco y las lágrimas del payaso son, al fin y al cabo, lecciones de vida y una educación de la sensibilidad del espectador, así como la del propio actor.

El *college* organiza asimismo campamentos de verano en los que se estimula un primer acercamiento a su programa didáctico, pero también a la aportación colectiva de los jóvenes respecto a la adecuación del mismo a las aspiraciones del momento.

Los instructores representan una inusitada convergencia de talentos en esta insólita escuela de arte, destinada a estimular la personalidad y la originalidad, la creatividad más inesperada y provocadora, una premisa para abordar la existencia de manera individual, al margen de la opción espiritual o profesional que seguiría tras la licenciatura en este curso superior de formación cultural. Se concede especial atención a la relación con los eventos históricos contemporáneos y a la actualidad política y social, sus reflejos en el acto artístico y en la interpretación intelectual contemporánea.

INSCRIPCIONES EN LAS PAREDES DEL *COLLEGE*

Feinstein: *Señor Buster Keaton, se ha afirmado frecuentemente que la fuente secreta del humor no es necesariamente el placer, sino el dolor y el pathos. Sigmund Freud y Mark Twain afirmaron eso mismo. Freud pensaba que el humor sería «la más elevada de las funciones de defensa», y Mark Twain dice en* Pudd'nhead Wilson New Calendar *que «todo lo que es humano es patético. La fuente secreta del humor no es la alegría, sino la desgracia. No existe humor en el cielo».*

La mayor parte del humor yidis se ha explicado a través de su tristeza intrínseca. Volviendo al cine, un humorista, Al Capp, escribió sobre otro, Charles Chaplin, que este entretenía porque su vagabundo es una víctima profesional y, por tanto, evidentemente patético. Capp dice que nos reímos con Luces de la ciudad *(1931) porque «nos encanta la inhumanidad del hombre con respecto al hombre». Por lo que a su tipo de humor respecta, ¿está de acuerdo con la idea de que el dolor humano, y no el placer, se encuentra en la base del humor más elaborado?*

Keaton: *Me temo que así es, el público se ríe sobre todo con lo que sucede, pero no se reiría si le sucediera eso mismo...*

Feinstein: *En* El maquinista de la general *(1927), el chico es un* schlemihl.

Keaton: *Yo, en cambio, en* El maquinista de la general, *soy el maquinista.*[33]

Thomas: *¿Cómo nació tu rostro helado, petrificado?*

Keaton: *En el escenario. Cuando crecí, era el tipo de comediante que cuando se reía de lo que hacía, el público no reaccionaba. Aprendí automáticamente a tomármelo todo en serio. Cuando empecé a filmar, a los veintiún años, tenía ya fama de «rostro de hielo», inmóvil.*[34]

La comedia es un arte difícil y meticuloso y nadie (a excepción de Chaplin) podría expresarlo mejor que este hombre ejemplar, inteligente, excepcionalmente dotado, que creó un «personaje» con un rostro intensamente poético, un símbolo de lo absurdo del mundo, kafkiano antes que Kafka, si no hubiera tenido bajo ese rostro de página en blanco un corazón cálido, una noble tenacidad espiritual, fe en el hombre, pero no con ese optimismo infantil de los adolescentes... En 1920-1930, Keaton era asombrosamente moderno, un cantor del irracionalismo, un lírico excéntrico, un gran poeta al que los surrealistas podrían incluir en su Panteón, junto a héroes como Lautréamont y Jarry.[35]

DIDACTICA NOVA (I)

Un sabio de los países fríos marchó hacia el sur. Una noche el extranjero estaba sentado en su balcón, con un fuego encendido a sus espaldas que proyectaba su sombra sobre el balcón de enfrente. Se divertía siguiendo cómo la sombra imitaba todos sus movimientos, como si él mismo se encontrara en ese balcón. Cuando finalmente, fatigado, se retiró a descansar, se imaginó que su sombra se retiraba también en la casa de enfrente. Pero por la mañana pudo comprobar, sorprendido, que, de hecho, había perdido la sombra durante la noche. Puesto que otra sombra crecía, despacio, desde sus piernas, no prestó demasiada atención al incidente y regresó al norte de Europa para dedicarse a su escritura.

Pasaron varios años hasta que, una buena noche, llamaron a su puerta. Para su sorpresa, era su sombra perdida años atrás, en África, plantada ahora delante de la puerta con un aspecto casi totalmente humano. Atónito ante esta aparición, el sabio la invitó a entrar y poco después se encontraban ambos delante del fuego y la sombra relataba cómo se había convertido en un hombre. El sabio era un hombre de naturaleza calmada y gentil. Su interés principal se centraba en el bien, la verdad y la belleza, un asunto sobre el que había escrito bastante sin que le interesara a nadie. La sombra afirmaba que el maestro no entendía el mundo, mientras que ella lo veía tal y como es de hecho y veía también hasta dónde podía llegar la maldad humana.

Con el paso de los años, la sombra se hacía más rica y más oronda, mientras que el escritor se volvía más pobre y más pálido. Acabó finalmente tan enfermo que su antigua sombra le propuso que fuera a un balneario para recuperarse y se comprometió a pagar ella misma los gastos del viaje a condición de que, empezando ese mismo día, pudiera actuar como el dueño, y que el dueño se convirtiera en la sombra. A pesar de que semejante propuesta sonaba absurda, el sabio acabó por acep-

tarla, de tal manera que viajaron con los papeles cambiados: la sombra era ahora el dueño. En el balneario, la sombra conoció a una maravillosa princesa con la que bailó cada velada hasta que la princesa se enamoró de su pareja.

Cuando estaban a punto de casarse, la sombra le ofreció al antiguo dueño un puesto importante en el palacio, siempre y cuando se convirtiera en su sombra permanente. El sabio rehusó sin titubear y lo amenazó con relatárselo todo a la princesa, pero la sombra dio la orden de que lo arrestaran. La sombra olvidó el conflicto, se encontró con la princesa y le confesó: «Me ha sucedido algo terrible: ¿puedes creer que mi sombra ha enloquecido? Supongo que un cerebro tan débil y superficial no es demasiado resistente. Afirma que se ha convertido en un hombre y que yo soy su sombra». «Es terrible», dijo la princesa. «Sí, terrible, y me temo que no va a recuperar la cordura.» «¡Pobre sombra!», dijo la princesa. «Es una pena, sería mejor que se viera liberada de su frágil existencia; cuando pienso cuántas veces se pone la gente a favor de las clases bajas en contra de las clases altas, tal vez fuera lo más adecuado apartarla en silencio.»

Más adelante, por la noche, cuando la sombra se casó con la princesa, el sabio había sido ya ejecutado.[36]

En 1814, tres décadas antes de la publicación de La sombra de Andersen, Adelbert von Chamisso había publicado La historia maravillosa de Peter Schlemihl, sobre un hombre que vende su sombra a cambio de una bolsa sin fondo, llena de dinero. Chamisso se convirtió en una autoridad sobre el tema, y Andersen se refiere directamente a él en La sombra: «Estaba muy amargado, no tanto por la desaparición de la sombra, sino por cuanto sabía que existía una historia muy bien conocida ya por todo el mundo… y si hubiera contado su propia historia… habría sido considerado un imitador, lo último que deseaba en este mundo».[37]

En realidad, la belleza de una habitación japonesa, producida únicamente por un juego sobre el grado de opacidad de la sombra, no necesita ningún accesorio. Al occidental que lo ve le sorprende esa desnudez y cree estar tan solo ante unos muros grises y desprovistos de cualquier ornato, interpretación totalmente legítima desde su punto de vista, pero que demuestra que no ha captado en absoluto el enigma de la sombra... Aunque el color de fondo puede variar de una habitación a otra, la diferencia en todo caso solo puede ser ínfima. No será una diferencia de tinte, sino más bien una variación de la intensidad, poco más que un cambio de humor en la persona que mira. De este modo, gracias a una imperceptible diferencia en el color de las paredes, la sombra de cada habitación se distingue por un matiz de tono.

Tenemos, por último, en nuestras salas de estar, ese hueco llamado toko no ma que adornamos con un cuadro o con un adorno floral; pero la función esencial de dicho cuadro o de esas flores no es decorativa en sí misma, pues más bien se trata de añadir a la sombra una dimensión en el sentido de la profundidad... Pero ¿en qué, se preguntarán ustedes, consiste esta armonía cuando se trata de una obra que es en sí misma insignificante? Reside habitualmente en el aspecto antiguo del papel, el color de la tinta o las resquebrajaduras del armazón... Se establece entonces un equilibrio entre ese aspecto antiguo y la oscuridad del toko no ma o de la propia habitación.

Se sabe muy bien que en definitiva no importa que su dibujo esté difuminado y que, por el contrario, esa imprecisión sea de lo más adecuada. En un caso como este, el cuadro no es en suma más que una «superficie» modestamente destinada a recoger una luz débil e indecisa cuya función es absolutamente la misma que la de una pared enlucida. Por eso, al elegir una pintura, damos tanta importancia a la edad y la pátina, porque una pintura nueva, aun hecha con tinta diluida o con colores pálidos, si no nos damos cuenta, puede destruir la sombra del toko no ma...

Cada vez que veo un toko no ma, *esa obra maestra del refinamiento, me maravilla comprobar hasta qué punto los japoneses han sabido dilucidar los misterios de la sombra y con cuánto ingenio han sabido utilizar los juegos de sombra y luz. En definitiva, cuando los occidentales hablan de los «misterios de Oriente», es muy posible que con ello se refieran a esa calma algo inquietante que genera la sombra cuando posee esa cualidad...*

Porque ahí es donde nuestros antepasados han demostrado ser geniales: a ese universo de sombras, que ha sido deliberadamente creado delimitando un nuevo espacio rigurosamente vacío, han sabido conferirle una cualidad estética superior a la de cualquier fresco o decorado... La oscuridad que reina en el escenario del nõ *no es sino la oscuridad de las mansiones de aquellos tiempos...*

Así como una piedra fosforescente, colocada en la oscuridad, emite una irradiación y expuesta a la luz pierde toda su fascinación de joya preciosa, de igual manera la belleza pierde su existencia si se le suprimen los efectos de la sombra. En una palabra, nuestros antepasados, al igual que a los objetos de laca con polvo de oro o de nácar, consideraban a la mujer un ser inseparable de la oscuridad e intentaban hundirla tanto como les fuera posible en la penumbra; de ahí aquellas mangas largas, aquellas larguísimas colas que velaban las manos y los pies de tal manera que las únicas partes visibles, la cabeza y el cuello, adquirían un relieve sobrecogedor. Es verdad que, comparado con el de las mujeres de Occidente, su torso, desproporcionado y liso, podía parecer feo. Pero en realidad olvidamos aquello que nos resulta invisible. Consideramos que lo que no se ve no existe...

Como los orientales intentamos adaptarnos a los límites que nos son impuestos, siempre nos hemos conformado con nuestra condición presente; no experimentamos, por tanto, ninguna repulsión hacia lo oscuro; nos resignamos a ello como a algo inevitable...

Nuestros antepasados empezaron delimitando en el espacio luminoso un volumen cerrado con el que hicieron un universo de sombra; luego confinaron a la mujer al fondo de la oscuridad porque estaban convencidos de que no podía haber en el mundo ningún ser humano que tuviera una tez más clara...

A decir verdad, he escrito esto porque quería plantear la cuestión de saber si existiría alguna vía, por ejemplo, en la literatura o en las artes, con la que se pudieran compensar los desperfectos. En lo que a mí respecta, me gustaría resucitar, al menos en el ámbito de la literatura, ese universo de sombras que estamos disipando... Me gustaría ampliar el alero de ese edificio llamado «literatura», oscurecer sus paredes, hundir en la sombra lo que resulta demasiado visible y despojar su interior de cualquier adorno superfluo. No pretendo que haya que hacer lo mismo en todas las casas. Pero no estaría mal, creo yo, que quedase aunque fuera una de ese tipo. Y para ver cuál puede ser el resultado, voy a apagar mi lámpara eléctrica.
(Junichiro Tanizaki)[38]

EL TRAUMA PRIVILEGIADO (I)

Sobre el pasado de Peter sabemos demasiado poco, es decir, nada.

Por qué y dónde abandonó su domicilio familiar y a su familia, amigos, libros. Si lo hizo por voluntad propia u obligado por las circunstancias, si era un paria social o político, si se encontraba en peligro o solo en conflicto con su entorno o enfermo o sin medios para subsistir o llevado tan solo por espíritu de aventura.

La historia dedicada por el bueno del autor (el propio botánico) a los hijos de Hitzig, para ayudarles a conciliar el sueño por la noche, estaba escrita en nombre de un narrador «honesto, que confiaba en la integridad y la amistad del autor». El poeta-botánico reconoce no haber valorado lo suficiente su aliento cómico y, peor todavía, podían ser reconocidos algunos personajes aún vivos. A través de un truco romántico, trivializado con el tiempo, el futuro botánico berlinés afirma que las hojas del manuscrito autobiográfico de Peter fueron traídas por un señor «con una barba blanca y una capa ajada, corta, con un maletín de botánico colgado de un brazo y, puesto que estaba lloviendo, una especie de chanclos en las botas».[39]

No se nos dice nada sobre el estatus social del personaje-narrador. Ni siquiera si este, eventualmente, podría regresar por donde había venido. Entendemos, en cambio, que la trashumancia de Peter se produjo, con toda probabilidad, en el mismo país y la misma lengua, puesto que la historia no menciona nociones como el pasaporte, la aduana, la frontera, dificultades de comunicación con nuevos conciudadanos. Esto podría atenuar el trauma de la dislocación de la antigua biografía, aunque incluso en el Reich alemán de Adelbert von Chamisso y Eduard Hitzig las diferencias entre las regiones protestantes y las católicas no deberían ser ignoradas.

Peter parece más bien joven, ajeno a los tormentos de unos graves sufrimientos anteriores. La premura con que acepta la propuesta del mensajero ceniciento muestra no solo su disponibilidad para la aventura, sino también la impaciencia por explorar lo desconocido y por disfrutar de una situación sin precedentes. El trauma del cambio no es evidente ni tampoco se hace explícito, como en el caso de tantos errantes de ahora y de siempre. El refugiado parece convertirse demasiado rápido en beneficiario de un cambio espectacular gracias a la migración a otro mundo. Solo las nefastas consecuencias lo colocan en su sitio, en la gran masa de los nómadas sin fortuna, de los apátridas y los agraviados y los proscritos de cualquier país y de cualquier época. La neurosis, si es que así se llamaba por aquel entonces, lo envía al sanatorio Schlemihlium. Una especie de hospital-asilo para vagabundos, donde reconoce en la mujer caritativa a Mina, la heroína de sus sueños y, en el filántropo de la institución, a su antiguo y devoto sirviente Bendel.

El paciente, identificado con el número 12 y apodado el Judío, no tiene otra conexión evidente con sus antepasados que la barba crecida en libertad y la percepción de los que lo rodean, que ven en él al errante perpetuo, al sospechoso definitivo. El estatus maldito se transforma al final en el del eremita, náufrago en la cueva de la soledad. Un perfecto punto de observación de la comedia planetaria animada por lo efímero. Animales y plantas e, incluso, más de una vez, algunos semejantes en el papel de marionetas animan el teatro de los engaños, entre tinieblas y triunfo. Al final, todo parece una victoria del azar. La fábula agota sus ilusiones a través del aislamiento del estudio de la naturaleza y de la propia naturaleza, lejos de las convenciones cínicas de un mundo trivializado. Lejos del mundo de los hombres.

«*Justo judicio Dei judicatus sum; justo judicio Dei condemnatus sum*», pone en una nota encontrada en el bolsillo nunca vacío del Hombre de Gris. «Fui juzgado según el justo juicio de Dios; fui condenado por el justo juicio de Dios.» Es la única invocación, no casualmente sarcástica, de la divinidad, en la narración del botánico poeta, escéptico como los investigadores de la naturaleza cuando se trata del Todopoderoso invisible. La sospecha que levanta la riqueza súbita, la apariencia inmaculada, sin sombra, son las de la realidad de siempre, al igual que los rencores respecto al extranjero y la retirada del alógeno del mundo, pero ellas son distintas, en amplitud y consecuencias, del recelo asiduamente manipulado y de las represalias del Estado totalitario contra los considerados hostiles y eliminables.

El nómada de la era de la globalización y de las armas más asesinas es, inevitablemente, consciente de la nueva realidad y de los nuevos peligros que planean sobre su propio destino, por muy lejos que le hubiera permitido el coronel Tudor huir del universo concentracionario de la propia historia. Fracturado durante décadas bajo la tiranía a la que se había acostumbrado, escondido en la guarida de los libros que le ofrecían una protección ficcional y frívola. Aunque de edad incierta, no parece anciano, un «rezagado» llegado fuera de plazo a las puertas del mundo libre, competitivo e individualista.

En la perspectiva cósmica y metahistórica, esta confesión del perdedor Schlemihl, perteneciente a la vasta familia de los torpes y los perdedores de todas partes, prevalece como una composición burlesca, sin edad, en la que la dinámica de la farsa existencial encuentra una representación adecuada. Eso justifica la presencia de ese librito amarillo, impreso en la lengua de Goethe, en el bolsillo de la pechera del viajero a punto de despegar, confiscado inmediatamente por el soldado.

La fábula, en lengua original, iba a servirle al Exiliado como una especie de guía de viaje, antes de convertirse en material didáctico para la instrucción de los estudiantes en la aventura del extrañamiento. La soledad más allá de lo social y lo político o en el foco social y político de la opresión articula el exilio, el dislocamiento y la desposesión, es un aprendizaje en la dialéctica del cambio y en las metamorfosis de la regeneración.

GÜNTHER

Mi querido Errante:

Seguramente no sospechabas que el camarada coronel Tudor iba a arrancarte de la celda de lectura e iba a enviarte a ser reeducado, no a un campo de trabajo, sino al vasto mundo. Para que entendieras quién eres en realidad y quiénes son tus semejantes. Como sabes, también yo lo conocí cuando intentaba él poner en práctica conmigo la adulación para domesticarme en el futuro, en el Oeste, no solo en el Este que yo abandonaba, comprado por mis connacionales de hace ochocientos años. Es decir, para que no embadurnara con barro y heces el país en el que nací, para no comprometerlo a ojos de los extraños más de lo que se compromete él solo. Qué pena, sin embargo, que no quisieras asistir aquí a la caída del Muro. La desconfianza respecto a la Historia y sus promesas no es un argumento suficiente para ausentarte de un acontecimiento semejante. Y de sus imprevisibles consecuencias. O previsibles, dirás tú. Confieso que yo me dejé, sin embargo, como en la juventud, abrumar de nuevo por las esperanzas. Tal vez también porque, de nuevo, he hecho todo lo que podía para derruir el Muro.

Ahora estás en el Nuevo Mundo. ¿El del dinero? La verdad esencial, ¿no? *«Songez au solide!»*, advierte tu maestro, Adelbert, con sus cuentos para que se duerman los niños. La realidad sólida, el Dinero, ¿no es verdad? ¿Te ayuda tu adorada hermanita a ver adónde has llegado? Toda ideología es sospechosa dirán, seguramente, tus yanquis. Sobre todo las Utopías, ¿no? ¿Se puede vivir sin ellas? Y si se puede, ¿sería mejor? ¡Han aparecido incluso los nuevos misioneros de la Medialuna que aseguran estar en contacto directo con su Dios en bombachos y cortan cabezas en nombre de la Pureza! Tampoco los teutones me entusiasman. Después de gritar (¡conmigo!) por la Unificación, farfullan ahora contra sus hermanos del Este, vagos y rezagados, que inflan sus impuestos y sabotean la prosperidad de la Patria. Las ardillas y las ballenas y las cigüeñas no se preocupan por eso, solo nosotros. ¡Hechos a imagen del Todopoderoso, fíjate!

No respondes a las cartas. ¿Buena o mala señal? Le he preguntado a Jenny qué opina ella. No ha respondido a la pregunta, pero me ha dicho que su tío, John Johnson, el universitario, se ha jubilado y se traslada a Australia con su nueva esposa, la viuda de un ricachón. Míster John no va a olvidarte, está segura, ella se lo recordará. Al menos a este respecto me gustaría que me mantuvieras informado.

Recuerdas, quiero creer, el eslogan de los pioneros: ¡En la lucha por la causa de Lenin y Stalin, adelante! La respuesta a coro era: ¡Siempre adelante! Al cabo de un tiempo, la fórmula se transformó en: ¡En la lucha por la causa del Partido de los Trabajadores, preparado! Y la respuesta, igualmente inmediata: ¡Siempre preparado!

Como un viejo amigo con la corbata roja, militante y bien intencionado, no puedo sino desearte: ¡Siempre adelante! Sin otra brújula que el azar. Sin ideología y sin Dios. Es decir, sin sentido. Como la vida. Jennifer está de acuerdo conmigo. Como ves, no te hemos olvidado, ni yo, ni ella. G.

UN RABINO EN EL NUEVO MUNDO

Míster John había desaparecido sin desaparecer. Se había jubilado, se había hecho rico y era miembro del consejo de administración del *college*. Se había trasladado a Australia. Conservaba también, sin embargo, un suntuoso domicilio en su Patria pragmática y optimista. Esa era la dirección a la que seguía escribiendo el Nómada, en conformidad con la promesa que había hecho en su breve primer encuentro, de mantenerse en contacto hasta que pudiera retomar su candidatura en la respetable institución pedagógica. Le escribía con el diccionario sobre la mesa. Prefería esa solución humilde a una humillación mayor, la de enviar cartas a la nada, a cualquier parte y a cualquiera, implorando refugio y caridad. Míster John escribía poco, pero lo hacía enseguida. No daba muestras de impaciencia ni hastío. El exiliado se había acostumbrado a esa rutina, parecía confirmarle, mucho más que el *College* Keaton, su presencia en el mundo nuevo y una vaga esperanza de imprevisibilidad. Ciertamente, en un determinado momento, recibió una carta inesperada del señor Luca Lombardi Formenton, distinguido profesor de antropología, decano del pequeño *college* elitista, en la que lo invitaba a una entrevista.

El elegante decano le echó un vistazo a través de las gruesas lentes que se le caían de la nariz pecosa y le informó de que la entrevista sería colectiva, de acuerdo con los procedimientos democráticos que desafían a las oligarquías de cualquier clase. Fue conducido inmediatamente a una sala contigua. Lo esperaban seis futuros colegas, sentados en torno a una mesa larga, rectangular. Durante dos horas, respondió con todo el laconismo que pudo para evitar errores de vocabulario. Preguntas sobre su complicada biografía, desde el campo de trabajo nazi de su infancia al comunista de su tardía madurez, sobre sus padres fallecidos y sobre su hermana. Sobre sus preocupaciones librescas, la Historia del Circo y la psicología del inmigrante, la historia de la censura y sus derivaciones modernas. Principalmente, sobre los riesgos que correría si regresaba a la Patria que durante tanto tiempo había evitado abandonar. Los entrevistadores le aseguraron que la patria sufriría enseguida unas trasformaciones radicales hacia la soñada democracia. «Eso no», se apresuró a responder el candidato. No, no creía en el cambio. En ningún caso en uno previsible. El sistema tiránico del «socialismo multilateralmente desarrollado» había perfeccionado la técnica de supervivencia, había convertido en beneficio incluso la podredumbre. En cuanto a los riesgos, sí, había que tomarlos en consideración, pero no podía evaluar los riesgos que le esperarían a la vuelta. Pueden ser terribles, sí, puede que incluso no existan, aplazados para otros momentos y nuevas metodologías. Le costó abstenerse, en este momento de la conversación, para no evocar la figura del elegante coronel, maquillado con las cremas del camaleón multifuncional que había representado la conversión al... «desapego». Ya está, estaba desapegado, indiferente, ausente. Se espabiló solo cuando le preguntaron qué podría enseñar a los estudiantes del estado del bienestar. Enumeró deprisa unos temas y autores del extrañamiento. La lista, utilizada ya en el Keaton, no parecía impresionar al público. Tras un largo silencio, un rubio alto y corpulento se incorporó. El profesor Parker, portavoz de los reunidos. Explicó las dificultades financieras de la institución, el hecho de que la suma asignada a los intelectuales refugiados había sido severamente recortada y había que gastarla con mucho cuidado. «Como supongo que sabrá, nuestro *college* no recibe dinero del Gobierno. No queremos depender de nadie.» En las frases siguientes quedó claro que el profesor Parker era un rival tanto del señor Lombardi Formenton como del honorable míster John, y que formaba parte de otras alianzas en el seno de la institución. El partido estaba perdido, evidentemente, pero el decano había evitado, con diplomacia, un rechazo definitivo. «Le tendremos al corriente de la decisión», le dijo al despedirse, estrechándole, afable, ambas manos.

El candidato no recibió información alguna durante dos meses. Dudaba en informar a míster John, aunque parecía la única solución. No tenía otras referencias y no se sentía cómodo con la que le había ofrecido la generosa Jennifer. Era dependiente, eso es lo que era, estaba al albur de los acontecimientos, más dependiente que nunca de unos conocidos que no tenía y de unos desconocidos con unas máscaras difíciles de interpretar.

Estaba Tamar, por supuesto, pero a Tamar la evitaba. Una discreción dolorosa después de la última discusión. Solicitada por alguna cuestión práctica, su hermana se habría apresurado a mostrarse entregada hasta olvidarse de sí misma. Prefería asumir él solo toda la dificultad del cambio.

En una breve carta a míster John, describió, en términos educados y con ironía contenida, su aventura con Luca Lombardi Formenton y con el profesor Parker. No recibió respuesta alguna desde Australia. Sí recibió en cambio, al cabo de un tiempo, una nueva invitación del decano Lombardi para otra –esta vez decisiva– reunión. La señora De Boss se mostró comprensiva de nuevo y le concedió una semana de vacaciones sin sueldo.

No fue recibido esta vez por el decano, sino por uno de sus adjuntos. Un joven vestido con descuido, claramente cohibido al explicarle que habían discutido en el consejo, largo y tendido, los seis profesores y habían apreciado que, con sentido común, el candidato se había negado a explotar la compasión de la comisión y no había explicado al detalle la imposibilidad de regresar al país en el que había vivido y que, libre de la dictadura, atravesaba ahora una dudosa transición hacia ninguna parte. Se le concedía, por consiguiente, una nueva oportunidad de vender su sombra a cambio de un cargo y un salario con los que restaurar su autoestima. La autoestima era un concepto nuevo para el Inmigrante, pero desgastado y apreciado por aquellos con los que tenía que relacionarse.

La nueva prueba consistía en ocho reuniones de una media hora con profesores de diferentes departamentos y luego vuelta al despacho del decano para la reunión final. Lo estaba esperando ya una estudiante que lo conduciría, sucesivamente, a los ocho encuentros y, tras las cuatro horas de conversación, lo guiaría al lugar de partida.

El primer encuentro arrancó bajo auspicios favorables. La señora profesora de ciencias sociales era belga, hablaba francés, una especie de alivio pensando en el Errante: hablará por fin en esperanto, el argot de los maestros. Tras las cortesías preliminares, la señora lanzó la pregunta esencial: «Si va a trabajar con nosotros, ¿qué podría impartir? Entiendo que no ha sido nunca profesor». El novicio respondió, sin titubear, que se ocuparía de la Historia del Circo, del teatro, de otros temas culturales. Respecto a las ciencias sociales, su experiencia de vida y de lectura se centraba en los dos grandes temas europeos, el nazismo y el comunismo, el Holocausto y el Gulag. «¿El Holocausto?», se revolvió la belga. «¿En qué libros está pensando?» El Superviviente enumeró varios títulos consagrados. Siguió un largo y pesado silencio. «¡Debe saber que soy yo la que enseña el Holocausto aquí!...», se oyó, por fin, la voz firme del destino.

Siguieron las otras reuniones, con la marroquí alta y arrogante que enseñaba francés, con el bigotudo bonachón que daba clase de inglés medieval, con el ucranio gordo y voluble, especialista en la revolución rusa, con profesores de español, historia de la sexualidad, marxismo, posmodernismo, japonés para principiantes.

De vuelta a donde el adjunto del decano, comprendió que la decisión estaba ya tomada antes de su llegada: disfrutará de una beca decente, durante dos semestres, y de la vivienda de un profesor de química en año sabático. Tendría que impartir dos cursos en el semestre de primavera y dos en el de otoño.

Encantado por la sorpresa, recibió las felicitaciones del joven que tenía enfrente, pero no oyó la pregunta que le formuló.

—¿Va a la estación de tren? —repitió la pregunta el adjunto oficial.

El viajero asintió.

—Es lo que habíamos pensado nosotros. En la puerta le espera un coche rojo que lo llevará a la estación.

El coche era, efectivamente, rojo, una estudiante al volante; reconoció inmediatamente su acento brasileño.

—¿Entonces nos vamos? —preguntó el viajero.

—Vamos a esperar un poco. Esperamos al rabino. Viene con nosotros a la estación.

El rabino apareció al cabo de un cuarto de hora. Milagro: una señorita en vaqueros, de cabello corto, con una bolsa grande, llena de libros. Un estupor difícil de superar. La joven estaba dispuesta a conversar con el taciturno, visiblemente intimidado por el cuerpo joven y por su misión trascendental. El tren venía de Canadá y traía un retraso de dos horas. ¿Tiempo para una reunión de iniciación en los códigos celestiales o en la psicología de la juventud yanqui?

—¿Cómo eligió esta profesión? O vocación... Una mujer joven, cultivada, moderna. ¿Por qué precisamente esto?

—Siempre me ha preocupado la comunidad.

—¿Co-mu-ni-dad? He vivido cuarenta años en un Estado que se decía comunista. Ya no puedo oír esa palabra.

—¿Cuál elegiría? ¿Tiene otra opción?

—Individuo. El valor supremo. ¡Viva el individuo! Con su sombra o sus sombras.

La joven se tumbó en el banco, se había descalzado, apoyaba su cabeza rizada en la bolsa de libros didácticos.

—A propósito, ¿sabe usted si la sombra tiene algún valor místico? ¿Religioso?

La rabina no respondió. Sonreía mostrando una dentadura con una armadura metálica.

—No, los libros sagrados no se ocupan de la sombra.

—Triste, pensaba que el Todopoderoso ofrecía llaves univer-
sales, buenas para cualquier pregunta. ¿Su familia es también
así, religiosa? ¿Preocupada por la comunidad?
—No, en absoluto. Es una familia desestructurada.
—¿Quién la ha desestructurado?
—La propia voluntad. La propia impotencia.
—¿Los padres? ¿A qué se dedican?
—Profesores de instituto. Se separaron cuando yo tenía doce
años.
—La pubertad. Una edad difícil.
—Todas las edades son difíciles. Estos libros me ayudan. Me
conectan con los que son como yo.
—La verdadera familia. ¿Y la otra? ¿Hermanos, hermanas,
tías, abuelos?
—Una hermana. Tengo una hermana.
—¿Casada con El de Arriba?
—Mi hermana es budista. Vive en California y cría caballos.
—¿Caballos? ¿No conejos? ¿Tiene el caballo alguna historia
bíblica?
La rabina no respondió. Ofendida, abrió uno de los libros
sagrados. La agresividad del Errante la irritaba. Pero levantó,
por un instante, la mirada.
—Me ocupo también de los refugiados. Mis abuelos vinieron
de muy lejos.
—¿De dónde?
—De Lituania. He estudiado el Gran Tribunal judío de Vilna,
con su Gaón,⁴⁰ la Autoridad Suprema. Y además está el famo-
so Teatro Judío de Vilna. Un rabino de aquella época no se
parecía a mí. Ya no estamos en esa época, estamos en el país de
la libertad. El país de todas las posibilidades, como dicen los
políticos. *Sé que no estás acostumbrado a rabinos como yo...*
—No, no lo estoy. Pero me acostumbraré. Ya he comenzado.
A todo... Incluso al retraso del tren. Como en la época del
Gaón, en el mundo del que vengo también yo.
—¿Vienes de Lituania?

—No, de otra zona del Este. De donde salieron aquellos jasídicos a los que excomulgó Gaón. No creo que estés al tanto.

—Conozco la referencia.

Cuando llegó el tren, la rabina se despidió, deprisa, del Errante, pero le ofreció una tarjeta de visita.

—Como ya he dicho, me ocupo de los refugiados.

—Ya tengo un rabino. El doctor Adelbert, el rabino de las plantas y de la vegetación exótica. Pero ¿cómo te llamas? ¿Lamm? ¿Con dos emes? ¿Y Rebeka? ¿Con k o c?

—Sí, con dos emes. Rebekah es con k y una hache al final.

Sin pensárselo, abrazó, fraternalmente, a la pequeña Rebekah. Doctora Rebekah Lamm, licenciada en el Seminario Teológico y en la Facultad de Psicología, eso ponía en el cartoncito amarillo. Le estaba agradecido por la lección para orientarse en su nueva morada. Ahora comprendía mejor dónde había naufragado.

EJERCICIOS DE ADAPTACIÓN:
LA VISITA DE LA ANCIANA SEÑORA CAROL

«Te he imaginado en el primer encuentro con míster John. Tendría que haber estado allí, escondida bajo un sombrero imperial.» Así se presentó la distinguida señora de cabello blanco y silueta de modelo. No había llamado a la puerta, la había empujado con la punta afilada de la bota. Una antigua belleza, evidentemente, estilizada, de ojos grandes, azules, que se acrecentaban aún más cuando miraba a su interlocutor.

«El brillante John no será apreciado en su justo valor hasta que no abandone este pequeño y famoso *college* por un lugar más visible. Su nueva pareja australiana podría ser una solución.» Respetó el silencio de su anfitrión, siguió una pausa más larga.

«Pareces distraído y despistado, sospecho que no reparaste en que después de echar un vistazo rápido a la carta de su so-

brina le hizo un gesto imperceptible a Rita Agopian. La diva
larga-larga, como si anduviera sobre zancos, apodada la Jirafa.
Rita es la eminencia gris del *college*. *Executive Vice-President*,
experta contable y economista experta. Sin su aprobación, no
se mueve nada. Una dependencia enternecedora en un hombre
como John, tan inteligente, demasiado ávido de confirmación.
Sabe muchísimo y es como si no supiera nada. Pero si conduje-
ra el mundo, ¿cómo sería?» Respetó el nuevo silencio del inquilino. Los ojos, cada vez más grandes, y las manos finas y
arrugadas delataban su impaciencia.

«Podemos discutir sobre este tema en la fiesta a la que te
invita Caroline Olson Dodge, ese es mi nombre de soltera, pero
también el de viuda. Exesposa. Me ofrezco como nueva interlocutora. Es tu primer invierno entre nosotros, tras la estancia
en el monasterio de payasos, y soy la primera de nuestra comunidad en invitarte. Creo que es mi deber.»

Invierno. Primer día del nuevo año. Explosión epistolar.
Nacida en la familia de un pastor, pasé la infancia en Suiza, en Zürich, donde leí, con el ardor sádico de una niña, a
Dürrenmatt. Luego en Canadá, de donde conservo unos recuerdos emocionantes. Era mundana, famosa en el colegio por
las veladas que reunían no solo a mis compañeros, sino también a la élite profesoral, al igual que la velada de Nochevieja
en la que has participado y donde has conocido también a mi
sobrina, Eve. Tímida y misteriosa, como de costumbre. Has
bebido bastante, una copa tras otra. El año ha empezado con
frivolidad, lo sé. Te has levantado, tal vez, en el nuevo año,
confundido, borracho. No te preocupes, se te olvidará. Aquí
hay un zapato olvidado en la fiesta, con el que puedes salir a la
calle o meterte directamente en el frigorífico con los pasteles y
el beicon. Carol O.

Sueño de invierno: nuestro laureado poeta y yo tenemos un encuentro erótico en los pasillos de la sala de conciertos. Él me pregunta qué debería hacer en la vida. Friega el suelo, le digo. Citaba indirectamente a Auden, que afirmaba que los poetas y los filósofos tienen que limpiar, acarrear, hacer un trabajo físico para escapar de sus pensamientos. ¿Un encuentro erótico no es trabajo físico? Caroline.

Todavía invierno.

Lo mejor de esta semana heladora ha sido la maravillosa liturgia de san Juan Crisóstomo –san Juan Boca de Oro– en la Iglesia rusa. Volvería allí a todas horas. El espíritu quiere, pero la carne es perezosa. He escuchado también a los solistas del Bolshói. Excelentes. El pianista me recordaba a un muñeco de madera, aunque su interpretación no era en absoluto correosa. El bajo parecía de un anuncio soviético, el tenor tenía el cabello largo, gris, la soprano era dulce y tierna, la alto era morena, como salida de una mina de carbón.

Alexandra, mi amiga, se convierte al judaísmo. Celo devoto. El rabino no parece convencido de la autenticidad de la decisión, sospecho que en medio está el prometido beato, que, paradójicamente, no parece religioso, sino terrorista.

Yo soy una especie de budista por mi matrimonio, como ya te dije. Al principio era católica, luego protestante. Mi difunto marido irlandés, llegado aquí hace muchas generaciones, era una especie de sacerdote o gurú budista. Me acostumbré a su serenidad.

Primavera, sufrimiento. ¿Quién era antes de salir de los bosques del Norte y de convertirme en yo misma? ¿Y quién seré cuando deje de ser yo misma?

Así pues, ni padres, ni amigos, ni amores ni traiciones, solo la maldición cotidiana y terrenal. Rocas, piedras, árboles.

Imagino que no puedes identificarte en absoluto con este veredicto extremo.

Yo sí puedo, me identifico con cualquier cosa, como me aconsejó la serpiente adámica.

También nosotros tuvimos una noche de discrepancias. Bebiste mucho, te sentías bien con tus nuevos colegas. Cuando se marcharon todos, seguías con la copa llena en la mano. Pensé que era el momento de aprovecharme. Se dice que el éxodo comienza con el abandono de la placenta materna. Y el incesto, ¿la vuelta a la placenta?

No soy tan vieja, pero sigo siendo insaciable. Sigo siendo imprudente, inmoral. Mi marido me lo permitía, aunque era sacerdote. Los meses previos a su muerte, recuperó el apetito sexual...

Te levantaste por la mañana taciturno, confundido, molido. No te preocupes, lo olvidarás.

¿Qué clase de criatura es mi interlocutora?, te estarás preguntando. La respuesta está en el aire, como en Rilke, que se preguntaba si el aire lo reconocía. Carol.

Iba conduciendo camino de casa cuando vi, de repente, imágenes de Persépolis. Palacios antiguos y jinetes victoriosos, por el rabillo del ojo aparecían también árboles de las praderas canadienses. Me quedé desconcertada... ¿Cómo se llama la conjunción entre el pasado y el pasado ocurrido mucho tiempo atrás? Te voy a enviar las notas de un amigo indio sobre tu país, donde vivió varios años como hijo del embajador. Todo importa o nada importa. Prefiero todo. Cada brizna de hierba, como un sable, cada estrella que se aleja, cada canción y cada grito y cada susurro.

Empieza con las «novelas no escritas» de tu trayectoria. Páginas para cada nudo, que capten lo exótico. ¿Has aprendido el desapego, como te aconsejó el policía? ¿Cómo protegerte de ti mismo? En mi opinión, pareces el mamífero menos indiferente de la jungla del planeta. Te llamaría Nómada, en honor de los antepasados desaparecidos. ¿Misántropo? Sí, estás marcado por nuestra época confusa. El Nómada Misántropo.

Es verano, veo dos mujeres gordas –modelos de Renoir–, están lavando a mi esposo muerto. Yo solo miro. Una santa hipócrita que espera la veneración de la muchedumbre. Caro.

Cuando hablamos, comprendo mejor la inmensa distancia entre tu vida y mi microcosmos. No elegimos nosotros dónde y cuándo nacer, pero ¿elegiríamos, acaso, nacer de nuevo? Hay momentos efímeros de alegría y de meditación que animarían al nonato a dejarse alumbrar, pero si conociera de antemano el final de la ceniza arrojada a los cuatro vientos, sin dejar huella, no estoy tan segura de que elegiría esta vanidad. Vosotros, los exiliados, ¿qué decís? ¿Y qué podemos responder nosotros, los exiliados en nosotros mismos, nosotros, los sedentarios?

De todas formas, solo controlamos una parte de la aventura que nos fue concedida, no deberíamos olvidarlo.

Me preguntas cómo están las cosas en nuestra comunidad académica. Yo no te pregunto por tus estudiantes. Los conozco bastante bien gracias a mi exmarido. Un ambiente universitario, abierto, a menudo impertinente. Criados entre los extremos de la libertad. Curiosos, inteligentes, incultos. Creo que no te habrá resultado fácil, sobre todo al principio, acostumbrarte a su familiaridad juvenil. Pero ¿qué tal en tu modesta trinchera, entre libros? ¿Ha vuelto a visitarte Eve? Cuando le pregunto, evita el tema, y no es la primera vez. Caro.

Mira mi sueño más reciente: el Papa nos visita de improviso. Lo recibimos con asombro y entusiasmo infantil. Era difícil verlo debido a la cantidad de coches, pero lo distinguimos de todas formas, brillante e inmaculado. Míster John, con su aire enfurruñado cuando aparece alguien más importante que él, ha resbalado en el barro delante de Su Santidad, así me lo he imaginado. La gente comprende que no era una reverencia, sino una desdichada trampa burlesca, debida a las lluvias de los últimos días. La imagen se ha convertido al instante en un cuadro de Brueghel, con el Gólgota por detrás. A su alrededor pululaban fieles y lagartijas y caracoles, me ha parecido ver a tu hermana, de la que no te gusta hablar.

Mientras me dispongo a subir de nuevo al coche verde, un *ex inamorato* me propone que nos retiremos unas horas juntos. Acepto y volvemos a encontrarnos en un pequeño recinto oscuro. Sin embargo, irrumpe al instante un rebaño de niños, guiados por un niño y una niña, unos gemelos que parecían casados. Me han pedido que resumiera la película que había visto unos días antes en la tele, en la que aparecían dos ardillas azules. Al igual que su pareja incestuosa. Luego el sueño se ha evaporado, como sucede habitualmente. Sin final. Caro.

Comienzo de otoño. Qué maravillosamente has hablado sobre aquel extraño amigo fallecido hace poco, sobre vuestras conversaciones telefónicas nocturnas, en las que intentaba encontrar la raíz de alguna palabra de vuestro idioma, palabras olvidadas en las décadas de exilio por Sudamérica y Norteamérica. Me pregunto por qué vuestro país deja unas heridas tan profundas en la memoria de sus exiliados, cubiertas luego con una miel sentimental.

Es un día en blanco, disfruto de él. Le he preguntado a mi jardinero, Robert, qué haría en un día libre, sin trabajo. Sexo, beber, remar, ha respondido. No ha mencionado para nada a su familia.

¿Y tu familia? ¿No la mencionas jamás? Tus padres, fallecidos los dos, pero ¿hermanos, hermanas, tías, primos? ¿Nadie que se acuerde de ti, el de antes de tus propios recuerdos, en la fase turbia de la inconsciencia? Me pregunto si la pérdida de mis padres, de mi hermano y de mi esposo es también la pérdida de mí misma, esa que tanto significó para ellos. Me imagino a tu padre en nuestro bosque, saludándome con gentileza, sin conocerme, y pensando en su esposa o su hija, en el adulterio con su joven cuñada, tu tía. Caro.

Acabo de leer una descripción mía, como peluquera, en un salón del cuerpo diplomático. Cargada de pesadas pulseras, recibidas de las clientas, y con unos caprichos aristocráticos que me repelen.

Sueño con un otoño eterno. Contemplo ahora el montaje de unas farolas delante de mi casa, más propias de un burdel de Nueva Orleans. No me molestaría un burdel, al fin y al cabo se me describe como una peluquera. La casa es herencia de un marido pacifista y abstemio, sería un contraste bien recibido. Cualquier propiedad es un pecado, con obsesiones enfermizas.

Aquí mencionaría también el interludio sexual. Si puedo ser peluquera, puedo también abrirme de piernas de vez en cuando. Has tenido la ocasión de comprobarlo.

¿Privilegio, en una mujer madura? La técnica sustituye el sentimiento y se convierte en potencia. Creo que estarás de acuerdo. C.

El *college* ha recibido la visita de una terapeuta, Susan. Promete curarlo todo, furias, resentimientos, secretos. Pequeña de estatura, de pelo muy corto, militar, sonrisa oblicua. Viste una falda de piel con muchas cadenas y adornos, lleva botas y pesados pendientes. Implacable con el sexo contrario: anima a las jóvenes del grupo a asomarse a la ventana y mirar con descaro a los transeúntes masculinos, a reírse de ellos. En mi juventud, en el internado católico de chicas, no nos dejaban mirar por la ventana a la calle para que no nos consideraran ligeras de cascos.

Al escuchar algunas confesiones y muchos comentarios en este seminario terapéutico de Susan, me siento de nuevo en la guardería o en la escuela castrense, donde todo se plantea en acciones claras y duras, sin mediaciones. Lenguaje bélico, energía drástica y oscura, como en los niños minusválidos. Soy de Suiza y de Canadá, como ya te dije, aquí me sorprendió ese pensamiento simple, tan seguro de sí mismo. Precisamente aquí, donde encuentras tanta diversidad y se proclama la retórica de la libertad de elección. ¿Explicaría esto la necesidad de un planteamiento simplista? El claroscuro está ausente. Caro.

¿Protestante o católica? ¿El invierno es protestante o católico, qué opinas? O es, más bien, ortodoxo, con sus largos villancicos desparramados y sus lágrimas heladas en carámbanos plateados. Me siento más cercana a la variante anglo-católica. Certidumbres moderadas que elogian, de manera cifrada, la incertidumbre. Me gusta la grandiosidad del discurso católico, la promoción del arte. Tampoco puedo rechazar el protestantismo, la salvación a través del pecado. Más difícil de aceptar me resulta el calvinismo, la salvación a través de la gracia. He dado un rodeo y ya ves que estamos de nuevo con Dostoyevski y los hermanos Karamázov, con la mística del amor universal y la ortodoxia neurótica y nocturna.

Sin embargo, ¿nos quedamos con el pecado? Nos acerca a Dios, ¿no? Yo me resigno a mi budismo, la adoración del vacío. Como ateo, llevas ventaja, te refugias en el desierto de la falta de fe. La Navidad y la Nochevieja pueden ser tomadas como un pretexto de fiesta y descanso. Espero que no te decepcionara demasiado la del año pasado, cuando conociste a Eve. ¿Volverás este año? No sé si vendrá ella, tal vez lo sepas tú mejor que yo.

¿Qué ha llegado a mis oídos? Que estás escribiendo una novela de ochocientas páginas, una de esas «no escritas». Que estarías enamorado de una trapecista rubia, una antigua becaria del *College* Keaton, artista ahora del circo de Moscú. Que estarías dispuesto a instalarla en una lujosa *dacha* junto a la colonia de escritores que va a inaugurar tu protector yanqui y que piensa bautizar con el nombre de la esposa loca de Fitzgerald. Matrícula limitada, solo jóvenes guapos, brillantes y violentos. He oído que tienes una hermana que te visita para pedirte consejo sobre el argentino que la corteja, un conocido criador de caballos. Tiene una magnífica villa en Buenos Aires, donde bailarán todos los días con la música de Piazzolla.

Tengo la oreja pegada a la tierra, como ves. Pillo los rumores del mapamundi. Me cortocircuitan varias veces al día, con la puesta del sol.

Te deseo un agradable encuentro con ese taimado abogado, experto en inmigración. Un vagabundo. Impecable, con el mismo traje gris, con un pañuelo rojo en el chaleco. No tiene que amilanarte su cortesía bien ensayada. Caroline.

Entiendo por qué evitas dialogar con los estudiantes sobre la familia, las lecturas, los amigos. Temes las confesiones y la insistencia. Estoy segura de que eres accesible en los límites del sentido común. Cordial, afectuoso, incluso bromista, así te conozco yo. C.

Azotaba la ventisca, buscaba la llave delante de la puerta, donde prometiste dejarla cuando abandonaste el tocador de la anciana lúbrica. Significa que no la dejaste o que la escondiste entre las almas muertas de Gogol.

Pasaré una temporada en el hospital, donde debería estar desde hace tiempo. La prueba del cuchillo. Ya has pasado, me imagino, por ello. ¿O no era ya necesario este añadido bajo la dictadura?

Mejor que hablemos sobre las bromitas de la medicina de hoy en día. Mi nieta, Ursula, la hija de Mike, parecía un hada hasta los catorce años. Me confiaba todos sus secretos. Me contó también el episodio de la pérdida de la virginidad ejecutada sin delicadeza por un compañero de clase italiano, Paolo. Era y es posesiva y celosa, lista y egoísta. Con los años, fue encerrándose en sí misma. Se volvió muy segura de sí misma y me he enterado de que es una lesbiana declarada y militante. Vive ahora con una coreana economista y bien situada. Quiere un hijo a toda costa y busca en internet un donante de semen. ¿Un negocio más del todopoderoso capitalismo y de la libertad absoluta? Un negocio ya legal y bien organizado: junto con el esperma recibes también el dosier del generoso, elegido en la lista de propuestas que has estudiado durante varios meses. Informe biográfico: edad, nacionalidad, estudios, aspecto, historial médico, etc. Puedes elegir entre cristianos, judíos, chinos, indios, musulmanes, ateos, de todos los colores y dialectos. No resulta demasiado caro. Tampoco barato. Están pensando en el nombre de su criatura. Que sea niña o niño no importa, tienen que encontrar un nombre adecuado para ambas situaciones, porque podría suceder que la niña quisiera ser niño en un determinado momento, o viceversa. El cambio de sexo no es ya algo irresoluble en nuestros días.

Supongo que no te perturba esta nueva realidad, esta nueva generación.

Tampoco a mí, no. Mala señal, creo. Caroline.

La vieja refunfuñona está de nuevo en el hospital. Me interroga un psiquiatra alemán y galante, que insiste en hurgar en mis sábanas de las edades pasadas. Me gusta un paciente africano, con voz de Paul Robeson y un discurso interminable que combina la Biblia, la fe Bahá'í, la astrología y la magia. Me gustan también los dos irlandeses silenciosos, y mi compañera de habitación, una sureña joven y guapa que lee, quién iba a decirlo, *Memorias del subsuelo*.

He pensado siempre que la aceptación de la realidad sería un acto pasivo, indolente. Estaba equivocada. Se ha convertido en un insensato acto de valor, la realidad se ha vuelto ficcional y huidiza y virtual. Solo me queda aceptarla, sin dejarme anular. Tal vez sea también la influencia de mi antiguo amigo indio. Ha vuelto a visitarme. En algún momento le dije que el tiempo es una catástrofe inevitable, que pasa rápido y ni siquiera sabes cómo ni cuándo. ¿El tiempo? El tiempo no existe para mí, me respondió. Ni para mis indios. C.

La última vez te recibí un tanto desvestida, lo reconozco, y te abracé demasiado. La mano se escurrió a tus pantalones. Pero recuperé la cordura. Lo reconozco, al cabo de un rato me recuperé y luego representamos los dos el papel de la timidez, su parodia. Me sentí justificada en mi impulso de mujer mayor cuando hablaste casi una hora, pidiéndome café una y otra vez. La nueva perversión de la movilidad, el globalismo. Tus experiencias extremas, el campo de concentración, el socialismo bizantino, el exilio transoceánico. ¡Un destino privilegiado! Eso dijiste, privilegiado. El honor de ser rechazado, eso decía un pensador de tu país. De lo contrario, *¿qué sería* esta vida tan pasajera? Carol.

¿Superar ahora, en plena primavera, mi debilidad por la bebida? Eso me aconsejan los psiquiatras a sueldo. Los que me rodean parecen amigables, un drogadicto se ha ofrecido a enseñarme a jugar al ajedrez. Puedo correr e ir al gimnasio, trabajar como voluntaria en el jardín o en la cantina de la capilla protestante del hospital. La capilla protestante, caritativa, acoge a los huérfanos de la fe. Ofrece también libros. Yo no puedo renunciar a leer. ¡Sin leer, no! He cohabitado con los libros todas las noches de mi vida.

La primavera está en camino. Lenta y caprichosa. Cuando todo renazca, beberé a la salud del acontecimiento cósmico un vaso largo de... agua mineral. Clara como el vodka. Carol.

Verano monótono. Por variar, entro y salgo del hospital, una y otra vez. Allí oí hablar ayer sobre las diez etapas de recuperación de un antisemita. ¿Separación a través de la religión? Algo infantil.

Fuera llueve a cántaros. El doctor parece preocupado por mis posibilidades de aplazar el deceso. Estaba pensando en agasajarte, entretanto, con un modesto arreglo del jardín y con cortar la hierba. Tengo al bueno de Robert, no cobra demasiado. Cuando vuelvas de las vacaciones con tu hermana, serás recibido por un paisaje domesticado, aburrido, adecuado para la amnesia.

Ayer di el primer paseo de este año junto al río, allí iba a menudo con mi compañero legal. Mi sacerdote religioso y sabio esposo. No sé si te he comentado que mi esposo aceptó la felicidad junto a una compañera infiel, pero supongo que lo habrás entendido tú solo.

Los pájaros rojos han vuelto y cantan su regreso. Espero que los veas, que los oigas. Caro.

Mi amigo asiático es hijo de un diplomático. Ha viajado mucho, ha estado también en tu país después de su infancia praguense. Recuerda una novela de Olivia Manning en la que reencontró imágenes de su adolescencia en vuestra capital balcánica. Me ha hablado de sus pintorescas ceremonias religiosas ortodoxas, del desollamiento de un caballo muerto en el camino de un pueblo, de los bellos trajes tradicionales, de la música en las fiestas dominicales alrededor de la iglesia, de los camiones polvorientos, con refugiados de guerra, del desfile de los camisas verdes de los nacionalistas místicos, de un pogromo que lo espantó, del paisaje rural, luminoso y lírico.

En la escuela alemana, la Evangelische Schule, imperaba una disciplina rigurosa, dos de los profesores pertenecían a las SS. Mi indio era amigo de un compañero sueco, pintaban donde podían la bandera inglesa, maquinaban contra sus compañeros alemanes, orgullosos de la victoria del ejército nazi. Luego viajó con su familia a Ankara, Bagdad, Rangún. La enfermedad que Auden rememora en su *Journey to war* (1939) le recordaba sus años de estudiante, después de la guerra. También él se puso gravemente enfermo tras un largo viaje en un camión militar. Sostiene que las entrevistas con los supervivientes de Terezín le recordarían su propia desesperación en los años 1942-1945. Un poco exagerado, ¿no? Caro.

Estamos –y estoy, todavía estoy– en el umbral del otoño eterno. Enflaquecida, cautiva de una melancolía pueril. ¿Te enseñé el paquete polvoriento de los libros de Svevo? Me he sentido siempre cerca de sus protagonistas masculinos, luchando contra la abulia. Releo *El rinoceronte* de tu compatriota parisino. Entre nosotros la tiranía está más bien disimulada. Una expresión envenenada de la libertad, convertida en dinero, codicia, compasión, enfermedad, crimen, no necesariamente política.

Te envío, en otra carta, para que tengas un recuerdo, fragmentos de mis sueños recientes, sobre una pareja que descubre su casa (y su vida) en llamas.

¿*Seré yo*? ¿Y quién sería mi compañero? Caroline Olson.

Por la tenacidad con que evitas hablar sobre tu hermana, te castigo con mis sueños y mis fantasmas.

EN EL PSIQUIATRA

El favorito de la paciente Caroline Olson, el psiquiatra Vladislav Weiss, era alto y callado. Intentaba estimular a través del silencio la confesión del Profesor. Ya entiendo, ya entiendo, repetía en tono doctoral, después de cada largo silencio. Pero al cabo de cinco sesiones se volvió impertinente. Esperó a su paciente de pie, sobre los largos zancos de sus propias piernas, sin respetar el ritual de costumbre. No invitó al Profesor a sentarse, tampoco él tomó asiento, anunciando así que la reunión sería breve. En la escalerilla del tren, como quien dice.

–Sí, sí, lo entiendo, usted no tiene intención de exponer su biografía. Le aburre, no quiere preguntas y no ofrece respuestas. El psicoanálisis le aburre. ¡Quiere una pastilla y ya está! Una pastilla que le dé tranquilidad, distancia, humor para poder vivir. Para poder vivir con sencillez, sin preguntas, sin pensamientos, sin recuerdos fastidiosos. Así pues, una pastilla.

Se agachó hacia el cajón, tiró de él y sacó la pastilla mágica. No era en absoluto una pastilla, sino un librito que tendió al Nómada con una reverencia afectuosa.

–¿Es esto, caballero? Esta es, Herr Professor, mi pastilla. Al fin y al cabo, no creo que esperara que le diera Prozac u otras drogas... Tome el librito, lo lee despacio, sin prisa, se hace amigo de la autora y de su amigo, el caracol, los convierte en su remedio. Sanación a través del ejemplo. No es el tratamiento habitual, ya se habrá dado cuenta. Tampoco yo soy un tipo corriente, ya se habrá dado cuenta.

En absoluto corriente, es cierto, desde el momento en que le ofreció el mismo curioso tratamiento sugerido por Tamar, la hermana que era menos y más que una hermana, con la que había encontrado en un sendero polvoriento de la capital americana el gasterópodo enviado por el presidente Washington, que había prestado también al mensajero el globalizado nombre de *George*.

El Profesor entendió con quién tenía que vérselas. Comprendió, asimismo, como cronista y crítico del circo, llegado de las montañas de cristal y hielo de Oriente, que el Nómada Misántropo no merecía nada más que fantasmas. Charadas crípticas, representaciones, diversiones, juegos con perlas negras y venenosas.

El libro era de formato pequeño, de bolsillo. Se lo guardó rápidamente en el bolsillo derecho de los vaqueros y se dirigió disparado a la puerta, sin saludar al mago. Fuera, se sentó en los escalones de la entrada, para ver la nueva-antigua maravilla.

En la portada, el conocido caracol anaranjado. Medio cuerpo y cuatro cuernitos a la vista.

Más abajo estaba la presentación del minúsculo Evangelio terapéutico.

En una obra que demuestra de manera sublime los frutos de una atenta observación de la naturaleza, la autora revela la historia íntima e inspirada de su encuentro con un caracol común y, en consecuencia, la serenidad y el asombro que esta misteriosa criatura le ofrece.

La extraña anatomía de molusco del caracol, su secreto aparato defensivo, su locomoción hidráulica ofrecen una visión cándida y comprometida en la curiosa vida de esta infravalorada criatura, y nos muestra cómo una pequeña parte del mundo natural ilumina nuestra propia existencia humana y nos enriquece con la apreciación de lo que significa estar verdaderamente vivo.

El paciente hojeaba el código del psiquiatra, sin paciencia para leerlo, de hecho. Había interceptado, varias veces, la palabra soledad y sospechaba que ese era el motivo del doctor para elegir el libro como posible terapia.

No estaba seguro de si la oportunidad de la lectura lo había vigorizado o si, por el contrario, el texto minaba la intensidad y la novedad del diálogo con su inquilino, *George*, decidido a leerle al analfabeto sordo y ciego y mudo, cada noche.

Sí, sí, tenía que darle las gracias a su amiga Carol, la anciana moribunda, por recomendarle delicadamente al doctor Weiss, el cómplice de los caracoles y de otros solitarios.

EVA ELISABETA LOMBARDINI

No fueron unos golpes en la puerta, más bien un rasguño repetido. Una música neurótica, modernista. ¿El gato, el conejito sin refugio, la ardilla del vecindario, la araña rebelde? ¿Algún murciélago despistado? Había caído la tarde, un silencio perfecto, la hora de los murciélagos vagabundos.

—Sí, soy yo, ya me conoces. Eva, la sobrina de Carol.

—Ah, Eve.

Aquella belleza había cruzado ya el umbral y contemplaba, sonriente, a su admirador.

—Eva, de hecho. Carol americanizaba mi nombre. Su forma de patriotismo irónico. Me llamo Eva. Eva Elisabeta Lombardini.

—Carol afirmaba que no solo nos vimos en la fiesta de Nochevieja, sino que después también.

—De hecho, te estaba poniendo a prueba, eso estaba haciendo. Por lo que sé, no respondiste a sus provocaciones.

—¿Te lo ha contado ella?

—Naturalmente. También me ponía a prueba a mí. Tampoco yo respondí. Pero aquí estoy. Lombardini. Elisabeta. Y Eva, sí, también Eva.

El Profesor hizo un gesto galante e invitó a la huésped a entrar en su celda-cabaña. No parecía importarle estar en vaqueros y con una camiseta vieja, de andar por casa. Eva levantó por encima de la cabeza, en señal de amistad, la botella de vino tinto.

—He venido para que la recordemos. Se lo merece, creo que se lo merece. Sé que fuisteis amigos.

—Tanto como pudimos.

—Me pareciste tímido cuando nos conocimos.

—Soy tímido. Y tenaz.

—Eres exótico.

—En este país nada puede ser lo bastante exótico. Una congregación global. Exiliados, aventureros, fracasados, perseguidos, peregrinos. Los genios incomprendidos.

—¿En qué categoría te incluyes?

—Nómadas y misántropos, como decía la tía Carol.

Había desocupado una silla retirando las cosas amontonadas sobre ella y arrojándolas sobre la cama, luego la segunda silla, ahora había dos sillas ante la mesa y, sobre la mesa, la botella de tinto y dos copas alargadas.

—Antes de beber, me gustaría que me explicaras lo de tus tres nombres. Son distintos a los de Carol. Ella afirmaba ser de Suiza y de Canadá.

—Así es. Con un breve intervalo en Austria. Desdeñable según ella, eso decía. Ni siquiera mencionaba ese apéndice. Lo mío es distinto. Austria sigue siendo importante. Mi padre, mucho mayor que mi madre, pasó la infancia en el Tirol, pero era de todas partes. Turquía, Albania, Italia, aunque en Austria estaban sus raíces. A mi madre casi la secuestró, ella tenía quince o dieciséis años. La familia estalló de ira, no solo por la diferencia de edad. Él se presentó como austriaco, hablaba un alemán perfecto, con acento vienés, pero ellos no estaban en absoluto seguros de que no fuera protestante o judío o vete a saber qué, ruso ortodoxo o libanés y musulmán, cualquier cosa. Estaba fascinado por Sissi y ellos lo sabían. También yo soy admiradora de Sissi, la famosa emperatriz rebelde.

—¿Rebelde? Bueno, por lo que yo sé, tuvo un montón de hijos. Legítimos, ¿no?

—Eso creo.

—Por lo que sé, se llamaba Elisabeta. Sissi era un apodo cariñoso, y así pasó a la posteridad.

—Mi padre no se cansaba de hablar de ella. Elogiándola. Estaba irremediablemente enamorado de Sissi. Conocía todos los detalles de su biografía, los misterios, su magnetismo, su independencia, sus lecturas, sus poemas, todo lo que quieras. Hasta la confusión total.

Eva dejó de responder a las preguntas, había tomado asiento e intentaba abrir la botella, girando hacia la derecha, hacia la izquierda, y vuelta a empezar, el tapón metálico. El anfitrión le ofreció enseguida un sacacorchos y se sentó a su lado sin coger la botella. Las copas enrojecieron con el vino griego.

¡Sí, era muy guapa la sobrina de Carol! Un cabello espeso, negro, peinado con raya en el medio, sobre las orejas tapadas. Labios rellenos, tiernos, de niña. Ojos azules, muy azules, un cuello perfumado. Las piernas, sí, las piernas un poco rollizas, pero largas, al igual que las manos, blancas y luminosas, listas para el espectáculo. Había visto todo eso la primera vez, ahora lo veía de nuevo.

Entrechocaron las copas, el vino se balanceó con complicidad. Cuando tendió la copa, volviendo luego bruscamente la cabeza hacia su compañero, Eva parecía haber tendido también su pecho, que se bamboleó, altivo, debajo de su blusa inmaculada. O tal vez fuera tan solo la quimera que había salido del hombre y que lo hipnotizaba ahora sin piedad. La quimera cautiva y cruel que animaba y adormecía su soledad, el vacío con el que cohabitaba.

–Así que Sissi, es un buen tema de conversación.

–No solo eso, mi padre afirmaba, y tenía razón, que si Sissi hubiera tenido una influencia real en Viena, Austria habría evolucionado de otra manera.

–Es posible, aunque Viena fue también la Secesión. La creatividad, el modernismo, el psicoanálisis, el genio rebelde. No solo la histeria nacionalista. Se me ha olvidado preguntarte qué haces, dónde trabajas, a qué te dedicas.

Eva parecía haberse percatado de que al Exótico le había costado encontrar las palabras. Sonaban falsas. Dio otro trago, largo, de la copa roja, para encontrar la respuesta adecuada.

–No lo sé muy bien. Acecho los días y sobre todo las noches. Intento poseerlas. Sin mucho éxito.

–¿Soledad?

–Una palabra pretenciosa. Manoseada. Espero, eso es todo. Me impongo la paciencia. Soy virgen.

El silencio se tornó vivo, misterioso, agresivo.

–No es lo que estás pensando. Me he abierto de piernas bastantes veces. Tal vez no muchas, pero siempre que he querido. Físicamente no soy virgen ni retrasada sexual. Es otra cosa. Es difícil de explicar. La espera, tal vez. Sí, eso es, he dado con la palabra a la primera. Estoy esperando todavía.

¡Era demasiado! Una invitación sin escrúpulos. ¡Demasiado! Suplicaba a su quimera interior que lo salvara. Que lo durmiera de golpe, como un cortocircuito demoniaco, una especie de ausencia postraumática, el desmayo interior de la convalecencia. Pero no, la quimera seguía ausente, la salvación solo podía venir de Sissi. Ciertamente, la desconocida descubrió, gracias a un movimiento de la silla, al caracol *George*, deslizándose por el borde del jarrón de cristal.

–Ah, veo que no estás solo, que tienes un camarada. ¡Asombroso! ¡Jamás lo habría imaginado! ¡Dos exóticos, eso es lo que sois! Te juro que no me lo podía imaginar.

Y se puso de pie, estaba junto a *George* para conocerlo de cerca, para abordarlo. Lo miraba con simpatía. *George* no reaccionó, resulta difícil afirmar si había notado el cambio de ondas.

–¿Dónde lo encontraste? ¿Es también un extranjero, llegado de no sé dónde? ¿O un americano pura sangre? ¿Es de ese antiguo país? ¿Lo trajiste aquí para que te apoyara?

El Profesor la observaba, no respondió, dejó que el contacto entre ellos evolucionara de forma natural, sin interrupciones.

–He venido a visitar a un exótico y me encuentro con dos. ¡Qué sorpresa! Ahora estoy segura de que no es la única. ¿Tienes amigos? ¿Has encontrado amigos en esta orilla? Seguro que sí. Aquí está todo el planeta, encuentras, aunque no sea de forma inmediata, a tus semejantes. ¿Eh? ¿Qué dices? No te obligo a confesarte, a ofrecer detalles. Solo sí o no. ¿Puedes mencionar a alguno?

—Muchos —susurró el taciturno.

—Vamos a escuchar, empieza. Venga. ¿De qué te avergüenzas?

—Clopidogrel. Losartan.

Pausa. Silencio. Mutismo. Pausa prolongada. Estupor.

—Metformim. Gabapentin.

Eva sonreía, intrigada por una enumeración que no parecía cerrada.

—Escitalopram —se oyó, finalmente, el nombre de otro amigo del Exiliado. Un nombre codificado, evidentemente.

—Suena a farmacia. ¿Es que estás enfermo?

—No, solo soy viejo. Incurable. Me entiendo con esos amigos. Somos del mismo equipo, por así decir. Advenedizos, internacionalistas. Cosmopolitas como yo.

DIDACTICA NOVA (II)
OPINIONES DE LOS ESTUDIANTES:
EXILIO Y EXTRAÑAMIENTO EN LA LITERATURA

Considero el exilio una experiencia humana radical, no solo un contrapunto, como cree Said, sino la modulación de unos símbolos diferentes. El exilio no es tan solo la experiencia de dos modos simultáneos de pensamiento. El exiliado tiene a su disposición su propia cultura y una o varias extranjeras que se alternan de manera recíproca. Estoy pensando sobre todo en Meursault, el protagonista de Camus, porque su exilio tiene lugar en su casa. Lo que él denomina la «certeza arrogante» del sacerdote es, de hecho, la monofonía cristiana que solo se acepta a sí misma y en la que él no puede creer. Me cuesta considerarlo un error. Él es un exiliado solo porque es diferente, al igual que el errante sin sombra Schlemihl, diferente a los demás. La amistad con Raymond es neutra hasta que se despierta en un aislamiento total, en la celda. En el proceso se da cuenta de que siempre ha estado bajo acusación, aislado por la arrogancia de los seguros de sí mismos, a los que llama la «mayoría moral». El Estado lo condena no por el asesinato del árabe, sino por el de la madre, a la que, evidentemente, ha matado la vejez. Meursault es consciente de lo absurdo de la existencia. Culpable tan solo por no haber encontrado un lugar en la sociedad y no haber recibido el obsequio de unas botas de siete leguas que, por lo demás, habría rechazado.

No tiene ni idea de si posee una sombra o no. No la vendería, porque no le interesa mejorar sus ingresos, tampoco trasladarse a la capital, como se había propuesto. Se despierta tan solo cuando Céleste expresa abiertamente su solidaridad y considera al perro del viejo tan valioso como una esposa.

Meursault se abre, amargamente, solo al final, «a la indiferencia amable» del mundo. Al final él se conecta al odio de la muchedumbre indiferenciada que confirma su singularidad.

Meursault vive en una ciudad colonial, una super imposición extranjera sobre una cultura local, paralela a la super imposición de la justicia que lo condena. La amoralidad de Meursault retoma al final la furia de la moralidad. Su exclusión social se convierte en una filosofía de autoinclusión, una complejidad más rica que el contrapunto defendido por Said. El aislamiento se convierte en una inclusión en la comunidad humana y la percepción del «moralista» se convierte en odio. Resulta increíble que en su lecho de muerte él esté preparado para un nuevo comienzo. (Jacob)

Me gustaría extender la discusión sobre el exilio y el extrañamiento, aventurarme fuera del texto, pero provocada por el texto, a través de una divagación, para abordar el problema sexual que, naturalmente, no podía ser expresado en una fábula de hace dos siglos, pero que no puede ser evitado en nuestra época. Lo observamos en cada instante del carnaval en el que participamos. El carnaval ha existido siempre como una fuerza mayor en la Biblia y en la mitología, así como en la vida. Aunque esté protegido por la sombra, el tema ocupa ahora un lugar central en la sociedad, es un accesorio que no podemos dejar de lado en la competición de compraventa que domina la actualidad, intuida también por lo demás, perfectamente, por el autor de las aventuras en el exilio de Peter Schlemihl.

La compraventa era muy dinámica incluso en el capitalismo temprano. Entonces, el comercio de armas no había adquirido tanta envergadura, tampoco había aparecido el comercio de la piel o los riñones o el semen, ni había sex-shops en las principales avenidas de las ciudades. El intermediario que propone la adquisición de la sombra a cambio de una pobre bolsa de dinero que no se vacía jamás, sabe por qué lleva un impecable traje gris, en la frontera entre el blanco y el negro, donde vive también la sombra. Predominante en aquella época entre los bastidores –y no solo entre los bastidores– del espectáculo diurno y, sobre todo, nocturno de la historia, de las migraciones a las que son sometidos los deseos y los sueños y los delitos de nuestros semejantes y los nuestros, la sombra contaba con un amplio margen de maniobra. El relato comienza con el exilio de Peter y llega a la globalización y a su representación neutra y ubicua: el dinero. Hay que añadir el sexo, que hoy en día se puede conseguir en cualquier sitio, incluso a domicilio, en la realidad cotidiana y en la virtual. Las convenciones de la sombra se fueron desperdigando poco a poco, de tal manera que a duras penas se pueden atrapar aquí y allá. La sombra las favorece, pero ha sido destronada, humillada, vendida, sustituida, falsificada, entregada a unas corporaciones especializadas. Como todo lo que se mueve en este mundo nuestro que corre hacia el final. ¿Podríamos, sin embargo, vivir sin claroscuros, sin secretos y sin convenciones tácitas y sin recovecos? ¿Con todo a la vista, sobre el mostrador?

Peter se encontraba a punto de llegar a ser plenamente libre gracias al dinero. Menos mal que fracasó y que decidió estudiar las plantas y los seres vivos, al igual que su padre botánico y poeta. Pero ¿y la sexualidad y sus enigmas? ¿Pueden ser ignorados? ¿Y la relación con la sombra? ¿Y las sombras errantes por el mundo? El tono de nuestro debate en clase no debe ser demasiado serio... Eso supondría evitar el sarcasmo de la vanidad, nuestra fugacidad, olvidar que el señor Von Chamisso estaba también preocupado por que se perdiera precisamente el humor en su relato para dormir a los hijos de la familia Hitzig.

Este hecho excusa, quiero creer, las libertades un tanto frívolas e impertinentes que me he permitido en estos comentarios insatisfechos con el objetivo demasiado académico del tema. (Kati)

Cuando ingresa en el hospital, a Schlemihl lo apodan «el Judío». No es una confusión. Tampoco una broma o un insulto. Recibe un número (el 12) y pierde cualquier otra identidad. *Peter Schlemihl* –aunque fue escrito hace doscientos años– nos presenta una nueva forma de exilio y de extrañamiento en la época de la globalización, muy cercana al tema bien conocido del hebreo vagabundo («el judío errante»). En esencia, el autor trata el tema del judío sin patria y sin posibilidad de echar raíces en una comunidad. La historia se focaliza en un recién llegado que no tiene ni idea de cómo funciona la sociedad en la que ha naufragado y no está preparado para encontrarse con el Hombre de Gris. Desorientado, vende su sombra. Comprende más adelante que sin sombra no va a ser aceptado y que tampoco la bolsa de dinero que no se vacía jamás le asegurará los favores sociales. Mina, a la que desea, lo abandona en cuanto comprende qué le falta.

El personaje de Schlemihl (en yidis, *schlemiel* tiene el sentido de ingenuo, tonto de tan sincero e infantil, necio, casi santo gracias a su inocencia) retoma poco a poco el significado grave del nombre bíblico Petru, el judío convertido en apóstol de la cristiandad. Rechaza recuperar su sombra a cambio del alma, asumiendo así el peligro de convertirse en un paria, recluido en el ostracismo y excluido, renunciando a toda posibilidad de asimilarse en el mundo que lo expulsa. La estupidez inicial de un trueque que parecía una broma, en consonancia con un *schlemiel* necio y con la cabeza en las nubes, se transforma rápidamente en la premisa de un drama peligroso, de larga duración, si no ciertamente eterno. Dios no es mencionado en el relato, tan solo los hombres y el exilio. No se trata de una experiencia sagrada, sino de una terrenal, absolutamente insoportable. «Estoy solo en mi soledad, como antes», dice Schlemihl. El esfuerzo por ser como los demás fracasa. Queda algo que no puede ser negociado. Incluso entonces, cuando el dinero parece hablar más que cualquier otra cosa y renueva las trampas de la complicidad.

Si los regímenes autocráticos y totalitarios exilian o matan a los que no se ajustan a sus normas, los democráticos, capitalistas, encuentran métodos más insidiosos para aislarlos, marginarlos y neutralizarlos. Ofrecen, eventualmente, la solución de viajar y observar el mundo, como hace Schlemihl después de separarse de sus semejantes y de encontrar otro sentido al exilio, sin relación con la patria, con la identidad nacional ni la aceptación social. Parece el resultado de una experiencia típicamente judía: entrar en una nueva sociedad, el respeto de las reglas y el inevitable extrañamiento de un tipo u otro.

Chamisso se refiere a la situación de los judíos en Europa en su época, pero también a un juicio general sobre el ciclo continuo del peregrinar. A los judíos se les permitió ejercer las profesiones financieras que les trajeron prosperidad, pero no aceptación social. Fueron insultados más de una vez por la pérdida de las raíces, de la pertenencia («de la sombra»). No es una simple coincidencia que *schlemiel* y *schlimazel* sean palabras en yidis: un gafe, un ingenuo y un perdedor, en busca de un sentido de la estabilidad.

El errante Schlemihl encuentra su lugar no en la nacionalidad o la organización social, sino en el mundo natural, en su exploración. Un hecho posible sobre todo hoy en día, en nuestro mundo. Internet, teléfonos móviles, hipercomunicación e hiperconexiones. (Nathan)

El relato de Chamisso es uno moral. La decisión de Peter de no renunciar a su alma resulta más importante que la tontería de vender su sombra. El bienestar es menos importante que la sombra (la identidad), y esta es menos importante que el alma. La preocupación moral explica también la simplicidad de las imágenes, más generales que específicas.

El lector es contemplado como un testigo accidental entre Chamisso y Schlemihl. Un intruso sin conocimiento de las leyes de la fábula, un extraño, también él, al igual que Peter. Después de vender su sombra, Peter se convierte en el Otro, el Extranjero, un sospechoso en una situación sospechosa. Aunque el Hombre de Gris es el que maneja las marionetas, él no es, de hecho, la figura antagonista del relato, sino los hombres que rechazan a Peter y que se convierten así en herramientas inconscientes del Hombre de Gris. Ellos no están en ningún caso obligados a comportarse así, lo hacen de manera natural. El Hombre de Gris está encantado con que sean otros los que hacen su trabajo. No es él el que agrede a Peter. La sociedad determina qué es normal y aceptable, las acciones de Peter lo alienan y lo lastiman. Las acciones caritativas se hacen públicas, y Peter se siente generoso, seguro de que los demás van a considerarlo un hombre virtuoso, que van a honrarlo y estimarlo. Las motivaciones son hipócritas, Peter no logra un estatus moral. Me habría gustado que el protagonista aprendiera qué significa el sufrimiento real. Me quedo con la opinión de que un sufrimiento más profundo y un hundimiento más dramático habría servido a la moraleja. (Benjamin)

Las fábulas suscitan mensajes morales para los niños. Su éxito reside en su universalidad gracias a elementos fantásticos y alegóricos, libres de cronologías y referencias espaciales. En el caso del relato de Von Chamisso, también se incluyen en el contexto la crítica moral y el clima sociopolítico. La sombra refleja el estatus social y expresa el lugar que ocupas en el mundo. El alma es la esencia del ser. El alma representa la entidad, la sombra refleja la identidad. La entidad existe en el tiempo y en el espacio, la sombra se conecta al tiempo y al espacio gracias al sol. Cuando Peter renuncia a su sombra, se convierte él mismo en una sombra en el contexto social. Tanto él como el Hombre de Gris ejemplifican al extranjero, son llamados con frecuencia pobres diablos *(poor devils)*. El Hombre de Gris utiliza su posición social para enmascarar la identidad ofreciendo ventajas sociales, pero él depende de una jerarquía corrupta. Finalmente, Peter prescinde de toda relación social y conserva su alma intacta, pero el Hombre de Gris sigue manipulando las identidades. Peter se convierte en el enfermo número 12, es decir, uno de los doce discípulos de Jesús, los cimientos sobre los que se levantaron la Iglesia y la fe. Existe también en el relato una antítesis iluminista cuando Schlemihl se retira a la cueva, como los primeros eremitas cristianos. No para orar, sino para estudiar la naturaleza, a salvo de la barbarie humana. Solo la razón separa al hombre del animal, que tiene sombra, pero no alma. Mina en yidis significa apacible, Schlemihl significa gafe ridículo. Los personajes están unidos por alegorías consagradas. Chamisso se incluye en el relato, al igual que Peter el botánico, sin sombra, forzado a exiliarse.

Un escritor puede hacer de una obra la sombra de su existencia para descubrirse a sí mismo. Chamisso retira, a través de la escritura, las paredes de cristal de su alma, pero toda la aventura de Schlemihl puede ser contemplada también, por supuesto, como la de un bufón melancólico, un Augusto el Tonto castigado a seguir su trayectoria desafortunada. (Alexandra)

¡El alma *versus* la sombra! Una sociedad en el umbral de la cultura materialista consumista. Una novela fantástica. Un cuento para niños con temas para adultos. Un héroe, Peter, que ve lo que otros rechazan ver. Cuando el Hombre de Gris extrae del saco mágico un catalejo enorme, una alfombra turca y muchos otros objetos extraordinarios, «nadie encontraba nada extraño en todo ello». El estilo sencillo del relato permite poner el foco en el mensaje mucho más que en el lenguaje. Los personajes se ajustan a los requisitos típicos del relato. La historia, al igual que *La metamorfosis* de Kafka, se inicia con un solo acontecimiento principal y fantástico: aquí la transformación en cucaracha, allí, la venta de la sombra. Cuando los vecinos observan la falta de la sombra, excluyen a Peter, él pierde a Mina y se hunde en la culpa. Cuando cae enfermo, es identificado en el sanatorio Schlemihlium como judío, luego recorre el mundo con sus botas de siete leguas y se preocupa por la naturaleza, al igual que Von Chamisso, el autor de la historia, él mismo un expatriado de Francia debido a su herencia nobiliaria. El relato se centra en los cambios sucedidos en Alemania en aquel momento, concretamente en el tránsito de la filosofía kantiana al idealismo. El idealismo alemán nace del Romanticismo y de la política revolucionaria del Iluminismo como respuesta a la filosofía de Kant. El idealismo rechaza el hecho de que un objeto pueda ser considerado independiente de su premisa mental, esto es, también la idea de que la sombra represente el modelo como nos perciben los demás, cuando, de hecho, ella es precisamente la expresión de nuestra existencia, no depende de las convenciones sociales de los de alrededor. Pero la sombra sigue siendo una referencia social y determina la forma como Schlemihl es percibido por los demás: ni siquiera cuando se hace rico puede la sociedad ignorar su ambigüedad moral. Aquí se puede observar la disputa entre el idealismo y la filosofía de Kant: ¿qué es más importante, la sombra (la percepción social) o el alma (la existencia individual)?

Cuando míster John informa al recién llegado de que necesitará un millón para ser tomado en consideración, él se refiere al nuevo capitalismo: el dinero es el valor más importante. Peter es rico y se ve ridiculizado por la falta de sombra, tomada como una anomalía. Su fortuna no puede mejorar su situación. Peter solo puede seguir en la oscuridad. Cuando su «secreto» se revela, pierde a Mina, es atacado por Rascal, se convierte en un hombre condenado, porque «el hombre no puede oponerse a su destino». La camaradería temporal del Hombre de Gris no le ayuda. La sombra provisional no le ayuda y, sin embargo, el errante rechaza la propuesta del intermediario: no le cede su alma y pierde definitivamente su sombra, arroja la bolsa de dinero que no se vacía nunca. «Allí estaba, sin sombra y sin dinero, en cambio se me había quitado un gran peso del corazón, estaba contento.» Surge la pregunta de en qué persona va a convertirse él. No tiene por qué sentirse eternamente culpable, porque no renunció a su alma, tan solo a la sombra que lo hacía igual a los demás, es decir, socialmente aceptable.

Renuncia a la interrelación social y humana, elige la soledad y la naturaleza, en lugar de la sociedad. (Christy)

EL TRAUMA PRIVILEGIADO (II)
CONFERENCIA EN CLASE

Las sutiles consideraciones de Jung y de su escuela parecen las de un prófugo del universo totalitario. Pomposas, si no superfluas, desde el momento en que la «sombra» en la que piensa, generalmente, el cautivo y superviviente de una dictadura es el «Informante». Que se encuentra cerca y en todas partes. Es una concreción diferente a la que buscan los investigadores occidentales de la mente, cuestionada por los impulsos de la personalidad. En un régimen totalitario, la presión exterior, la sospecha generalizada o el imperativo de la vigilancia absoluta ponen paulatinamente entre paréntesis la dinámica de la interioridad, focalizando la atención en los mecanismos de protección contra los agentes visibles e invisibles del Poder. Se desarrolla así una especie de mecanismo «pavloviano» de los reflejos de funcionamiento en el ámbito social, pero también en la intimidad del círculo restringido de interlocutores. Han sido desvelados y discutidos, tras el hundimiento del comunismo europeo, los mecanismos de sometimiento, los casos en los que amigos íntimos o incluso esposos y esposas trabajaron como informadores de la policía secreta. El exilio significaba para el antiguo cautivo y cobaya de la dictadura una largamente esperada liberación de la sombra acompañante, del interlocutor-sabueso, de su semejante al servicio del aparato represivo.

Lo que escribían Jung y sus seguidores no desaparece del todo tampoco bajo esta ubicua presión exterior. Solo se codifica y se pierde, tal vez, siquiera de manera parcial, el impacto. La vitalidad inventa unas soluciones pragmáticas de conservación, aislamiento, disimulo, duplicidad. La vigilia, un presto disfraz. El imperativo de autoprotección se asocia, en las ambigüedades de la interioridad, con una decisiva energía del disimulo exterior. El masoquismo puede operar también, paradójicamente, en esa oportunista movilización del instinto de supervivencia, activando la parte «oscura» de la individualidad, cooperando con los mecanismos represivos, aceptando, si no incluso anhelando, los trofeos del momento en dudosas puestas en escena. La idea defendida por la psicología jungiana –la de que no deberíamos rechazar la parte oscura de nuestras carencias, sino que deberíamos optar por la inclusión y la plenitud, para evitar o aplazar las desastrosas fermentaciones malignas y las explosiones de las inhibiciones– no puede referirse a la tragedia totalitaria. Esta desarrolla otra ampliación de las obligaciones, donde tal vez no exista tan solo la «Sombra» que vela en nombre de la Autoridad, sino también la sombra solitaria de un oyente solidario y secreto que el impostor necesita para reoxigenar la fe en sí mismo.

El exiliado con el nombre en clave de «Nómada Misántropo» podría recordar, por ejemplo, que en los estudios consultados sobre el circo y los payasos se mencionaba también en un determinado momento el libro dedicado a *Los años de aprendizaje de Augusto el Tonto*.* El escritor, contemplado como un perdedor y un marginal, encuentra en el lector un oyente fraternal. Una especie de doble sin el cual no puede mantener la resistencia interior, así como el creyente no puede mantenerla sin confiar en las ilusiones de la fe.

La visión junguiana del Mal como premisa de un Bien potencial se puede, eventualmente, transferir, incluso aunque sea arriesgado, bajo la dictadura, a través del temple y de la perfección del yo en la espera. La codificación secreta de la esperanza se produce como reacción al cierre hostil del entorno. El trauma del exiliado, incluso para aquel que se libera a través del exilio de la maldición de la oscuridad en la que ha sobrevivido en los lugares y las lacras natales, depende también, evidentemente, del universo de las limitaciones de las que ha salido el antiguo cautivo. Tomar de lo bueno del exilio –por lo demás empobrecedor y humillante– lo que este ofrece, en contraste con las carencias y la niebla «de casa», así como de lo malo del exilio, la fuerza de un cambio estructural, puede ser un experimento insospechado para el resto de existencia disponible.

Sí, hay algo de Jung a considerar también en el caso del cautivo que tropieza con las trampas de la libertad. La didáctica de la abundancia en las ambigüedades que el yo experimenta suscita sugerentes encrucijadas. Por supuesto, el antiguo cautivo «sabe» mucho más que su nuevo cohabitante sobre ilusiones y extravíos y sobre la fuerza maléfica de la persecución, él contempla la amoralidad del libre mercado y las componendas de la imperfecta democracia como un falso remedio de la «normalidad», que se focaliza en la imperfección natural del hombre, en sus límites relativamente benignos. El tributo que ha pagado a la desesperanza en el antiguo espacio y tiempo de su biografía debería protegerlo ahora de las trampas de la esperanza. Una ventaja que podría ser también un hándicap si im-

* Ver nota 2 de la p. 14.

permeabilizara al refugiado, en el mundo libre, del compromiso social y de la contestación pública de la injusticia.

La odisea de Schlemihl ignora este exceso de matices. Ignora los antecedentes sociales y familiares del extranjero naufragado en una nueva realidad, aborda el exilio en su «esencia» invariante, sin revelar los fundamentos de la diferenciación en su forma de abordarlo. Ignora, asimismo, un escrutinio más insistente de la «interioridad» del personaje, poco adecuado para una fábula, por supuesto. La «interioridad» es inevitable para una más amplia y profunda comprensión de una vivencia tan extrema. Tiene que ver con la propia condición humana incierta de la sorpresa y del cambio y del desarraigo y de la superación de uno mismo, de la asunción del éxito y el fracaso, de la tarea del reencuentro en los nuevos comienzos de la soledad.

¿Es la aventura de Schlemihl válida también para el expatriado de una dictadura o de una familia tiránica o de un enclave aislado por la pobreza, el salvajismo, el fanatismo? ¿Abarca el drama de Peter, tal y como es, el de todos los alienados, despojados, excluidos, nómadas expulsados por las tormentas de la Historia de un refugio a otro? ¿Queda sitio en esta «dialéctica del cambio», como decía Brecht, para un izquierdista huido del hitlerismo y que vaga bajo la antorcha capitalista de la libertad, para los dilemas de la interioridad, sometida también ella a las violencias de la misma dialéctica?

Al presentar a las autoridades de inmigración los documentos de su antigua identidad, ¿ceden también los extranjeros, aparentemente, la sombra del pasado que los ha habitado y poseído? Es solo la prueba «legal» de este pasado y de su «sombra», sin que se produzca también una instantánea transformación milagrosa del hombre «antiguo» en el *hombre nuevo* de los nuevos territorios y mentalidades.

Los documentos antiguos no incluyen todas las vivencias. Tampoco los nuevos las incluirán. El cambio oficial de identidad registra, formalmente, el cambio en el que participará, como sujeto, el extranjero. Un cambio que debería sustituir, paulatinamente, la huella (o la sombra) del doble, el de ayer y el de hace mucho, a través de la trayectoria de un niño dispuesto a madurar en la nueva orilla. El impacto inicial que anuncia la separación será seguido por transiciones y transacciones como un cambio de valores. Marcado de manera simplista, dura pero evidente en el caso de Schlemihl, por la bolsa de dinero que no se vacía jamás, el cambio será, en realidad, un progresivo y complejo enfrentamiento. El término de cambio de los valores conserva, en cierto modo, su relevancia.

Incluso aunque las diferencias en la condición del errante dependen de demasiados condicionantes iniciales y posteriores, las diferencias en la apariencia y la calidad de la «sombra» y de la evolución que experimenta están presentes en todos los casos, operan en proporciones y con efectos variados, siempre y en todas partes. Las consecuencias, en la vida interior, ofrecerían a los investigadores en el psicoanálisis jungiano amplias áreas de investigación.

SISSI

Había pasado un siglo de tres días y tres noches desde la última visita con que lo había honrado Eva Elisabeth Lombardini, cuando le pareció oír unos rasguños en la puerta.

Sin saber si se trataba de una persona o de un gato, el Profesor abrió la puerta con precaución. La aparición estaba allí, a un paso de la puerta.

–¡Oh, qué sorpresa!

–Sorpresa fue la vez pasada. Ahora es insistencia –maulló la intrusa–. He venido a ver a *George*. ¿Puedo?

–Voy a preguntarle –respondió con calma el Profesor.

No esperó, sin embargo, el permiso de *George*, abrió la puerta y, con una caballerosa reverencia, invitó a la agresora a la celda.

–¿Has venido a contarme más cosas sobre Sissi, tu modelo?

—El de mi padre. Yo solo lo he retomado. Amaba a mi padre, y la amo también a ella. No he venido por Sissi. Podemos hablar también de ella, si quieres. He venido para hablar sobre tu exilio. A conocernos.

—¿Bíblicamente?

—No necesariamente. Como tú desees, *mesié*... No tengo inhibiciones, de ningún tipo. ¡Que lo sepas! Solo para que lo sepas, no para que actúes. Podemos hablar de cualquier cosa. Sin inhibiciones. Sin tretas. ¿Ok?

—Difícil sin la botella roja. Veo que has renunciado a ella.

—Imaginaba que iba a encontrarme aquí alguna. Roja, verde, dorada. Eres un solitario, eso decías. Algo evidente, si miramos alrededor. La botella es una aliada, esta vez tengo el valor de prescindir de ella.

Eva se encontraba ante *George*. Su amigo parecía sumido en el sueño o en la espera. Una buena ocasión para escrutarlo. Algo que hizo también el anfitrión, no solo la visión bajada de las nubes.

Estaba menos elegante que la vez anterior. Pantalones vaqueros negros y una blusa azul, de manga corta, de la que salía un codo blanco, infantil. El cabello espeso, prendido en un moño en la coronilla. Unos ojos vivos y azules, abiertos de par en par hacia el mundo terrestre.

El Profesor tenía ya en la mano una botella de vino tinto, portugués.

—¿Bebemos?

—Si es necesario... Es decir, si quieres. Asumes las riendas del encuentro. O de los encuentros. Preferiría la abstinencia. Renunciemos a los aliados. Al menos por hoy. ¡Sin botella!

—Entonces, establezcamos, con perfecta lucidez, el diálogo para los próximos diez años. Dos quinquenales, en vocabulario estalinista. Prometo continuar, incluso desde el otro mundo. Señálame el primer capítulo.

—El primero y el último y los del medio serían sobre el exilio.

—No me gusta quejarme.

–Lo sospechaba. También sospechaba que me aceptarías, de todas formas, como interlocutora. Es decir, como amiga. Una amiga en potencia. ¿Es así?

–Podría ser. Todavía no me has dicho a qué te dedicas.

–Soy una especie de periodista. En una televisión. Un pequeño programa semanal de una hora, titulado «Paréntesis».

El Profesor enmudeció. Callaba, callaba, para siempre. Levantó, finalmente, sus largos brazos en un gesto de impotencia.

–No, no puedo. No estuve en la televisión tampoco en mi país. No me ajustaba a los criterios. Aquí, no quiero yo.

–No represento a la televisión. Soy o puedo llegar a ser amiga del Exiliado. Una amiga en potencia. Discreta. Muy discreta. ¡Confinada! ¡Fiel! ¡De confianza, lo juro! Mi padre fue un exiliado. Se negó siempre a hablar de su peregrinar. Ahora tengo la ocasión de comprenderlo.

–Sé, sin conocerlas, que nuestras historias no se pueden comparar. Las de tu padre y las mías.

Silencio. Un silencio absoluto.

–¿Me voy?

–No tienes por qué. Pero el exilio sigue siendo un tema tabú. En cambio, podemos vaciar la botella de vino portugués.

–No he venido para eso. He venido por amistad.

–¿Con un viejo?

–Con un viejo en el exilio. Para aprovecharme. De su soledad. Para ofrecerle amistad. Más desprendida, más desinteresada que la de mi tía Carol. Créeme.

El viejo Exiliado intentaba abrir la botella de vino, haciendo girar sin éxito el tapón hacia la izquierda y hacia la derecha, hasta que Eva, irritada, le quitó la botella y, con un movimiento rápido, desenroscó el tapón metálico.

–Ok, entiendo que no quieres que me vaya.

–No quiero. Soy un solitario, como has dicho. Solo me visita el gato de los vecinos.

Sirvió el vino tinto, portugués, en las dos copas que había cogido del estante. Brindaron y se sonrieron amistosamente, sin volver a levantar las copas, como un gesto de cortesía. Bebían en silencio, mirando, cada uno, su copa.

—Bueno, pues bebemos y no hablamos. Ya no tenemos nada de qué hablar.

—Claro que sí. Sobre Sissi. Un tema inagotable.

—Prefieres los temas librescos, ya veo. No te atrae la vida.

—Sí, estudio el Circo desde hace mucho tiempo, como ya te dije. Además, Sissi es la vida, no solo un texto.

—Ya, sobre Sissi. Exiliada.

—¿Exiliada? ¿De Múnich a Berlín, de Baviera a Austria? ¿Eso es un exilio?

—No lo es. No es uno geográfico o lingüístico o religioso, tampoco necesariamente étnico. Uno esencial. Sissi vivió en un exilio perpetuo. No se reconcilió con la vida.

—Decías que tenía fe en el Imperio.

—Eso parece, eso creo. Los rumores sobre sus amores con su adorado conde Andrássy o con el capitán escocés Bay Middleton resultaron carecer de fundamento. Al igual que ese de que su última hija, Maria Valeria, era hija bastarda de su relación con Gyula Andrássy. La niña es, de hecho, clavadita al emperador. Podemos hablar sobre la belleza de la emperatriz. El sah de Persia se quedó de piedra cuando ella hizo acto de presencia, al igual que el emperador alemán Guillermo II o el embajador americano. Podemos hablar sobre su admiración por el poeta exiliado, el judío Heine, o sobre sus prolongadas vacaciones fuera de Viena, sobre sus clases de griego y la lectura de Homero, sobre la equitación y la caza y la gimnasia matinal. Podemos hablar sobre su humor e ironía, al igual que sobre su exigua alimentación, leche, jugo de carne, algo de fruta. Y sobre la enajenación y la conciencia de un inevitable exilio del mundo, proclamado también en versos, no solo en cartas. «*Eine Möwe bin ich von keinem Land / Meine Heimat nene ich keinen Strand*».[41]

Eva parecía sabérselo entero, de memoria.

–O la carta a su amigo, el conde Grunne: «Cada barco que veo alejarse me provoca el deseo más intenso de estar a bordo, aunque se dirija a Brasil o a África o a Ciudad del Cabo. Me daría lo mismo siempre que no se quedara demasiado tiempo en el mismo sitio».

El Profesor escuchaba compasivo. Cuando Eva hizo una pausa más larga para tomar aliento, intervino, tímidamente, y añadió:

–Sí, ya he aprendido bastantes cosas, gracias. Entiendo por qué te fascina Sissi. Tal vez no sepas que fue amiga de la reina Elisabeta de Rumanía. ¡Otra Elisabeta! La «madre de los heridos», caritativa, una actividad filantrópica y literaria. Amparó a Enescu, «su hijo del alma», le regaló partituras. Dicen que le regaló incluso un violín... Sin embargo, no era exactamente una exiliada, aunque las apariencias engañen. Estaba casada con el rey de Rumanía, alemán y católico, perfectamente integrado en la Rumanía cristiana ortodoxa. Era también muy guapa, publicó bajo el pseudónimo de Carmen Sylva, al igual que Sissi. Poemas, teatro, prosa.

–No tenía ni idea. Detalles exóticos de un territorio exótico. Ofrecidos por un amigo exótico. Espero que no te irrite que te haya llamado amigo.

Eva llenó las copas, el interlocutor sonreía, contemplándola.

–Tal vez no conozcas a su gran admirador valaco. El nihilista Emil Cioran, la celebridad parisina. Nacido en Transilvania, en el antiguo imperio austrohúngaro. Un exiliado de pura sangre. Hizo apología del exilio, como una especie de título nobiliario. Se unen los hilos, ¿no?

Eva guardaba silencio, pensativa, dispuesta a iniciarse en el exotismo del este de Europa.

–¿Y qué decía vuestro nihilista sobre Sissi?

–No lo recuerdo exactamente, lo tengo apuntado por ahí. Algo sobre la idea de la muerte. Los obsesionaba a ambos. Y sobre su lucidez desesperanzada, o algo así.

Hablaron y hablaban y hablaban, mientras el amigo caracol seguía indiferente, para desolación de Eva.

Cayó la tarde, las palabras se apaciguaban y se tambaleaban. Eva se había levantado, estaba ya en la puerta.

—Celebro encontrar esta puerta abierta. Volveré, que lo sepas. Dentro de poco. No te librarás de mí tan fácilmente.

—Ok, *George* estará encantado.

Eva hizo un gesto de despedida y desapareció.

Volvió al cabo de unos diez días, sin arañar ya la puerta... sabía que estaba siempre abierta. Bajó el picaporte y ya estaba dentro, junto a *George*, que daba una vuelta por el jarrón de cristal. El Profesor estaba en la luna, donde se encontraba, probablemente, su verdadero domicilio. Eva no parecía intrigada por su ausencia, absorbida por completo por la lentitud del caracol y la tácita resignación con la que recorría, una y otra vez, la circunferencia. Tampoco su mudez y su sordera parecían molestarla cuando salió, del baño, el Profesor. En pantalones cortos de tela azul y una camiseta también azul. ¿El uniforme de algún club de solitarios? Estaba intimidado el Profesor, se veía que no conseguía ordenar sus movimientos y palabras.

—Ah, sí, se me había olvidado que no sueles anunciarte. Después de unas ausencias tan prolongadas, se me había olvidado. Sí, prolongadas. Espero que no te moleste mi indumentaria deportiva. No sé cuánto de deportiva.

El larguirucho se miró, asombrado, los pantalones cortos, vio también la botella de vino en la mano de Eva.

—Ah, te has traído aliados. No era necesario.

—No necesito alianzas, quería palabras. Claras y atractivas, solo eso.

—Ok, renunciamos a los desvíos y a los estimulantes. Sí, estimulantes, así queda más claro. Por lo tanto, toma asiento, para que podamos charlar.

–Soy sedentaria y americana, en un país de errantes. Yo no soy errante. Querría entender el extrañamiento. El exilio. Serías un buen guía.

–¿Porque soy profesor? Me he hecho profesor por necesidad. He sido toda la vida alumno, estudiante, lector. Decías que soy un solitario. Eso no anima al diálogo. Mi monólogo lo conoce solo *George*, tu amigo. Discreto, como puedes ver. No va a desvelar los secretos de la casa. Todas las bibliotecas y librerías están ahora llenas de libros sobre el exilio. La globalización, el exilio... están de moda. Hay una bibliografía enorme, libros, películas, canciones, todo lo que quieras. No me necesitas.

–Tal vez te necesite.

–Sí, tal vez me necesites... pero yo soy un perdido, no solo un errante. Tu tía me llamaba el Nómada.

–Sí, lo sé.

–Y añadía «Misántropo». Para provocarme, seguramente. Para contradecirla, para que le dijera que no lo soy. No lo conseguí. Y creo que ya lo sabes. Acepté esa categoría, no me sentía ofendido en absoluto. Ni desenmascarado. Tampoco me sentía identificado. Merodeo entre categorías, no me he quedado con ninguna.

–¡Perfecto! Eso es precisamente el exilio. Podemos hablar. Con o sin vino. Por eso he venido con una bufanda de lana, como ves. He tenido gripe. También un exilio.

–Sin vino. Por esta vez sin, estoy de acuerdo. Tengo la impresión de que has agotado el tema de Sissi, que buscas otra manera de acercarte.

Solo entonces reparó el Profesor en el grueso chal de lana verde en que estaba envuelta la joven Lombardini. ¿Joven? Sí, relativamente joven, más joven que el Nómada. Elegante, más elegante que la primera vez. ¡Atención, atención, Profesor! ¡La intrusa tiene su propia táctica! Se había peinado de otra forma, se había pintado un poco, apenas perceptible, los labios entreabiertos. Se veía el sujetador a través de la blusa sedosa. ¿Y las

manos? El Profesor obsesionado por las manos y las piernas...
No parecía saber exactamente cómo eran las manos y las piernas de Eva. Solo la voz levemente ronca, en sordina.

–Podría retomar la relación entre Sissi y el nihilista rumano
que la adoraba. ¿Te interesaría?

–Cualquier cosa. Me interesa todo lo que quieras revelar.

–Reproduzco los libros, no revelo. Como decía, soy un perpetuo estudiante. Solo eso. Y lector, sí, y lector.

Habría sido el momento de servir el vino en las copas, de
señalar y aceptar el estimulante, pero ninguno parecía dispuesto a ceder a la tentación.

–Bien, si no quieres que siga con Sissi, seguiré con el nihilista transilvano. Acentuando las diferencias entre ellos, no las
semejanzas.

–Me interesarían sobre todo las semejanzas contigo, no con
Sissi.

–Ok, aquí tienes una. Cuando envejeció, lo paró por la calle
un transeúnte que le preguntó: ¿es usted por casualidad Emil
Cioran? Lo fui, respondió el solitario. Respondería lo mismo.
He llegado casi a la edad de su vejez. Se definía como un hom-
bre-fragmento. Lo suscribiría. Si no hubiera escrito, me habría
convertido en asesino, eso decía. Eso no lo firmo yo. No soy
tan valiente, nunca lo he sido. Por lo demás, tampoco él lo fue,
solo en el duelo de las palabras. Y el insomnio, sí, el insomnio
mórbido, invencible, como si no dependiera de él, aunque lo
reivindicaba. Creo que Sissi no sufría de insomnio. Tampoco
yo me puedo quejar de insomnio, solo de pesadillas.

–Sissi fue madre, dio a luz varias veces. De esa manera se
reconcilió con la existencia. Sin apaciguar sus inquietudes. No
tenía derecho al insomnio. No era un hombre... Sissi era una
mujer en todas sus fibras. También en las cerebrales. Como
hombre, habría sido como su primo, Luis de Baviera. Sentía
compasión de él y habría hecho cualquier cosa por salvarlo.
No era un hombre, a pesar de su rebeldía y de su fuerza. Yo
diría que a pesar de la tozudez por ser ella misma, incluso en

un ambiente de duplicidad y enajenación. Y a pesar de los rituales, ajá, de los rituales de la corte y de las cortes. Cioran disfrutó de una beca en Berlín, en la Universidad Friedrich Wilhelm, donde se enamoró del hitlerismo.

–¿Fue así? ¿Fue así?

–Sí, exactamente así. De Hitler y del hitlerismo. El fanatismo y la ceguera lo fascinaban. La vitalidad. La intensidad.

–¡Qué mal gusto!

–Despreciaba el buen gusto.

–No es el caso de Sissi. El vulgo, la vulgaridad la espantaban incluso en la nobleza. A pesar de su severidad, era graciosa, encantadora. ¿Sabes cómo se llamaba su perro favorito?

–Solo sé lo que sé. Por los libros. No he conocido a su perro en la biblioteca.

–Se llamaba *Shadow*. *Sombra*. Todo el tiempo juntos. Inseparables.

–¿Sombra? Eso me interesa... Leo mucho sobre la sombra.

–¿Lees? ¿Otra vez los libros, no la vida?

–También la vida. El perro es vida, al igual que su sombra. Y la Sombra de Sissi. Y Dios sombra. Todo es vida. En la época del comunismo, la sombra era el nombre clave del informador, que se pegaba como una lapa al sospechoso. Sospechoso o solo supuestamente sospechoso. Ambos, el informador y el perseguido eran vida.

–Y su caballo favorito, ¿sabes cómo lo llamaba Sissi? ¡*Nihilista*! Era una amazona estupenda.

–¿Nihilista? ¿Es decir, Cioran?

–No conocía a Cioran. Tampoco yo lo conocía, aunque debería haberlo hecho.

–Voy a traer algo de agua. Al menos agua, si no tomamos vino.

Eva observó atentamente al larguirucho, cómo se incorporaba de la silla y, con tres zancadas, estaba ya en la caja-cocina. Regresó enseguida con una jarra y dos vasos llenos.

175

—La próxima vez nos vemos en mi casa. Es más cómoda, más amplia.

—¿Tienes un calendario?

—No tengo, pero puedo llamarte por teléfono para avisarte. Puedo enviar un taxi o vengo yo, en coche, a recogerte.

—¿Por la fuerza?

—Tal vez. Pero no soy demasiado fuerte.

—Hablabas de insistencia. Una forma de fuerza, tal vez. De energía, en cualquier caso.

—Sí. Así pues, hoy tomamos agua y Cioran.

—Decía que había que matar a los que tenían más de cuarenta años.

—Estaríamos ya muertos en la colonia de tu Cioran.

—Palabras. La metralleta de las palabras. Hablaba siempre sobre el suicidio, su ideal. Vivió hasta la vejez.

—¿Amaba su país, su lengua?

—El país, sí, pero cuando deliraba. ¡Lo amaba en sus delirios! La lengua lo tenía cautivo, como cualquier amor. Luchó, aprendió francés, silabeando y refunfuñando. Le parecía una lengua pomposa. Juraba en un rumano vulgar, gritando que prefería el estercolero. Se convirtió en un gran estilista francés. En el alzhéimer de la vejez, la lengua rumana se vengó, borrando de su cerebro perdido la soberbia lengua francesa, pulida durante tanto tiempo. Murió hablando solo rumano.

—Un tipo interesante, me gusta.

—No trabajó un solo día. ¡Era su gran orgullo! Solo una puta sin clientes podría competir conmigo, eso decía. Hablaba con un marcado acento extranjero.

—¿Le atraía algo?

—Sí. París. El lugar ideal para desperdiciar la vida. Eso decía. A los rumanos los consideraba destinados al fracaso. No creía que hubiera un lugar para ellos fuera del cenagal que poseían.

Eva se sirvió agua en el vaso y brindó sin brindar, en el aire, con el vaso que el Profesor no había tocado.

–¿Estaba casado?

–Tenía una compañera ideal, no creo que estuvieran casados.

–¿Amantes?

–No lo sé. Hay un pequeño volumen de correspondencia con una joven alemana que lo admiraba. Lo voy a buscar. Sí, te lo regalaré.

–¿Tú estás casado? ¿Lo estuviste, sigues casado? ¿Quién es la mártir? ¿Y dónde está? ¿Existe? ¿Está en la cárcel? ¿Tentativa de asesinato? ¿Quería matar a su esposo, al adorado? Espero que no sea la gata de los vecinos. Estaba merodeando junto a la puerta. Cuando he detenido el coche, merodeaba junto a la puerta. Ha huido, ha sentido que soy su rival. Dime, ¿estás casado?

El Nómada no respondió, pero se levantó de la mesa.

–El amigo se ha despertado. Míralo, está dando la vuelta al mundo. La vuelta al mundo por un borde de cristal. A tu salud.

George retomó su rutina. Un brindis a su salud. Salúdalo, hazle una señal. Se lo merece.

Eva estaba ya delante del jarrón, admirando a su cómplice. El nómada gasterópodo avanzaba despacio, en la circunferencia del jarrón. No parecía intimidado ante los espectadores hipnotizados por su aventura liliputiense. Avanzaba, tenaz, unos movimientos apenas perceptibles, hacia ninguna parte, con una graciosa indiferencia.

–Así pues, ¿estás casado? ¿Tienes mujer, hijos, familia? No he averiguado nada a través de la gata de los vecinos. Se ha escapado, parece fascinada por tu enigma. La próxima vez vendré con un ratón, para tentarla.

–Tengo una hermana, solo eso –murmuró el taciturno.

–¿Está aquí, en el país de todas las posibilidades? ¿O en el pasado, en el cuento de la infancia?

–Está aquí, es médico, estamos en contacto. Conectados, hermanados. Al menos de vez en cuando.

–Muy bien. Muy bien, así que tienes a alguien, no solo la gatita blanca de los vecinos. ¿Cómo se llama? ¿Cómo se llama tu hermana? ¿Cómo se llama?

–Agatha –respondió el anfitrión, susurrando, al cabo de un rato.

–Un nombre bonito y extraño. Así pues, dos exiliados, ¿no? Me asombra que no viváis juntos, al fin y al cabo no tenéis a nadie más.

El taciturno callaba, encerrado en sí mismo, Eva comprendió que había sobrepasado el límite natural de una visita amistosa, se giró hacia *George*, aceptando el silencio en el que se relajaron los tres.

–Ok, ya es hora de que me ocupe de mi América. La próxima vez estás invitado a mi casa. Es más cómoda, te lo aseguro. Puedes traer también a *George*, si prefieres que no estemos los dos solos. Vengo a buscarte o a buscaros con el coche. Te llamo la semana que viene y fijamos el feliz día. Estoy segura de que no vas a dar el paso tú solo, necesitas lo inevitable. Asumo yo la imprudencia. Es decir, la insistencia, como la has llamado al principio. Yo te llamo, vengo a buscarte y te traigo de vuelta ileso, para que no confíes en aplazarlo. Al final, gano yo. A tu favor, no al mío. Con esta puntualización, me voy, te deseo una noche serena y empiezo a esperar. A partir de mañana por la mañana. Hoy quiero dormir tranquila, me gusta el sueño, es esencial.

Pasaban los días y las noches como unos siglos ruinosos. Se cerró la puerta, el gato de los vecinos se resignó y se escondía en el bosque. El Misántropo desconectó el teléfono para que desapareciera la tentación, se sentía seguro. Hasta la tarde en que el bólido yanqui se detuvo, violentamente, delante de la celda. La puerta estaba cerrada, la agresora comprendió que el rasguño codificado no tendría efecto y golpeaba, con los piececitos agitados, la puerta de la cárcel. ¡Una vez, otra vez y otra vez, a ver quién gana! Al final, el detenido cedió. Apareció, asombrado pero sonriente, en el marco de madera.

—Ah, ¿eras tú?

—¿Quién iba a ser? He llamado por teléfono varios días. Debes saber que no me dejo expulsar. Tal vez no hayas olvidado que te invité a cenar en mi casa.

—No lo he olvidado. Entro a cambiarme de camisa y vuelvo.

Entró en casa, cerró la puerta tras él y, sorpresa, no la cerró con llave. No regresó enseguida, había huido, seguramente, por la ventana del dormitorio, había escapado donde el gato de los vecinos, lejos. ¡No, no, ahí está de nuevo, en el marco de la puerta! Con una camisa blanca como la nieve, arrugada por la emoción. En lugar de los pantalones cortos, llevaba unos vaqueros negros como el diablo. En lugar de las deportivas, calzaba, quién iba decirlo, unos zapatos ligeros, de verano.

—Paremos en una floristería... ¿Flores a modo de homenaje?

—Las flores se marchitan. Prefiero las cartas de amor de Cioran. Me hablaste de un librito.

—La única edición que tengo está en alemán. Supongo que no sabes alemán.

—No, no sé, prefiero que me lo traduzcas. En lugar de flores. El exilio del amor. Decías que él es el exiliado perfecto.

—Eso creo.

—¿Y en el amor? ¡El exilio del amor! Buen tema para la cena. He hecho una reserva en un restaurante turco. Imagino que su cocina se parecerá a la vuestra.

—Sí, se parecen.

—Yo soy un ama de casa fracasada. La cocina americana es como el país... una improvisación apresurada. Pragmatismo. Así dicen ellos y así es. Bueno, no ellos, nosotros, soy americana.

El coche arrancó hacia el restaurante Pasha, un pequeño local pintoresco, delante del cual los saludó un jenízaro apuesto y alto, con librea. La mesa estaba reservada en un rincón de la sala. Todo forrado en terciopelo rojo. Una sola mesa ocupada por una pareja, dos hombres bigotudos y elegantes, parecían embajadores o espías de élite, lo cual podía ser lo mismo. Tres camareros imponentes estaban ya junto a la mesa adornada con flores. Eva y su invitado recibieron sendos menús enfundados en cuero rojo. Todo a su alrededor era rojo otomano.

—¿Qué estamos celebrando en esta tumba oriental?

—Después de que degustemos las delicias del Sultán. Una gastronomía delicada y cosmopolita. Encuentras las exquisiteces de Estambul, pero también especialidades de todo el mundo. Sobre todo, Europa. París, Roma, Madrid, Viena, sí, no puedo olvidar la Viena de mi padre.

—¿Él te trajo aquí?

—Naturalmente. No sé de dónde sacaba el dinero para pagar. Una especie de promesa de un futuro incierto.

—¿Y de dónde sacamos nosotros el dinero para esta velada?

—Eres mi invitado, no te preocupes.

—No me preocupo, estoy aterrorizado.

—En vano. Aquí disfruto de un régimen especial en memoria de mi padre.

—Eso aumenta mi inquietud.

—Me he acostumbrado a este capricho. Pero debes saber que no abuso. Solo quería ponerte nervioso, precipitar nuestra separación, eso es todo. Inevitable, creo. Sabía que no te sentirías a gusto en este decorado y con este ritual. Por eso lo he elegido.

—Ok, yo pido, tú pagas.

Así comenzó la famosa velada, una especie de prólogo-sorpresa para las sorpresas por llegar. Es difícil comer con mesura cuando te asaltan los recuerdos. Comida con aromas conocidos, reliquias de la dominación otomana en el país natal: *yaprak sarmasi*, los tradicionales *sarmale* envueltos en hoja de parra; *kalamar tava*, calamares fritos; *patlican salata* es la maravillosa ensalada de berenjenas; *yogurtlu kebab* y el *istim kebab*, que se presentan por sí mismos; *kurzu pirzola*, chuleta de cordero; *kiyma köftesi*, albóndigas moldavas, y el clásico baklava. Bebidas cosmopolitas, scotch, Martini, raki, coñac, amaretto, vinos blancos y tintos. El Profesor elige un Pinot Noir turco. Lo prueba, está encantado. Espera la tradicional ensalada de berenjenas y el cordero y el baklava. Eva participa con discreción. La exaltación del Profesor había perforado la guardia de la cautela.

El vino era bueno, dos botellas de vino tinto del Bósforo ignoraban la reticencia de la compañera.

–Uf, me he fatigado con tanto entusiasmo. Me cuesta respirar. Y no tengo ningún médico cerca.

–No necesitas ningún médico, solo un poco de reposo. Te llevo yo a casa, vas a dormir como un bebé.

–«Yo no me voy hoy a casa… Diluvio detrás y delante», el verso de un gran poeta alcohólico.

–¿Un poeta vuestro?

–Sí, poetas tenemos todos los que quieras. Buenos. Producimos poetas, no santos. Eso dice el pueblo, parimos poetas, no santos.

–¡Qué país tan soberbio! ¡Ideal! Viviría allí.

–No te precipites. Mueren jóvenes nuestros poetas, algunos en el hospicio. Menos mal que no he sido poeta ni santo. Solo un lector. Del circo. ¡De los payasos! Estoy ahora en una cena de reconciliación con la hija de un exiliado, en un restaurante musulmán para exiliados.

–No es musulmán, es americano. Cocina turca, alcohol de todas clases, prohibido a los musulmanes.

–Tienes razón. ¡De nuevo! No estás mareada ni por el vino ni por el encanto de un taciturno.

–¿Taciturno? Esta tarde, aquí, has hablado. Te has sentido en casa.

–¿En casa? Es decir, ¿en el vientre de mi madre? Desde que salí a la luz del purgatorio, ya no existe una casa. Ya no existe la placenta. Soy peregrino, errante, desligado, perdido, bufón, vagabundo, artista circense. Sí, sí, el tema es el circo, siempre sobre ruedas, global. El circo ambulante, de gira por el arrabal del mapamundi. El circo del mundo, el circo que...

—Ok, nos vamos ya. Te llevo a casa. El vino, incluso el turco, tiene el efecto previsible. Te llevo a casa.

Eva le hizo una señal al camarero, que reaccionó rápidamente, como un robot rojo en la sala roja, llena ahora de glotones de avanzada edad, colorados por el apetito. La cuenta se deslizó discretamente en la delicada mano de la clienta.

—Ya te lo he dicho, no voy a casa. Yo no me voy hoy a casa...

—Perfecto, te llevo a mi casa. A la trampa. La has evitado, pero ahora has caído. Atormentado, cansado, solo, *George* no te puede proteger. Estás solo conmigo, el juego se ha puesto serio. Peligroso, mortal.

Eva sostuvo a su compañero hasta el coche, lo instaló lentamente en el asiento del copiloto. El Nómada parecía relajado, amodorrado. El viaje no fue largo, pero cuando cruzó la puerta del pequeño apartamento coqueto, el invitado parecía despierto, con ganas de hablar. Un torrente de palabras. Sobre el tren de la muerte lleno de gritos y heces. La peste sobre ruedas de la que había evitado hablar siempre. Repitió una y otra vez: ¡la peste sobre ruedas! Una especie de espasmo. Sobre Günther y el campamento de pioneros, el pueblo obsesionado por los crímenes de los nazis y sobre el Jardín Botánico del Berlín supracapitalista y sobre el reencuentro transoceánico con su hermana, que intentaba escapar de la culpa sin culpa del incesto, y sobre Peter y el prestidigitador que compraba y vendía sombras y sobre una joven bella y fraternal, llamada de manera nada casual Eva, como en la Biblia, que intentaba atraerlo a un nuevo incesto, a otro comienzo del mundo y un montón de cosas más sobre el mundo de todas las posibilidades y porquerías donde se había exiliado por la libertad y sus hipocresías.

Otra vez sobre la quimera que lo seducía, aunque estaba, de hecho, enamorada de George, el sordomudo con el que mantenía unos acuerdos secretos y sobre un tal coronel Tudor al que pagó en dólares la huida de la Patria perdida y sobre Claire, la estudiante con un ojo verde y otro azul y sobre la expedición académica al mundo de los pobres más pobres del país con los más ricos de entre los ricos y sobre la cena en un restaurante diplomático donde se servían exquisiteces del Imperio Otomano que había dominado y que volvería a gobernar el planeta. Hablaba, hablaba sin parar y desnudaba a la irresistible Eva de todas sus capas y se acurrucaba contra ella, como si fuera su hermanita Tamar.

Tras el delirio verbal y tras el abrazo se quedó dormido de golpe, profundamente, sin roncar. Le costó despertarse, más tarde, en una habitación y un mundo extraños. Abrió los ojos, vio la mesa redonda y elegante, se quedó dormido otra vez, se despertó, volvió a ver la mesa cubierta con un mantel de encaje y un papel azul encima. Se incorporó, desnudo, apoyado en sus viejos codos, estaba de pie sobre la alfombrita con dibujos infantiles. Le costó llegar a la mesa redonda, levantó el papel azul, leyó el mensaje: «*Comida en el frigorífico. Estoy en el trabajo hasta la tarde. Teléfono 212-767-7778. Dile a la ayudante que eres mi hermano y que es algo urgente. El número de casa está apuntado en el teléfono de la mesita de noche. Esta es la conexión que no te ha interesado nunca. Si has resucitado, volveremos a los sarmale Pasha. Espérame en mi casa, tienes libros para leer en la habitación*».

Una escritura descuidada, faltaban varias letras. El Profesor llegó al baño, a la ducha, al lavabo, a las toallas, resucitó. Habría llamado a un taxi, pero no sabía la dirección en la que había naufragado. Con el lapicero encontrado sobre el papel azul escribió en la parte inferior de la hoja: «Muchas gracias por tu hospitalidad, me voy a dar de comer a *George*».

Silencio total por oriente y por occidente, vacío y amnesia.

Transcurrido más de un mes, Eva recibió un mensaje: «*Tu amigo nos ha abandonado. Estos nómadas viven unos cinco años, pero no llegué a preguntarle a George, cuando lo recogí en el sendero, cuántos años tenía. Lo tengo preparado para la despedida, está envuelto en papel de aluminio. Mañana por la tarde tendrá lugar el entierro en el bosque, aquí cerca. Creo que no deberías faltar. Espero que encuentre, en el mundo del más allá, la voz, la vista, el oído, la fe*».

Una ceremonia breve, laica. En el reciente domicilio funerario, el Profesor plantó una banderita azul, en señal de reconocimiento. Los dos parientes del difunto se fueron luego juntos al restaurante Pasha, para homenajear al desaparecido (o desaparecida). Decidieron pedir tan solo productos dietéticos, más una botella de Pinot Noir. Una cena silenciosa y relativamente corta. Cuando llegaron a la estratosfera, Eva sacó la llavecita de oro del bolso dorado, abrió la puerta encantada y se quedó en el umbral, pegada a la parte interior de la puerta, en la habitación, sin dar un paso adelante.

–Quiero que me respondas con claridad, sin silencios ni en clave. ¿Me equivoco al pensar que necesitas hablar con alguien sobre la peste que te marcó y que no evocas jamás? ¡Sobre la felicidad obligatoria de la Utopía totalitaria! ¿Sobre Jesús y la eternidad del antisemitismo? ¿Sobre el salto cósmico al Circo americano? Y tantas y tantas cosas. Una confesión aplazada, realizada a una monja libertina, que sabe qué significa secreto, confianza, silencio. ¿Me equivoco? Di que de pleno, con todo el cinismo del mundo.

Silencio. Silencio absoluto. El Nómada contemplaba sus zapatos sucios de polvo. Cuando recuperó la voz, al cabo de un siglo, era una voz tímida, infantil.

–Lo reconozco. Lo reconozco, tienes razón. Confío en ti.

–Y no soy Sissi, ni Agathe, la heroína de Musil, como tu hermana.

Se abrazaron. El comienzo de un nuevo comienzo.

NOVELAS NO ESCRITAS:
EL HERMANO DE AFRODITA

Su colega del departamento de chino, la señora Afrodita Chung, se convirtió en su interlocutora. El Profesor descubrió que había acompañado a una delegación china a su país, como traductora, aunque no conocía la lengua, tan solo las lenguas de la misma familia –francés e italiano. Guardaba agradables recuerdos de su exótica aventura: la dictadura balcánica parecía indefinida, con frecuentes fisuras oportunistas y un comprensivo desliz entre los dientes de la opresión. Un buen día, Dita, como la llamaba el Misántropo, abrió el abismo de los recuerdos y le habló sobre su genial hermano y su brusca caída en la mediocridad. Había sido el orgullo y la esperanza de la familia: el padre, un famoso profesor universitario de Historia de China, un antiguo y respetado comunista; la madre, una actriz mediocre, pero contratada con frecuencia en espectáculos festivos y remunerada como correspondía, gracias a sus contactos en el partido. El hijo, hermano de Dita, tenía desde niño la reputación de contar con unas dotes excepcionales, confirmadas por las máximas calificaciones en la escuela y por las superlativas apreciaciones de sus profesores. Un joven atractivo y relativamente bohemio, cuyos éxitos llegaban de manera natural y rápida, sin esfuerzo. El taciturno padre habría preferido más tesón y unos planes de futuro más claros. La tensión tácita entre el padre y el hijo había alcanzado el punto culminante cuando el padre le anunció a su hijo que iban a visitar a un célebre experto en caligrafía clásica y en pronósticos psicografológicos. El muchacho resolvió sin dificultad las pruebas y el maestro le pidió que esperara a su padre en el patio. El célebre calígrafo le confesó al intranquilo progenitor que había visto en la escritura de su hijo las señales de una inevitable decadencia futura: confusión e impotencia, vicio y apatía, desenfreno y fracaso social.

A partir de ese momento, el hijo tuvo que soportar un régimen de continua hostilidad. Fue tratado como una carga y un paria, ignorado y humillado. Evidentemente, siguió un grave desequilibrio psíquico, que derivó en una neurosis severa de la que intentó salir a través de las drogas y la violencia y de accesos de un extraño servilismo. Un hundimiento cada vez más venenoso bajo la mirada horrorizada de su madre y su hermana, ante la indiferencia absoluta y glacial de su padre.

El hijo genial acabó en un asilo para enfermos mentales, tras largos periodos de aislamiento y tratamiento, de los que salía destrozado y vacío, incapaz de acomodarse a una vida normal. Recluido entre enfermos, cumplió, paulatinamente, la premonición y las predicciones del gran calígrafo.

FIONA, LA ESPOSA DEL ESPOSO IDEAL

La caída del Muro que servía como Telón de Acero ofreció una buena oportunidad para la explotación publicitaria del espectáculo. No solo en la prensa y los medios de comunicación, sino también en las universidades, parlamentos y sociedades de beneficencia.

Fiona Blum-Kovalski, profesora de estudios de género, no podía ignorar la ocasión. En la fiesta en el jardín del señor John, el Exiliado se vio impactado por la desenvoltura con que la señorita Fanny captaba la atención masculina y se mostraba asombrada cuando recibía su admiración. No tuvo el valor de acercarse a la ingenua seductora. Su reticencia, que rozaba la timidez, llamó la atención de la morena con la melena al viento y unos andares cadenciosos, de odalisca.

–Usted no es de estos lares –susurró felina al oído del Extranjero.

Este asintió. No, no era de aquí, apenas dominaba la lengua de los lugareños.

La señorita Fanny, como la llamaban todos, lo había agarrado ya del brazo y lo conducía discretamente hacia la zona boscosa del jardín. Se sentía cohibido y revitalizado, a partes iguales, por la rapidez del acontecimiento. El ocaso predisponía para un acercamiento ambiguo, la luna se derrumbaba entre los árboles viejos, el caminante sentía ya, a su alrededor, la marea de los sonámbulos.

Se alejaron juntos entre los arbustos, guiados por la luz de la luna. Fanny iba acompañada, un paso más atrás, por su sombra graciosa, ondulante, cuando, de repente, se volvió asombrada hacia su compañero sin sombra. Profundamente turbada, amagó una sonrisa tímida, educada y... se desmayó, con un grito breve, en brazos del monstruo. La ilustre sociedad corrió, espantada, hacia el lugar del suceso, estupefacta ante el desastre.

Este fue el episodio Fanny de las primeras secuencias tras la transacción con el Hombre de Gris. Un simple aviso sobre lo que sucedería en el exilio del Desconocido.

De hecho, en el jardín del rector John las cosas no sucedieron de manera idéntica a las de la memoria del Misántropo. Vio a Fiona, la irlandesa morena y esbelta, rodeada por un grupo de gente elegante a la que hablaba, con pasión, sobre la felicidad de tener una familia sólida y solidaria, dos hijos admirables y un marido incomparable en esta época nuestra tan egoísta y frívola. El señor Karel Blum-Kovalski, el marido tierno y fiel, era un profesional de élite en el ámbito de la ingeniería y un ardiente defensor de la familia.

Su esposa lo admiraba tanto como cuando se conocieron. Poco habitual, ¿verdad?, poco habitual... El Nómada había captado el discurso, pero solo se acercó a la Gurú tras ser interpelado por la joven esposa y madre modelo.

–Eh, caballero, acérquese, acérquese, no mordemos a nadie. Menos aún cuando se trata de un invitado del rector.

–Yo, no, no soy... no, en ningún caso –farfulló el Desconocido, acercándose.

Al regresar del *college* para payasos, el Errante encontró a un nuevo rector y a la misma Fiona. La tragicomedia de Europa del Este ofrecía nuevas secuencias de las que él mismo obtuvo provecho pues fue, finalmente, contratado con un salario decente. Se había enterado de que Fiona era, de hecho, licenciada por una prestigiosa universidad y tenía un doctorado en historia, impartía un curso de «estudios de género», un tema muy solicitado.

Morena y esbelta, como la vio por primera vez, sociable y sarcástica, tenía una voz suave y entrecortada, de niña mimada, y exageraba sus movimientos felinos. Buscaba, no se sabe por qué, entablar un diálogo con el recién contratado, sin concederle, paradójicamente, al parecer, más importancia que a un desvío obligatorio del trayecto rutinario.

Un buen día lo detuvo, sin embargo, en el sendero hacia la administración, y le pidió ayuda para organizar una conferencia sobre la situación de las mujeres en un régimen totalitario. ¿Sabía algo sobre los regímenes totalitarios, conocía la extensa literatura sobre el tema? No, pero estaba dispuesta a aprender, a ponerse al día. Necesitaba una lista de libros fundamentales sobre el tema. Había leído sobre el nazismo y el comunismo, incluso también algo sobre las sociedades religiosas opresivas y misóginas, pero debería profundizar mucho más en la historia de Europa, ¿no?

Se sentaron en un banco frente al edificio antiguo, de *college* anglosajón, de la administración. El Nómada le explicó que las leyes socialistas contemplaban la perfecta igualdad entre los sexos, a igual trabajo, igual salario, bajas por maternidad y enfermedad. Unas condiciones positivas que, de hecho, enmascaraban la realidad cotidiana, y que funcionaban más allá, al margen de la ley, condenando a las mujeres a un estatuto bizantino de inferioridad.

–Te puedo contar muchas cosas, demasiadas. Algunas las encontrarás también en los libros que te recomiendo. Fechas y comentarios autorizados. La mujer en el nazismo, las tres K

–*Kinder, Küche, Kirche*–, el comunismo con sus reuniones y colas para conseguir alimentos, la obediencia y las restricciones, la prohibición del aborto.

¡La conferencia organizada por Fiona fue todo un éxito! Participantes –mujeres e incluso hombres– de muchos países, sobre todo del tercer mundo, un amplio eco en la prensa. La joven profesora pronunció un discurso de apertura con un vestido largo, negro y elegante. Evitó mencionar, entonces y después, la ayuda recibida por parte del Nómada, pero no renunció a la retórica a favor de la familia: «Por muchos éxitos profesionales que pueda alcanzar –reconozco que los deseo y los merezco–, la familia tiene prioridad. ¡No hay nada más profundo para legitimar nuestra existencia que la vida en familia! Una relación estrecha y definitiva. Fraternidad, el sostén definitivo. Tengo dos hijos y un marido, llevamos juntos una década. Sin fisuras».

Fiona Blum-Kovalski repetía semejante declaración solemne no como si se tratara de una feliz experiencia personal, sino de una religión. El exilio parece haber motivado esa patética solidaridad familiar, porque Fiona Blum afirmaba que pertenecía a la familia de Leopold Blum y que el apellido Kovalski, de su esposo polaco, un exiliado también, pero no en el libro de Joyce, confirmaba la autenticidad y la gravedad con que los cuatro, esposo, esposa e hijos, vivían en una familia unida, coherente, feliz.

–Sí, sí, Fiona afirma que pertenece a la familia del antepasado Leopold Blum, el que inspiró al irlandés.

Era la voz de la señora Katz, la bibliotecaria con peluca rubia, amiga de Fiona.

–Los judíos reivindican su raza por la línea materna –objetó presto el Misántropo–. El padre no es seguro, no cuenta. La madre da a luz, de su vientre saldrá el exiliado terrestre. La señora Blum es la señora Kovalski. Karel Kovalski.

–Sí, el marido ideal.

–Ese es el título de una comedia de Oscar Wilde, el irlandés –se apresuró a completar el Misántropo.

También a través de Sally se enteró, un año después de la exitosa conferencia internacional, de la espectacular transferencia adjudicada por la señora Blum-Kovalski a la fundación del famoso banquero Spiros Kantas, que subvencionaba organizaciones humanitarias en apoyo de los países subdesarrollados. El señor Kantas, al que Fiona había conocido en una de las cenas oficiales del nuevo rector del colegio, ofreció a la «irlandesa» el puesto de directora ejecutiva de una de esas organizaciones dedicadas a la alfabetización y la atención médica en el mundo. El salario era incomparablemente mejor, el nuevo rector del *college* había respaldado la transferencia, pues él mismo dependía de las donaciones ofrecidas al *college* por el banquero. Felicitó a Fiona, rogándole que mantuviera el contacto con el *college*, orgulloso de su nuevo puesto de relevancia internacional.

—Fiona está encantada —comentó su amiga Sally—. Ya no tiene que publicar su tesis doctoral, tampoco tiene que esperar varios años para lograr una plaza de profesora titular. Tiene tan solo un obstáculo.

—No conoce lenguas africanas —sugirió el Misántropo.

—Ese no es el problema. Spiros tiene dinero como para pagar traductores en todas las lenguas y dialectos. Pero son muchos viajes. Largos y agotadores.

—Así pues, abandono familiar. La sagrada familia —se atrevió a decir el Nómada.

—Exacto. Fiona es una fanática de la vida en familia, como sabes. Esos viajes tan frecuentes son una pesadilla. Eso es lo que ha dicho con los ojos llenos de lágrimas. Pero no puede renunciar a una oportunidad tan poco habitual.

—¡Una vez en la vida! Si la deja escapar, no volverá a encontrarla.

Fiona Blum-Kovalski desapareció después, durante una temporada, del repertorio de chascarrillos del *college*. Volvió a aparecer, sin embargo, inesperadamente, entre las preocupaciones de Barbara, la secretaria, pero ella no facilitaba detalles, así que había que seguir consultando a Sally.

Sally Katz rehusó esta vez, sin embargo, comentar las novedades.

–No hay nada vergonzoso en ello, créeme –le aseguraba el Nómada–. El adulterio es una forma de libertad, regenera los matrimonios. Es un condimento de la vida muy antiguo, milenario. Se ha demostrado su necesidad y utilidad. Así pues, es algo humano.

–No regenera precisamente. ¡Destruye! ¡Destruye el matrimonio, querido, y destruye la familia! Que al fin y al cabo no estamos en Francia.

–No irás a decirme que el matrimonio Kantas está en peligro. La pareja Kovalski es inexpugnable, eso ya lo sabemos.

–Después de que Fiona chantajeara a Kantas con revelar el asunto, Spiros le ofreció cuatro millones para que mantuviera la boquita cerrada bajo siete llaves –continuó, al cabo de un rato, ruborizada de ira y con la mirada gacha por la vergüenza, la bibliotecaria Katz–. Fiona ha firmado ante un abogado que no va a hablar jamás de esa historia.

–¿Los pilló alguien? ¿Desnudos, el uno sobre la otra, el uno dentro de la otra?

–Peor todavía.

–¿Asesinados por las balas del marido ideal? ¿Desenmascarados por el rabino irlandés o el cura polaco o el psiquiatra americano? ¿Escarnecidos en público por los profesores de los hijos ideales de la pareja ideal?

–En vano bromeas, la cosa es muy seria.

–¿Cómo de serio puede ser un adulterio?

–Puede serlo si una de las partes es demasiado seria.

–¿Es decir, la esposa? ¿La señora Kantas? ¿La ultrajada? ¿Tiene un revólver o una cuenta muy gorda en el banco?

–Alexandra Kantas es mucho más joven que el banquero, es su tercera esposa. Se casaron hace unos años y tienen unos gemelos de ojos azules. Pero no se trata de la mujer de Spiros. ¡Se trata de nuestra loca, Fiona, la Diablilla! La propagandista de la sagrada familia. ¡Nos mintió a todos con desvergüenza!

–¿Esperaba fundar una nueva sagrada familia? ¿Escapar de la conexión bíblica con el señor Kovalski en beneficio de otro matrimonio, mitológico? Griego y ateo.

–No, señor. ¡No! ¡Imagínate, le pidió dinero! ¡Dinero, para que cerrara el pico, nuestra Fiona! Lo chantajeó. Se abrió de piernas y abrió luego la bolsita y una cuenta en el banco. Dinero para cerrar la boca. No la cerró. Yo lo sé, así que lo saben también otros. Ahora también lo sabes tú.

–Ajá, vendió el secreto. Vendió la sombra que tiene entre las piernas, el misterio.

–Ya no es un secreto, te lo he dicho. Se ha quedado con los cuatro millones. ¡Cuatro millones! Un buen precio, reconócelo.

–¡Sobrevalorado! Incluso aunque ese acoplamiento vincule dos grandes tradiciones de la Antigüedad.

–No se trata de eso. Se ha quedado con dos millones, para rehacer su vida, los otros dos millones se los ha dado a Kovalski, su marido, para que la deje en paz. ¡Fiona, nuestra compañera! Lista, cariñosa, colegial.

–Y devota…

–No lo sé. Adoraba a su marido, a sus hijos… Un matrimonio perfecto.

–La perfección permite el perfeccionamiento complementario. Sobre todo si es rentable. En el mundo libre y competitivo, quien no tiene dos millones, no existe. Eso me dijeron cuando llegué a la Tierra Prometida. No el señor Spiros, para el que dos o nueve millones no cuentan, sino un respetable pedagogo, el rector del *college*. Estaba dispuesto a vender mis riñones, mis uñas, mi sombra, por un millón, pero no se ofrecieron compradores. ¿Y qué hace Fiona ahora? ¿Se ha retirado en un monasterio?

–Se ha divorciado o le han pedido el divorcio. El señor Kovalski se ha quedado con su parte, Fiona se ha quedado con su india.

–¿India? ¿Qué india?

−¿No lo sabías? Indira Sumar. Es investigadora aquí, en el *college*. Llevaban mucho tiempo juntas.

−¿Mucho tiempo, desde cuándo? ¿Desde que adoraba a su marido o a su *boss* forrado de dinero? ¿Y el puesto de trabajo? ¿Lo ha perdido o la han ascendido?

−Ha presentado su dimisión. Con el dinero del señor Spiros se ha comprado una casa. Está buscando trabajo. No tiene prisa, hasta que encuentre algo adecuado. Eso dice Indira, que Fiona espera algo adecuado.

−Va a escribir un libro, eso es lo que va a hacer −susurró el Misántropo−. Un libro sobre la arrogancia del *boss* capitalista y de su órgano sexual, hecho para humillar a las mujeres. Será un libro fácil de vender, escrito con inteligencia y pasión. A un precio adecuado.

Merecía la pena seguir el caso, aunque el Misántropo parecía satisfecho con ese inicio superficial. Encuentras casos como ese en todas partes del mundo, no hay que ir a los confines de la tierra para descubrirlos. Si eres o te has convertido en advenedizo, nómada e inmigrante, exiliado y/o expulsado, este es un honor real, decía el excéntrico Cioran. No puedes negar el plus de experiencia y provocación que te aporta una situación extrema. No, no puedes negar la ventaja del extrañamiento, del exilio y de la liberación del clan.

Una ventaja, sí, incontestable.

LOS MARCIANOS
(EPÍSTOLA DE GÜNTHER
AL PIONERO NÓMADA)

Sé que no vas a responderme. Me he acostumbrado a los caprichos del adolescente en que te has convertido de nuevo. Un ermitaño, sí, con fobia a la realidad. No solo a la realidad socialista, sino también a la relativamente opuesta, a la que has emigrado para encontrar la mitad que te falta. No te condeno, pero tampoco te entiendo ya. Me someto tan solo a las circunstancias inusuales cuyos cautivos somos todos, en un planeta invadido por monstruos.

Las noticias sobre el ataque aéreo me han espantado. También yo tuve la sensación de que es el comienzo del fin, me pregunté si te encontrarías entre las víctimas. Desesperado, llamé a tu hermana… encontré tu cuaderno de direcciones, olvidado en mi celda berlinesa. Su dirección e incluso su número de teléfono transoceánico. ¡En medio del bullicio apocalíptico, la red, sin embargo, funcionaba! ¡Y, el colmo, la doctora respondió rápidamente, aterrada! Más muerta que viva. Me apresuré a asegurarle que no era uno de los invasores, sino un alemán senil, antiguo aprendiz de la Revolución. Guardó silencio largo rato antes de aceptar hablar conmigo, no estaba segura de que yo fuera quien pretendía ser. Sí, había hablado con su hermano justo una hora antes, pero no se sabía cuánto tiempo iban a funcionar los teléfonos enloquecidos por la maldición celestial. Estaba contenta porque estuvieras vivo, aunque no se sabía quién seguiría vivo en las próximas horas y días. Le di las gracias, le pedí permiso para volver a llamarla al cabo de un tiempo. Calló y colgó. Alcanzó a decirme, sin embargo, que te habías negado a anular las clases en el *college*, como os había aconsejado el decano, querías que los estudiantes decidieran y votaron por respetar el horario habitual, aunque también ellos parecían más muertos que vivos. Probablemente se sentían mejor en grupo que solos. De todas formas, abreviaste la clase sobre Pnin media hora y comentasteis el acontecimiento planetario del día.

Cuando le pregunté si habías hecho por fin amistades en el *college*, tu hermana respondió que no te veías prácticamente con nadie. Quedas a menudo con los estudiantes fuera de las horas lectivas, atento a la psicología y las expectativas de la nueva generación.

¡Así pues, el nuevo milenio! La señal de la poscivilización. Los nuevos genocidios, con fantasmas del cielo y de la tierra.

La divinidad inaccesible determina los pensamientos y las acciones, te vuelves totalmente sumiso. Sigues los mandamientos celestiales. La utopía laica es parecida –pero más vulnerable– a la religiosa, esta se conecta a una mística más poderosa que la terrenal, que conoces demasiado bien. ¡En el vacío que crece alrededor, los «sucedáneos» de toda clase serán más importantes de lo que nos habíamos imaginado! Nos sustituirán paulatinamente robots racionales y refinados, acelerando, de manera terapéutica, el experimento humano, cada vez más arriesgado. Lo que seguirá será tan solo la carrera habitual tras el dinero y la comedia de la fe en la vida póstuma. Conocerás, seguramente, todo eso... Entiendo que vives entre libros y eruditos, como tiempo atrás. Ya no me necesitas a mí, un interlocutor insignificante.

La diferencia entre nosotros se ha agudizado y te has alejado. Sí, el izquierdista de la raza superior, el teutón de Marx que soy yo, el enemigo de su país y de sus semejantes del Rin, un adolescente tardío, como tú dices, no merece ya la atención de un errante elegido por Dios y odiado por todos, que se niega a interrogar a su biografía, sus humillaciones, la quema de todo... Siempre que necesites a un viejo más joven que tú, no olvides que podría ser, en caso de necesidad, el somnífero deseado. Me cuesta envidiarte por haberte retirado al provinciano planeta yanqui. No queda en ningún sitio un rinconcito protector.

¡No puedo evitar decirte que he leído ya en los periódicos el rumor de que el pueblo elegido, es decir, tú y tu hermana y vuestros muertos antiguos y recientes, fuisteis advertidos del vuelo de los murciélagos con bombas del 11 de septiembre! Eso explicaría el hecho de que no os encontréis entre las tres mil víctimas de la primera vuelta del asalto... ¡No solo os avisaron, sino que sois los directores del gran mitin aéreo llegado desde la medialuna!

Parece que tenías clase en el *college*, ¿no? ¿Cómo vas a tener tiempo para la conspiración mundial? Y tu hermanita también está superatareada en el hospital y tiene desavenencias matrimoniales, eso he deducido. Pero, naturalmente, vosotros sois superhábiles: ¡el pueblo elegido para las conspiraciones y los complots y las cuentas bancarias!

¡Incluso a pesar de todo eso, tú y tu dulce hermanita os negáis a mencionar el campo de concentración! ¡El campo de concentración y el Holocausto! E incluso el postholocausto... Y el recelo perpetuo.

Cuando el coronel Tudor te tendió la trampa sobre el sufrimiento, para poder discursear sobre lo mucho que han cambiado los tiempos para bien bajo el sol socialista, callaste con terquedad. Rechazando la retórica. Rechazando la victimización y la falsa terapia, así lo entiendo yo. ¿Por qué callas y calláis? Os sacudís los dos, asqueados, la indumentaria a rayas con que os vestirían de nuevo los vecinos. ¡Los colegas, los jefes, los obispos, el arrabal y la élite, los amigos y los enemigos!

¡No se ha hablado demasiado sobre los efectos en los terroristas y en sus familias y en las muchedumbres reunidas en las mezquitas! ¡Tampoco sobre los estragos del analfabetismo en los miles de creyentes que hacen acopio de información y de reglas de comportamiento solo el viernes, de boca de los ayatolás! Predican el asesinato de los infieles. Es decir, el nuestro, el de todos, no solo el de tu hermana libertina y el tuyo. No aceptas la evacuación a un enclave étnico, mucho menos a uno religioso.

Nos conocemos desde la época del campamento de pioneros en Lipova. Luchadores por el futuro luminoso y proletario del planeta... ¡En vano te has retirado en la concha del caracol! Te colocarán de nuevo el número de exterminio y la soga al cuello. Si no en realidad, al menos en las pesadillas nocturnas y librescas que te acompañarán, estoy seguro, también en el futuro. ¡Ya no crees en la Revolución, lo sé, pero no puedes ignorar el mensaje demencial del 11 de septiembre! La advertencia histórica e incendiaria al mundo mercantil, miope, ciego, dotado de telescopios extraordinarios. ¡Sal del caparazón siquiera ahora! Que el apocalipsis te sorprenda despierto.

Te lo dice el viejo Günther, desde el viejo Berlín. Enfurruñado, al igual que nuestro siglo viciado por la arrogancia.

EL DIARIO DE
EVA LOMBARDINI

Sábado, 12 de septiembre. –Primero desconcierto, luego borrachera. Empezó a hablar, relató, comentó, bromeó y volvió a bromear, nos reímos a carcajadas del harén de copas y vasos, redondos o sílfides, que nos quitaron las albóndigas turcas. Una cascada de palabras, una verdadera sorpresa. ¡Lo que no consiga una botella de Pinot Noir turco! Antes de la borrachera, se limitaba a las respuestas mínimas, alguna que otra broma, evitando la confesión. Finalmente pasó a las miserias soportadas durante la deportación. La «peste» grabada en la mente y en el cuerpo, gemidos, muerte, infierno. Sobre el prestidigitador que compraba y vendía sombras, sobre su adorada hermana y la desesperación de las ausencias. Y, ya está, inesperadamente aparece Eva, Eva la Sombra, Eva la de la Biblia, Eva la del *Cantar de los Cantares*, la mujer amada, la hermananovia.

Fue una noche de profundo hermanamiento, de la tierna camaradería que tanto necesitaba él. Por la mañana, al partir, dejó una nota convencional: «Gracias por tu hospitalidad, me voy a dar de comer a *George*». En mi turbación creí alcanzar los terrores inalcanzables de su hermana. *George* es el amigo ideal, huérfano, errante y perdido en el mundo al igual que él. No hace preguntas indiscretas, no le pide que sea encantador ni parlanchín.

Sábado, 3 de octubre. –Silencio total. Tres semanas de silencio total.

He releído el *Cantar de los Cantares*, he hojeado libros sobre el incesto. El incesto, ese aliado místico: amistad e intimidad sin límites, por lo demás inalcanzable.

Domingo, 11 de octubre. –Había empezado a pensar que nos habíamos librado el uno del otro cuando de repente llega un mensaje. Tras un mes de ausencia, me invita al funeral de *George*.

«Lo tengo preparado para la despedida, está envuelto en papel de aluminio. Mañana por la tarde será el entierro en el bosque, aquí cerca. Creo que no deberías faltar. Espero que encuentre, en el mundo del más allá, la voz, la vista, el oído y la fe.»

¿A qué fe en la amistad se refería el Profesor?

Tras el entierro, volvemos al restaurante Pasha, de nuevo Pinot Noir, esta vez de Oregon. Hablamos solo sobre caracoles. Un nuevo comienzo. Echaremos de menos a *George*.

Los caracoles existen en nuestro planeta desde hace unos quinientos cincuenta millones de años, mucho, mucho antes que el ser humano. El atributo físico más sorprendente parece la espiral calcárea que acarrea en la espalda y que protege su cuerpo frágil. El caracol se mueve arrastrándose, gracias a un músculo-pie que avanza, con unos movimientos ondulantes, deslizándose sobre la mucosidad que secretan. El olfato es su principal órgano de orientación. El olfato y el gusto son el mundo en el que viven. La fascinación no acaba aquí. Los caracoles son hermafroditas, pero necesitan una pareja tradicional para reproducirse. Unos son sobre todo machos, otros sobre todo hembras; la aventura sexual de estas criaturas solitarias es enternecedora. El encuentro con la pareja adecuada, los roces iniciales, la táctica de aproximación, el beso y el sexo se desarrollan durante varias horas. Un baile fascinante. He visto, en internet, varias grabaciones de su mágica danza sexual. Te incita a las ondulaciones sinuosas.

La amistad del Nómada con *George* no es casual. El enigmático caracol encontró soluciones para una vida de errantes solitarios, al igual que mi amigo nómada. Se retiran, ambos, en la concha, ignoran las provocaciones de alrededor. El caracol cuenta con una extraordinaria memoria olfativa. La «peste» obsesiva quedó grabada en la carne y el cerebro del deportado, pero también en el de *George*.

Domingo, 1 de noviembre, por la noche. –Envidia sus periodos de «somnolencia», cuando el caracol cierra la puerta de su caparazón y puede permanecer así varias semanas, meses e incluso un año. Me pregunto si no será la solución que todos hemos deseado, ausentarnos de la vida, encerrados, lejos del sufrimiento, la miseria o la catástrofe, a la espera de tiempos mejores. Para mí, en cualquier caso, sí...

Lunes, 9 de noviembre, por la noche. –No es casualidad, tal vez, que el experto en el Circo y lector apasionado me haya asegurado que *George* es una metáfora. Sí, una criatura, pero también una metáfora, ha repetido el experto lector.

¡Sorpresa! No solía enviar mensajes por el ordenador. ¡No me lo puedo creer, adivina mis pensamientos!

«Si la metáfora es sustitución, *George* es un sustituto o una sustitución, no nos olvidemos de su ambigénero. No lo olvides, no sientas celos de *George*.»

¿Sustitución? ¿Podría ser eso una declaración de amor indirecta? Indirecta, como le corresponde a mi Nómada. Una metáfora, quizá, pero le ha cambiado el jarrón vivienda dos veces en los últimos tiempos y tiene lechuga fresca en la nevera.

Por lo demás, se trata de *George* junior, el difunto murió hace cinco años.

Un nuevo descubrimiento, el libro de Patricia Highsmith, *The Snail-Watcher*, la historia de Peter Knoppert cuya pasión y hobby era seguir la vida de los caracoles.

Antes nunca me interesó la naturaleza... Pero los caracoles me han abierto los ojos a la belleza del mundo animal [...] (Knoppert) casualmente se fijó en que un par de caracoles, en el recipiente de porcelana sobre la escurridera, se comportaban de modo muy extraño. Irguiéndose más o menos sobre sus colas, oscilaban uno frente a otro, exactamente como un par de serpientes hipnotizadas por un flautista [...] El señor Knoppert se acercó y los examinó desde todos los ángulos. Algo más sucedía: una protuberancia, algo parecido a una oreja, estaba apareciendo en el lado derecho de la cabeza de ambos caracoles. Su instinto le dijo que estaba observando algún tipo de actividad sexual.

[...] Pero para entonces, otro par había comenzado a flirtear y se iban levantando lentamente, hasta alcanzar la posición del beso. El señor Knoppert le dijo a la cocinera que aquella noche no sirviera caracoles. Se llevó el recipiente que los contenía a su estudio, y en el hogar de los Knoppert ya no se volvieron a comer caracoles.[42]

El señor Knoppert encuentra en *El origen de las especies* de Darwin un pasaje en el que se habla de la sensualidad de los caracoles: «cuando se aparean, los caracoles manifiestan una sensualidad que no se encuentra en ninguna otra parte del reino animal».

¿Serían acaso esos dos caracoles enamorados hermano y hermana o pertenecerían siquiera a la misma familia? ¿Existe el incesto entre los animales?

El relato tiene un final apocalíptico y morboso. Los caracoles que cambiaron la vida del señor Knoppert se multiplican de manera catastrófica, ocupan y ahogan toda la casa y, al mismo tiempo, a su pobre admirador. ¿Un castigo mítico para cualquier pasión no refrenada?

¡El pobre Knoppert, un ingenuo, no imaginaba un final semejante! E incluso aunque lo hubiera previsto, probablemente no lo habría evitado. ¿Será eso lo que sugiere la autora?

Jueves, 12 de noviembre. –Los caracoles y sus aventuras se han convertido en el tema principal de nuestros encuentros. Bromas lanzadas al azar sobre sensualidad, besos y sexo. A menudo estimulan la cercanía, otras veces la sustituyen. No sé si es una señal de hastío compartido o tan solo una fase de acomodo.

El Nómada apareció al principio en mi vida como una curiosidad, lo sé, me conozco, soy sensible a lo desconocido y al misterio, eso se debe a mi naturaleza inquieta; lo que me asusta es que ha evolucionado hacia zonas más profundas de la existencia. Tiene una personalidad imprevisible y eso encaja con mi naturaleza bohemia, me estimula intelectual y sexualmente, pero me cuesta entender esas desapariciones en la nada («ni ha pasado por aquí, ni ha olido nada»). Luego vienen el desasosiego, la inseguridad... Tengo que reencontrarme conmigo misma, odio ser dependiente.

Tal vez la meditación, la oración ayuden a través de la concentración. ¿Acaso la cercanía de un caracol, con su humilde universo, estimula la resistencia o la resignación o, más simplemente, la alegría de estar vivo?

19 de noviembre. –Ayer cautivé al Profesor, he descubierto el poema de Jacques Prévert «Chanson des escargots qui vont à l'enterrement».

A l'enterrement d'une feuille morte
Deux escargots s'en vont
Ils ont la coquille noire
Du crêpe autour des cornes
Ils s'en vont dans le soir
Un très beau soir d'automne
Hélas quand ils arrivent
C'est déjà le printemps
Les feuilles qui étaient mortes
Sont toutes ressuscitées
Et les deux escargots
*Sont très désappointés**

Recitaba bastante bien, mi padre habría alabado mi acento en francés... «*Hélas quand ils arrivent / C'est déjà le printemps... Voilà le soleil.*» Aparece el sol.

Tras un breve silencio admirativo, el Nómada se ha dirigido a la biblioteca, ha sacado un volumen con una portada de colores. He sentido una mano en el hombro y un murmullo de palabras que no comprendía. Sonaba muy bien, infantil. Me ha dicho que se trataba de un maravilloso poema –«En busca de caracoles»– del poeta rumano Ion Barbu. Poeta y matemático, llamado Dan Barbilian, lo que me ha sonado como una rima involuntaria. He encontrado una traducción en internet, la caja de las maravillas se abre con la historia de un niño que encuentra un caracol en el bosque. Curiosidad

---

* Al entierro de una hoja seca / se van dos caracoles / tienen la concha oscura / crespón llevan de moño / bajo los arreboles / se fueron sin premura / una tarde de otoño / Cuando llegaron era / ay ya la primavera / todas las hojas secas / habían resucitado / y cada caracol / se sintió muy frustrado. *Canción para dos caracoles que van a un entierro.* Poemas de Jacques Prévert (poesiaspoemas.com).

y provocación. Lo embruja con el tradicional estribillo infantil:*

> *Melc, melc*
> *Codobelc,*
> *Ghem vargat*
> *Şi ferecat:*
> *Lasă noaptea din găoace,*
> *Melc nătâng şi fă-te încoace.*

En medio del frío del invierno piensa en su amigo, pero con el deshielo encuentra al caracol muerto.

> *Şi pe trupul lui zgârcit*
> *M-am plecat*
> *Şi l-am bocit:*
> *«Melc, melc, ce-ai făcut*
> *Din somn cum te-ai desfăcut?*
> *Ai crezut în vorba mea*
> *Prefăcută... Ea glumea!*
> *..........................*
> *Trebuia să dormi ca ieri,*
> *Surd la cânt şi la îmbieri,*
> *Să tragi alt oblon de var*
> *Între trup şi ce-i afar'...*

* El poema se basa en una rima que no se puede respetar. Lo traducimos aquí libremente para que los lectores puedan captar tan solo su sentido: «Caracol, caracol, cerrado ovillo rayado, deja la noche del caparazón, tonto caracol y ven aquí. Y sobre su cuerpo arrugado me he inclinado y he llorado: Caracol, caracol, ¿qué has hecho? ¿cómo te has desprendido del sueño? Creíste en mis falsas palabras... ¡Era una broma! Tenías que dormir como ayer, ajeno a la canción y a la orden, cierra otra persiana de yeso entre el cuerpo y el resto. En invierno los cuernos se rompen, tonto caracol, tonto caracol».

....

Iarna coarnele se frâng,
Melc nătâng,
Melc nătâng.[43]

El poema es un vuelo mágico entre palabras, una curiosidad infantil, indolente, ternura y crueldad.

Tengo que ser más juguetona, más chistosa, si no puedo ser acróbata de circo.

EPÍSTOLA DE GÜNTHER
AL PIONERO DE OTRA ÉPOCA

Americano:

Estoy esperando a encontrarme mejor para poder reprenderte. Sin embargo, este requerimiento me parece inevitable: ¡escribe a tu hermana! Tamir, Tamar (¿Mara? ¿Agatha?). Me ha comunicado que los dos últimos giros postales que te ha enviado han sido devueltos y que no respondes al teléfono. Le parece, seguramente, que en calidad de (antiguo) monitor de pioneros tengo una autoridad más elevada que otros y que mi intervención resolvería el malentendido. Con esta ocasión voy a dilucidar también yo, espero, en qué cueva te has escondido de ese mundo que ya no te interesa desde que la Historia que se agita ante nuestros ojos tampoco te interesa. Eso es lo que me dijiste cuando te negaste a asistir a la caída del Muro Rojo y a la euforia que provocó, no solo en aquel lugar infame, sino en todo el mundo. Pensaba, sin embargo, que el Nuevo Mundo te había curado. Me he informado: la vida del caracol es breve, hagas lo que hagas. Cinco años, eso dicen los libros, aunque existen asombrosas excepciones. Puedes albergar esperanzas de una convivencia más larga, si resulta ser un amigo de confianza. Así pues, escríbeme o escribe siquiera a la Única. A tu hermana y tu mitad.

G (EL DE HACE MUCHO)

SOMBRAS ASESINAS
SEPTIEMBRE DE 2001

Las pantallas del planeta fueron de repente invadidas por los pájaros de presa y desastre: grandes aves metálicas descendían en picado para destruir edificios y personas. Las sombras se volvían negras, luego rojas, luego adquirían formas curiosas: gavilanes en llamas que explotaban en miles de esquirlas gigantes, como aviones de guerra. Explosiones en serie, ventanas hechas añicos, paredes derruidas, una y otra. Puertas y armarios y mesas de acero volando por los aires. Ropa en llamas, gente en llamas, humo y alarma, gritos y lamentos y carreras enloquecidas. El Todopoderoso se había enfadado, sus mensajeros se encontraban en una misión de castigo de los infieles que no habían oído el cuerno de latón de la mezquita.

El recinto era minúsculo, cuatro espectadores miraban, aterrados, el televisor en el que había estallado el acontecimiento. El Nómada era uno de ellos: sala 224. En la puerta ponía «Health Department». Se veía la calle, gente corriendo, atolondrada. El humo se elevaba, denso, de los edificios reducidos a escombros y cristal y brazos desparejados de cadáveres. Gritos, humo, polvo, llamas. Asedio y apocalipsis. El locutor retransmitía advertencias, no informaciones. ¿Extraterrestres? ¿Venidos del cielo de la imaginación para reclamar la supremacía del universo? No había tiempo para preguntas. El Nómada se sentía solidario con los que habitaban ese trozo de tierra en el que había naufragado hacía más de una década. ¡Ahora, sí, era uno de ellos! Tenía derecho a decir, como había dicho en otro tiempo su presidente: «*Ich bin ein Berliner*». Más sencillamente, «*I am yours*», «*I am here*», «*Among you*», «*With you*», «*That's it*», «*I am here*», «*Like you*», «*Like you*».[44] Justificaba, apenas ahora, su nueva identidad, el refugio convertido en domicilio, como decían los oficiales. El pensamiento funesto decía entrecortadamente: «¡Me han alcanzado! ¡Me han alcanzado!». «Me han alcanzado también aquí.» Los pájaros de la muerte mostraban que no puedes huir demasiado lejos. Ya no existe lejos, el destino te alcanza en todas partes.

Lejos está aquí, a un paso.

Miró el reloj. Era mediodía del día del fin del mundo.

Los días siguientes las historias se multiplicaron. Los comunicados en la radio y la televisión repetían que los familiares de los asesinos no admitían que ellos fueran los autores: la acción había sido llevada a cabo por los propios atacados. Los imperialistas sin escrúpulos, en busca de nuevos mercados y nuevas colonias y nuevos esclavos para sus beneficios y su perverso prestigio. ¡Apoyados, naturalmente, por los conspiradores de siempre, con tirabuzones y cuentas en el banco! En el lejano y el cercano Oriente se celebraba con gran alborozo la masacre, se glorificaba a los asesinos que habían entregado su vida.

¡La diabólica civilización inmoral que dominaba el mundo va a desaparecer enseguida! Ha desaparecido ya.

El Nómada se encogió, invadido por unos negros recuerdos. Le costaba no llamar a Tamar. El capítulo de *Pnin* hablaba sobre el asesinato por parte de los alemanes de la bella Mira, de la que el adolescente Pnin había estado enamorado y a la que no podía olvidar. Lo había trastornado el libro no tanto durante la lectura preliminar, en su cama estrecha y áspera, como en la clase en la que lo analizaban, precisamente el día de la siniestra agresión.

Tras muchas noches de insomnio, consiguió, por fin, muerto de agotamiento, quedarse dormido y dormir profundamente, como en una enfermedad anhelada. En el vacío de las horas inciertas, indiferencia y abandono, como en la beatitud de la muerte, se reencontró con el Hombre de Gris. ¡Estaba igual! El tiempo no había causado efecto en su apariencia ni en sus formas galantes. Con un traje gris, impecable, camisa de seda gris y corbatín. Por encima, un pañuelo fino, de seda gris. Sonreía cortés.

—Me alegra que me hayas reconocido. Nos despedimos amistosamente a pesar del fracaso inicial.

El Nómada guardaba silencio. Miraba fijamente, extrañado, al fantasma en el que no creía.

—La semana pasada te ocupaste de Timofei Pnin. Otro paciente de nuestro Schlemihlium... No lo sabías. No estabas pendiente de nadie más, durante tu ingreso, a excepción de tu antigua amada y tu antiguo amigo. También Pnin estaba allí, un paciente con otro número de cama y de tribu. A diferencia de ti, Pnin no ha renunciado a la sombra natal, aunque estaba fascinado por la nueva, con la que convivía. Otro caso, por tanto, sí, otro caso. Sin embargo, similar. Similar, como los de todos los pacientes del Schlemihlium.

—¿Cómo, qué fracaso, qué estás rezongando? —balbuceó el lirón, sin oírse a sí mismo.

—No quisiste que te cediera el alma. Ni siquiera a cambio de la Sombra. Quería restituírtela. Eso querías, pero no aceptaste las condiciones. No las aceptaste, imagínate —se apresuró a decir el Hombre de Gris como un sortilegio, contento porque el paciente hubiera conseguido pronunciar, si bien con gran dificultad, unas palabras.

—¡Otra con uve, vileza! Uve, viciosa. Viciada, viciada.

—En absoluto, en absoluto, querido. Por eso he vuelto. ¡No para otra compraventa, no! Solo voy a explicarte por qué. Pasado y futuro, merece la pena que lo sepas, que lo comprendas. Me caíste simpático desde el principio, espero que lo recuerdes. «Tiene usted una Sombra muy bonita», así te abordé. Sé cuánto te perturbó nuestra actividad, nuestro sanatorio, nuestras organizaciones humanitarias. La operación aérea de la semana pasada.

El Nómada se encogió de nuevo, como cuando se acordó de Mira. «¿Nuestra acción?» ¿La nuestra? ¿Se había hecho piloto el Hombre de Gris? El paciente podía esperarse un nuevo golpe, demasiado duro para el agotamiento que lo dominaba.

—Sí, sí, no te lo vas a creer, he venido para eso. Te debo una explicación. Ni dinero ni una Sombra que ya no sirve para nada hoy en día, sino una explicación. Que entiendas qué pasó y qué va a pasar. Te la debo. ¡Sí, la guerra santa! Empezó hace mucho, pero ahora se ha hecho visible. La revolución mística.

El durmiente que no dormía se tapó, instantánea e instintivamente, las orejas con la mano, pero sin resultado.

—Siempre me consideraste un mediador. Un intermediario. Un agente de cambio, de compraventas en nombre de un *boss* invisible. No protestes, es lo que soy. Por eso aceptaste el trato inicial: no le concedías importancia. Tenías razón en parte. Solo en parte. Porque no conocías en nombre de quién actuaba yo. Y tampoco lo preguntaste. Por miedo o por indiferencia. Frívola indiferencia, si puedo llamarlo así.

El Hombre de Gris encendió un puro, luego se retiró el sombrero gris y se quedó con una peluca negra como el demonio.

—Quienquiera que me enviara a comprarte estaba interesado por las almas. Incluso a un emir le interesan las almas. Los que actuaron con los aviones eran también unos intermediarios, como yo. Les habían prometido el paraíso y las vírgenes. Yo no necesitaba promesas ni recompensas. Soy un iluminado, sé lo que va a suceder, estaré de parte de los vencedores cuando llegue el último juicio.

El durmiente que no dormía estaba aterrado, encogido, habría deseado contar con la protección nocturna de Eva. Esperaba que su invitado se despojara de la ropa de pecador y se quedara con una bata blanca, larga hasta el suelo, y un bonete blanco y sagrado sobre la peluca negra como el demonio. Se doblará hasta el suelo, se arrodillará, eso hará, se inclinará varias veces para adorar al Señor invisible, luego sacará la metralleta escondida bajo los faldones inmaculados como el seno de las vírgenes que lo esperaban en los cielos. ¿Quién va a protegerte, Nómada agotado? Cerraba los ojos, se tapaba las orejas. Para no ver y para no oír. ¡Silencio, no oía nada! El Hombre de Gris permaneció inmutable, con su ropa impecable, de travesti. Un buen profesional, dispuesto al intercambio de chismorreos. Perfectamente aleccionado.

–Al final las sombras desaparecerán, que lo sepas. Son motivo de idolatría, reproducen el rostro del hombre al que cualquiera puede adorar como a un dios. ¡Cualquiera! Tanto el hombre como el diablo. «No te harás imagen», es el mandamiento divino. No podemos hacer compromisos, incluso aunque el material con el que esté tallada la copia sea la oscuridad. Desaparecerán las sombras, ya verás. Están ya prohibidas en muchas partes, así como están prohibidas las viejas estatuas antiguas, con rostros y cuerpos de hombre y de mujer, de animales y pájaros y peces. ¡Idolatría! Siento comunicártelo, pero también las sombras dobles, como es vuestra pareja, hermano y hermana, absolutamente inseparables, o la sustituta temporal, la americana de nombre bíblico. Una especie de bebés siameses. Dobles inseparables, eso erais vosotros dos, los huérfanos, tu hermana y tú, unos hermanos viciosos. ¡Ya ves que se ha colado una sombra entre vosotros!

¡No, era ya demasiado! El mediador se había extralimitado. El lirón se incorporó sobre sus codos afilados para golpear a la bestia. Escrutó la negrura. No se veía nada, la habitación estaba oscura, completamente oscura, como si fuera la de un fotógrafo en el ejercicio de la hipnosis. El paciente número 12 se hundió, de nuevo, en la almohada demasiado pequeña, incapaz de gritar para pedir ayuda.

Al día siguiente o la noche siguiente o en el zodiaco siguiente se arrastró a la sombra de su sombra huérfana. Agotado, tambaleándose, mareado, como desmayado. El cansancio de la noche anterior... lo sabía, pero tenía miedo de lo que estaba por venir.

Sí, el miedo lo mareaba, lo perturbaba. El miedo a la oscuridad con la que iba a hablar de nuevo, sin conseguir mucho más que un balbuceo tímido, incapaz de soltar maldiciones y los juramentos y los puños dispuestos a vengarse. Se los merecía el infame, el mediador, el tunante. Se lo merecía bien merecido, tenía que escapar, finalmente, del fantasma que lo acechaba.

La noche fue agitada, pero sin huéspedes indeseados. Y sin la protección de Eva, que se había ido a esquiar. La noche siguiente apareció Fígaro, el perro fantasma que había sido su compañero de confianza tras despedirse del Hombre de Gris y de la nostalgia de la sombra perdida. Estaba irreconocible, enflaquecido, agotado, menos mal que tenía la lengua rojo-verdosa, inconfundible. Fígaro, Fígaro, susurró, animado por la famosa aria de su juventud. El chucho senil era un emisario taimado del Hombre de Gris. Comprendió, finalmente, el truco: el charlatán de gris intentaba volverlo sentimental y debilitarlo. En vano, era tarde, el juego estaba jugado, *sir*.

–¡Lárgate, bicho!

El pobre emisario canino fue expulsado a la calle, en medio de una noche fría. El paciente volvió encogido al lecho de convaleciente, a su desasosiego ancestral. Oía, ante la puerta, el gimoteo del pobre animal que había sido su compañero en tiempos difíciles, estaba decidido a no preocuparse. No, no jugará el juego del travesti de gris. Se quedó dormido o no, quién sabe... El gimoteo de opereta no cesó ni cuando el alba coloreó la ventana. El gimoteo volvió también la noche y el zodiaco siguientes. El mismo, lánguido y uniforme. Hacia el amanecer se intensificaba, como el prolongado aullido de un lobo.

La tercera noche decidió arriesgarse, que sea lo que tenga que ser, abrirá la puerta: si es Fígaro, él solo, en la noche, le abrirá. Merece, al fin y al cabo, esa compasión por su fidelidad. Pero ¿y si es el vendedor de almas, con su traje de eminencia gris? Lo golpeará en la cabeza con la sartén, para liquidar de una vez por todas su sagrada misión. Sostenía en la mano una sartén grande de acero, pesada y roja, como la sangre de búfalo. ¡Delante de la puerta no había nadie! En vano silbó la señal que ambos conocían. ¡Fígaro no estaba en ningún sitio! Una oscuridad densa, impenetrable, ni rastro de vida. Sombras espesas, frías, una oscuridad helada.

De vuelta a su habitación, el aullido de las sombras comenzó de nuevo, siniestro. Largo, lúgubre, toda una manada de sombras muertas de hambre, listas para el ataque. Se acurrucó debajo de la manta, se cubrió la cabeza, se tapó las orejas, aunque sabía que no valía para nada.

«Here, everything can be fixed»,[45] lo animó mucho tiempo atrás, aquella primera velada, míster John. Así era, había pastillas para todo, truenos y traumas y timidez, obesidad y melancolía, impotencia e impulsividad, tacañería y odio, pereza, cáncer y colesterol y calvicie. La anciana farmacéutica le recomendó los últimos productos para dejar dormida cualquier cosa, hipopótamos y hienas y rateros, eso le dijo la abuelita bromista. Ciertamente, las pastillas triangulares y verdes surtieron efecto, el grito nocturno desapareció, el Hombre de Gris parecía retenido en la frontera, sin visado de entrada; Fígaro volvió a encontrar, seguramente, en el escenario de Milán, al Conde y al peluquero y la manada.

Noches de sueño profundo, demasiado profundo. El Misántropo amanecía aturdido, como después de la creación del mundo. Los días estaban, en cambio, dominados por la tensión del tiempo: terrorismo internacional y voladura del nuevo siglo. El episodio de septiembre, con los aviones-mártires –eso afirmaban los periódicos y la radio y la televisión y los teléfonos móviles–, solo era el comienzo de una nueva barbarie cósmica. Una palpitación caótica, acelerada.

Dónde puedes refugiarte, preguntaba el Nómada, ni Peter, ni Von Chamisso o Don Quijote, tampoco Samsa o Pnin o el idiota de Dostoyevski o *Monsieur* Meursault parecían dispuestos a responder. La biblioteca no le resultaba ya de ayuda al extraviado, tampoco el Departamento de Intervención Viaria era útil.

Tenía sus momentos de soledad en aquel banco camino del decanato. Un banco predilecto también en el cementerio académico, pero no disponía del número de teléfono ni la dirección de correo electrónico del coronel Tudor, para preguntarle qué pensaba de la evolución poscomunista del mundo y del futuro sin futuro del planeta cada vez más reducido. La ración de pastillas de la tarde protegía sus noches, su banco favorito calmaba sus días, no tenía motivos para quejarse. El vagabundeo del pecador resultaba mejor que la cautividad de la utopía dialéctica. Solo le quedaba hacer las paces con el privilegio de no ser inmortal. Esperar, sin ilusiones, un junco en el viento hostil, el golpe de gracia.

Se había atrincherado, de nuevo, entretanto, entre muros de libros. Una gruta completamente distinta a la de su amigo Schlemihl. Ladrillos tipográficos, uno encima de otro y junto a otro, estiras la mano y llegas, al instante, a donde quieras, entre las sombras de las letras. El mundo de las páginas le interesaba mucho más que las ilusiones después de tal atentado y tal crimen y tal huracán y terremoto organizados por los entusiastas de los terremotos, de las nuevas banderas y de las nuevas tribus de los bosques tropicales de la Tierra y del desierto lunar de las estrellas que giran en torno a ella. Aquí, en su banco predilecto y en el lecho modesto, de eremita, y en el sendero que conduce al coqueto cementerio paradisiaco del *college* elitista del Mundo Nuevo y efímero, el Nómada Misántropo negociaba con lo desconocido. Imaginaba, en el tablero de ajedrez del día, sus futuros vagabundeos, fueran los que fueran.

Aquí, por el momento, solo aquí, se decía, resignado, el Errante mortal.

Se tumbó en la cama, alargó la mano hacia el teléfono para hablar con Tamara. En el auricular, un llanto adolescente. Ni una palabra, solo un sollozo ininterrumpido, entrecortado, incontenible. Así que estaba viva Tamara, pobrecita. Va a salvarlo de nuevo. La ausencia de comunicación debería ser, al menos durante una temporada, terapéutica, pero no lo fue. Como si hubiera desaparecido de repente el caparazón en el que se había encerrado y se hubiera quedado desnudo en el aullido del bosque hostil. Tamar conocía todo eso, pero, al igual que él, lo observaba con una tranquila complicidad. Lloraba, se reencontraba a sí misma en el llanto, pobrecita.

Colgó cuidadosamente el receptor. Luego lo descolgó de nuevo y lo golpeó ruidosamente una vez, dos veces, nueve veces.

Podía volver a quedarse dormido, le habían concedido un visado para el sueño.

DIDACTICA NOVA (III)
OPINIONES DE LOS ESTUDIANTES:
EXILIO Y EXTRAÑAMIENTO EN LITERATURA

La sombra parece una metáfora de la patria, de la lengua, de las raíces o de todo aquello relacionado con la pertenencia.

Para el lector, Peter Schlemihl no nació en un país determinado, con unos determinados orígenes, sino de la marea de la incertidumbre misma. Él es un extranjero desde el principio. El mundo de las páginas de Chamisso es reconocible. Una odisea llena de acontecimientos. Se puede suponer que el atolondrado que nos presentan va a repetir el guion, va a continuar siendo un desarraigado allí donde su secreto resulte ser un riesgo para él.

El diablo del relato de Chamisso no tiene cuernos, tampoco rabo. Es un *gentleman* educado, de cultura burguesa. Su traje gris de burócrata es el emblema del gris banal de una sombra. ¿Podemos preguntarnos dónde está Dios? Para Schlemihl, la salvación viene de la ciencia. Las botas de siete leguas están al servicio de sus estudios. El chico que le vende el par de botas mágicas es descrito como rubio y de piel blanca, una especie de ángel. Schlemihl es ubicuo y, sin embargo, en ningún sitio está en casa. Se encuentra a medio camino entre el diablo y la profundidad del mar azul. (Claire)

Tal y como apunta Peter Worstman en su ensayo sobre Peter Schlemihl, «The Displaced Person's Guide to Nowhere»,[46] («Guía del errante hacia ninguna parte»), Chamisso le escribía a madame de Staël: «Soy francés en Alemania y alemán en Francia; católico para los protestantes, protestante para los católicos; filósofo entre los creyentes... ¡En ningún sitio estoy en mi casa!». Un desarraigado de su nacionalidad, religión, etnia y cultura.

La biografía de Chamisso se refleja en la de su protagonista. Ambos, autor y pareja ficcional, acaban estudiando el mundo de la naturaleza. En la fase final del libro, Chamisso parece ser la persona más íntimamente ligada a la vida del narrador. Peter Schlemihl es la ficción complementaria. La falta de sombra lo sitúa fuera de la sociedad humana. Al final, un regalo. Las botas de siete leguas parecen ser la otra cara de la falta de sombra. El exilio se convierte en una especie de libertad. Libre circulación y aventura. Schlemihl abraza el exilio, dejando atrás la identidad definida por la sociedad. (Vicky)

Prefiero pensar en lo que no se cuenta en el relato, pero que sigue siendo necesario para su comprensión. ¿De dónde viene Peter y por qué? ¿Fue expulsado de algún sitio por una condena, un crimen, un sueño no cumplido? Si la sombra es eso que Jung insiste en que creamos que es, ¿por qué se apresura entonces el extranjero a vendérsela, a la primera de cambio, a un desconocido? ¿Es, en cierto sentido, su propio yo oculto, culpable, avergonzado, con el que no puede colaborar?

¿Es decir, no la «identidad» social, lingüística, religiosa, como afirman los comentarios convencionales, sino la identidad secreta, negada, oculta? ¿El trauma de una tragedia infantil? ¿De una persecución o de un exilio anterior? ¿O un incesto o un pequeño, pero no olvidado, delito que nadie conoce? ¿Qué será? No nos lo dicen, deducimos que es el equipaje psíquico del nómada Peter y que la sombra no es solo lo que dicen los estudios de arte. Y, entonces, ¿es una ventaja librarte de ella? ¿Con todos los riesgos sociales que se derivan?

Sí, Peter pierde dos oportunidades de amar e incluso de casarse, puede que tal vez más, pero ¿no se vuelve así aún más libre que a través del exilio? Sin dinero ni reputación, un verdadero paria, pero ¿uno que solo ahora puede resultarnos interesante?

Aunque no encaja en el modelo de una discusión literaria académica comentar lo que no se dice en el texto, creo que, al menos en este caso, sería beneficioso para el debate. (Claire, la estudiante con un ojo azul y uno verde)

Como todos los exiliados, Peter es un cautivo. Una situación con muchas connotaciones y una única conclusión. La narración evoluciona en torno al descubrimiento de Peter sobre su verdad. Él se da cuenta de que el oro no vale nada y de que el amor es imposible sin sombra. Después de renunciar a la bolsa mágica (y al resto de sus pertenencias mundanas), él obtiene las botas mágicas. La libertad de conciencia se ve enseguida recompensada con la libertad de movimiento. En el Schlemihlium es respetado como un benefactor. Ahora ya no tiene oro; lo aplauden por su generosidad. Parece un misántropo acompañado por el perrito *Fígaro* y por las plantas exóticas. En fin, un exiliado y un paria.

En sus observaciones finales, Peter Schlemihl responde a los dilemas de Bendel el del Schlemihlium: «aunque no queremos revivir las ilusiones del pasado, nos alegramos sin embargo por haberlas vivido».[47]

Experimentando la temática específica del cuento, Von Chamisso adapta su texto a la problemática del exilio y del extrañamiento. Él se enfrenta a los dilemas de la modernidad y los colma de un subtexto modernista. Proclama, conscientemente, que en la situación del exiliado existe, sin embargo, la esperanza. (Jeremy)

Si existiera un Dios, este sería el Hombre de Gris.

Tenemos un relato sobre la alienación, el exilio, el extrañamiento, la identidad, la felicidad y sobre una incursión espiritual. El Hombre de Gris inicia el comercio con la sombra como un primer paso para hacerse con el alma de Schlemihl. Una tentativa que llevaría a cabo incluso Dios, que no es tan solo una presencia pasiva, sino una activa y vigilante.

En el Antiguo Testamento, Dios pone a prueba la fidelidad de los creyentes. Un Dios activo debería poner a prueba el poder espiritual del individuo, castigar a los pecadores y recompensar a los intachables. Desde la perspectiva de un Dios activo, Schlemihl debuta en el relato como un hombre cuya virtud es indeterminada, a continuación será puesto a prueba por parte de Dios para ver hasta dónde puede llevarlo su pecado o su ignorancia.

Schlemihl no consideraba que el Hombre de Gris fuera el Dios redentor. El muchacho rubio que sonríe cuando le entrega las botas podría ser un sucedáneo del Hombre de Gris. La sonrisa podría ser una señal de la gracia divina, una bendición. Cuando Schlemihl comprende que posee las botas de siete leguas, cae de rodillas como prueba de silenciosa gratitud. ¿De dónde salen todos esos objetos legendarios, míticos, del relato, si no del Hombre de Gris? Las botas de siete leguas, una expiación de los pecados del pasado posible tan solo gracias a la reconciliación con la vida, una reconciliación mediada y organizada por el Hombre de Gris.

La lectura teológica del tema de la alienación, el exilio y el extrañamiento evidencia mejor el sufrimiento del exiliado. El final del relato es el camino ideal que Schlemihl puede imaginar, pero no una existencia en la que el alma sea perpetua. Para cohabitar con la sombra, tienes que mezclarte con tus «semejantes». Esta interacción, como sugiere la última línea del libro, no trae necesariamente la felicidad. Al final del relato, Schlemihl es literalmente un ciudadano del mundo, pero no pertenece a ningún sitio, y es relativamente feliz porque su alma permanece intacta.

Aunque las implicaciones teológicas del texto puedan parecer desencaminadas, finalmente queda claro que el Hombre de Gris no es el diablo cazador de almas, sino Dios, que pone a prueba la inocencia del hombre corriente y necio. Chamisso parece creer que concentrarte en la sombra como pasaporte hacia la civilización y señal física de la identidad significa que te equivocas. Solo contemplando con escepticismo qué significan el éxito y la pertenencia social y analizándolos a través del prisma de una mejora del yo, la supervivencia y la felicidad se asocian. (Sho)

La sombra puede ser la identidad milenaria, no la nacional y tampoco la lingüística.

Si Peter fuera judío y su mote no fuera sino un simple mote, la historia entera exigiría otra lectura. Chamisso se consideró una especie de apátrida y tenía amigos judíos. Su mejor amigo era judío, y él escribió el relato para los hijos de este. El hecho de que Hitzig se convirtiera al cristianismo, por el «bien de sus hijos», lo dice todo. Chamisso lo comprendía. Al ser cristiano, Chamisso sabía que Jesús aparece representado en la iglesia con una corona de espinas en la cabeza en la que dice «Rey de los judíos». Una burla, por supuesto, pero también una realidad.

Peter viene de ninguna parte y no sabemos por qué; podría ser debido a un pogromo, a unos ataques vandálicos contra la sombra con la que se asocia al Judío, a unas acusaciones de asesinato ritual, etc. Unos episodios ya clásicos. Así pues, ¿dónde está hoy Schlemihl, con la historia de su sombra y la del que la compra para liberarlo de la culpa sin culpa de la maldición eterna y para asegurarle un dinero que pueda protegerlo de cualquier cosa? El dinero se va, los peligros permanecen. Mejor retirarse a una cueva para estudiar los escarabajos y las mariposas y las plantas tropicales.

No, la sombra no es un secreto de familia, el incesto inconfesado con la hermana o la violación de la criada, o el dinero sustraído de la caja fuerte del abuelo senil, como en la novela *América* de Franz Kafka. La maldición del extranjero es más antigua, comienza con la renuncia a la idolatría y el castigo eternamente aplicado por esa renuncia.

Yo así veo a Schlemihl. Me parece una lectura perfectamente justificada. Más actual que la crítica a la rapacidad capitalista y al dinero que dominan en todas partes y para siempre… El relato del errante expulsado de un sitio a otro y asesinado gustosamente cuando surge la oportunidad, es el relato de alguien obligado a ganar su estatus de normalidad gracias al dinero, pero que no lo consigue. (Emet)

A medida que avanza, la historia se hace más incitante y más enigmática… No está bien estructurada, es errática y perezosa, es frustrante y está mal desarrollada, pero presenta una especie de intensidad febril. Es, tal vez, más fascinante que una historia cuidadosamente construida.

Peter, como apátrida y migrante, no está familiarizado con la etiqueta y los valores sociales. No sabe a quién preguntar sobre el Hombre de Gris, tampoco cómo hacerlo, ni si la pregunta es pertinente. Tras perder la sombra, Peter es tratado como un malhechor, porque viola el protocolo secreto del mundo. Los lugareños saben por qué la falta de sombra es una transgresión seria. Cuando la narración avanza y Peter se hace cada vez más rico, parece adaptarse mejor a las reglas del lugar, es decir, se diferencia menos de los demás. Las botas mágicas no son tan solo normales, sino también naturales. Las botas de siete leguas representan una providencia de la naturaleza, pero esta curiosa aparición no hace sino servir a la lógica arbitraria que Peter (y Chamisso) aplica a lo largo de toda la narración. Una casi-esquizofrenia domina el relato. Esto se observa perfectamente en la representación espasmódica del tiempo.

Peter admite que no puede exponer suficientemente este periodo, sus dotes literarias son inferiores a las de Chamisso. Un truco posmoderno precoz utilizado por Chamisso, el autor del relato.

Las emociones son sustituidas por una parte más novelesca y tal vez más interesante que una simple historia de amor. Las ambigüedades abren un abanico de posibilidades en la definición de los personajes de Mina y Bendel. El único personaje que conserva una especie de sentido estable es el Narrador, que deja atrás unos vestigios indefinidos. De manera irónica, son precisamente estos vacíos los que dotan de riqueza al relato.

Tenemos que recordar que, en el momento de la publicación, *Peter Schlemihl* fue una ficción popular y original, con un planteamiento poco ortodoxo, divertido, un gran éxito editorial. Se nos recuerda que el arte con mayúsculas (como consideran muchos la historia de Peter Schlemihl) no debe ser elitista. La innovación no debe estar necesariamente codificada... Indiferentemente de si te sientes hechizado o frustrado por el relato, es difícil no dejarse atrapar por la lectura. Algo poco frecuente. (Coleen)

ARCHIVO GÜNTHER: DIOS EN EL EXILIO
ALAN BERGER: ELIE WIESEL, EL ESCRITOR COMO
TESTIGO EN Y SOBRE EL EXILIO[48]

Elie Wiesel afirma que el judaísmo habla sobre el exilio en términos categóricos. El exilio incluye incluso al propio Dios. También la lengua está exiliada. No solo el hombre, también Dios está en una especie de exilio... Mientras dure el exilio, ni los judíos ni Dios se librarán de esa carga...

El significado del exilio resulta de la tensión negativa y creativa de eso en lo que se ha convertido él. La colisión cultural entre el pasado y el presente puede llevar a la tragedia. El suicidio de algunos escritores como Jean Améry, Tadeusz Borowski, Paul Celan, Primo Levi, Piotr Rawicz, Benno Werzberger es el testimonio de los horrores de la Shoah.

Elie Wiesel conservó una fotografía de Sighet, su localidad natal, en su mesa de trabajo y afirmó: «Si dejamos de recordar, dejamos de existir».

El exilio es una forma esencial de comprender la existencia judía... Abraham, el primer judío, vivió bajo el mandamiento divino de abandonar su tierra y la casa del padre para buscar la tierra señalada por Dios.

La Shoah fue un acontecimiento ontológico. Los judíos fueron exiliados de la existencia. Expulsado de la historia y el tiempo, el pueblo judío se ha enfrentado a la extinción por el «crimen» de haber nacido... El holocausto es la última forma de exilio... ¿Era todavía posible la fe en Auschwitz? ¿Qué clase de fe? ¿Se podía creer todavía en Dios o en el hombre?

Wiesel menciona que Sócrates prefirió la muerte al exilio... Él llena sus novelas de exiliados cuya existencia expresa el desarraigo y la modernidad, y va más allá de la obra de

Kafka, cuyos textos enfatizan la deshumanización del in-
dividuo y la presión del Estado moderno. Los exiliados de
Wiesel no se transforman en insectos, sino, más bien, en apá-
tridas.

El autor describe la primera noche en Auschwitz. «Jamás olvi-
daré esos instantes que asesinaron a mi Dios y a mi alma y a
mis sueños, que adquirieron el rostro del desierto. Jamás lo
olvidaré, aunque me condenaran a vivir tanto como el pro-
pio Dios. Jamás.» A la pregunta de un detenido: «¿Dónde está
Dios, entonces?», Wiesel responde: «Ahí está, está colgado
ahí, de esa horca». (La noche)[49]
  La consecuencia para Wiesel es que la tradicional alianza
entre el Dios del Sinaí y el pueblo al que ha protegido ya no es
válida. Él se va a identificar con Job... que no niega la existen-
cia de Dios, sino que se pregunta sobre su justicia. La pregunta
esencial de Wiesel: «¿Cómo se puede vivir con un Dios injus-
to?» recorre las memorias de La noche.

SUSANNAH HESCHEL:
UN EXILIO DEL ALMA, UN EXAMEN TEOLÓGICO
DE LA INTERPRETACIÓN JUDÍA DE LA DIÁSPORA[50]

Al finalizar la ceremonia de boda judía, antes de que el novio
rompa una copa, él declama un verso de los Salmos: «Si me
olvidara de ti, oh, Jerusalén, pierda mi diestra su destreza»
(137: 5). La rotura de la copa –seguida inmediatamente por el
exuberante «Mazel Tov» y por la música– es para recordar la
destrucción del Templo y el exilio del pueblo de Israel. La tra-
gedia del exilio se presenta de manera simbólica incluso en una
ocasión alegre, para recordar que en una situación de exilio
nada puede ser perfecto ni está completo. La rotura del vaso
afirma la ruptura de la relación física con el pueblo de Israel,

haciendo del exilio la patria portátil de los judíos, tanto un estado de la mente como un principio teológico...

Ser judío significa ser un exiliado. Los judíos no solo viven en el exilio (galut), sino que el exilio vive en ellos; el exilio ha llegado a definir una condición colectiva del pueblo judío y la propia comprensión del individuo judío. El exilio no es tan solo una doctrina política y teológica, es también un estado afectivo que define la experiencia subjetiva y emocional de los individuos judíos. La combinación entre la doctrina y el afecto ha potenciado a ambos y los ha fortalecido a través de ritos, tales como la rotura de la copa en la boda, los días de ayuno en el luto, Tisha B'av –que rememoran la destrucción del Templo de Jerusalén–, numerosas referencias al exilio en las oraciones judías y en las diferentes costumbres –como conservar un corte del mantel o de un tapiz de pared– para señalar el hecho de que nada es perfecto mientras los judíos sigan en el exilio. Por otro lado, el exilio es una condición de la vida, de la expulsión de Adán y Eva del Paraíso...

Más importante parece el exilio tras la destrucción del templo en el año 586 a.C., cuando los judíos fueron deportados a Babilonia. Las emociones de este exilio se reflejan en el Salmo 137 que recoge el trauma de los israelitas en Babilonia y abre la vía afectiva, repetida litúrgica y políticamente hasta el día de hoy. «Junto a los ríos de Babilonia, allí nos sentábamos y llorábamos acordándonos de Sion.»

«Por nuestros pecados fuimos exiliados de nuestra tierra», repiten los libros de oraciones. Tal vez no resulte sorprendente que ya en la Biblia la evolución política estuviera vinculada al comportamiento religioso. La política se transforma en teología y el exilio se liga al pecado, un estado existencial análogo al pecado original de la cristiandad, no tanto como la expulsión de Israel por parte de los romanos, cuanto como la condición humana del extrañamiento, combinada con la anticipación y la esperanza de que Dios enviará algún día al Mesías...

Los cristianos consideran que el exilio judío es el castigo porque los judíos mataron a Jesús; los judíos afirman que se trata de su propio sacrificio por los pecados de la humanidad...

Cuando los rabinos trasladan el galut *político al existencial, no abandonan la política del exilio, sino que la desplazan hacia el ámbito teológico. La transformación teológica del estatuto político del exilio... conduce a la afirmación de que Dios está también en el exilio. El tema vuelve a aparecer en el Talmud y el Midrash y se convierte en el centro de la literatura cabalística medieval: los judíos no están solos en el exilio. Dios está con ellos y solicitan la absolución de su pecado. Es una idea que diferencia a la teología hebrea y no se encuentra en el cristianismo ni en el islam...*

Desde la Biblia al Zohar se estipula que, a través del comportamiento del creyente, se puede influir en Dios para que conceda la absolución del pecado... La cábala luriana del siglo XVI redefine el exilio como una calamidad que se produce en el preciso momento de la Creación... La desesperación de vivir en un mundo nacido en el exilio conduce a una desesperación aún mayor... a la idea de que puedes ser judío sin judaísmo. Era el intento de la diáspora por superar por completo el galut, *aunque tanto los judíos seglares como los practicantes, tal y como afirma Gershom Scholem, han acabado en un exilio sin judaísmo... Cuando el exilio pierde el contacto con la redención, se convierte simplemente en falta de esperanza y en desesperación...*

Los traumas del exilio llegaron a la Tora a través de los inmersos en los estudios devotos; los judíos consiguieron trascender el medio político y la cultura económica refugiándose en los textos...

Entretanto, la conciencia judaica de la convivencia en el galut *se ha vuelto más real y positiva, el exilio ha empezado a ser contemplado como un estado existencialista, sobre todo en la teología jasídica de las postrimerías del siglo XVIII...*

Antes que un estado del ser que debe ser superado, el exilio es un estado existencial que debe ser investigado por su significado religioso.

LAS SOMBRAS ROJAS

El taxi se detuvo bruscamente, el viajero se vio zarandeado de un lado a otro del vehículo, pero –aunque estaba aturdido– consiguió entender, sin embargo, la amonestación del chófer.

–*Sir*, ¿es que no le interesa nunca quién está al volante? ¿Nunca?

El impacto fue muy fuerte: el bandazo del coche, el frenazo brusco. Y lo peor de todo, el descaro del bigotudo.

Sí, el chófer tenía bigote, eso sí que había alcanzado a ver, después de cerrar la puerta y de reclinarse en el asiento, con los ojos cerrados, dispuesto a ser conducido a cualquier sitio. Y, sin embargo, el impacto más fuerte fue la lengua en la que le había interpelado el bigotudo.

–Justamente eso, *sir*, ¿es que el chófer no merece atención? Es solo un criado a sueldo, ¿verdad?

¡Las preguntas sonaban en la lengua antigua más agresivas que en la globalizada! Estaba claro, el chófer bigotudo y el cliente taciturno y apático eran ambos exiliados del mismo país. ¡Es decir, del mismo idioma!

–¿Ya no me reconoces, *sir*? En algún momento, jugábamos juntos al baloncesto. Éramos incluso amigos, o eso pensaba yo.

El bigotudo se giró hacia su antiguo compañero de equipo. Este había reconocido ya a Pavel Pietraru, apodado Pupu. Jugaba al baloncesto como nadie, alto y robusto como nadie.

–Claro que sí, Pupu, te he reconocido, ¡qué alegría! No sabía que tú también estabas en el país de todas las posibilidades. Ni que te habías hecho taxista. Una posibilidad que no se me habría ocurrido.

–Se le ocurrió al de Arriba. El Controlador.

–Sí, ese está en todo.

–No has cambiado nada. Te he reconocido desde el primer momento, confiaba en que te espabilaras de la apatía. Has hundido la calvicie en el periódico, para protegerte de los intrusos. He comprendido que no tenía ninguna oportunidad. Entonces he detenido la nave espacial para que te acordaras de Pavel Pietraru, apodado Pupu.

El chófer y el cliente se apearon del taxi, se abrazaron, entraron en un café con un letrero verde, The Acrobat, delante del cual había aparcado el taxi. Era la época en la que el candidato había venido a probar suerte de nuevo en el *college* que el tío de Jennifer había abandonado por Australia.

El viejo amigo callaba al descubrir las dificultades que atravesaba el Nómada: había renunciado a la ayuda económica de su hermana, enfangada en un divorcio que agotaba sus recursos, no solo los financieros. Tras una secuencia sin sonido, el chófer le propuso al antiguo jugador de baloncesto un alojamiento modesto y gratuito en su garaje, reformado para situaciones sin salida. Generoso también los meses siguientes, lo invitó varios días a cenar en unos modestos restaurantes de barrio. En una de esas tranquilas veladas de chismorreos, en un sushi-bar, le reveló algo sorprendente.

–¿También tu hermana está aquí? –le preguntó el chófer en un determinado momento–. ¿Sigue igual de guapa?

Sí, su hermana seguía siendo guapa. También ella estaba en el Nuevo Mundo, el motivo por el que el exiliado había cruzado tierras y mares para adjudicarse también él el honor de ser emigrante.

–No la conozco, pero me ha hablado de ella mi prima Nastasia. Tasia Traikov fue su compañera en el hospital, sentía fascinación por ella. Doctora en un hospital infantil, ¿verdad? ¿Tu hermana es pediatra?

–Sí, pediatra. ¿Y tu prima?

–Psicóloga, una especie de consejera. Debería ser ella la aconsejada, no es una persona que pueda dar consejos. Si vieras cómo camina pegada a las paredes, lo entenderías de inmediato. De la familia del oficial Traikov, el búlgaro. Habrás oído hablar de él, me imagino.

—He oído y no he oído.

—Aquí está la gracia. Esta prima mía, una prima de quinto o sexto grado, no encaja en el cliché. La hija de un oficial superior no debería esquivar su propia sombra. Pero es tímida. Insociable, complicada. Su famoso matrimonio la destruyó. No podrás adivinar quién fue el beneficiario de sus encantos invisibles.

—No, ni lo voy a intentar.

—Sujétate a la silla, que te vas a caer de culo.

—Me agarro también a la mesa.

—Mejor. Bueno, la joven Nastasia, Tasia, como le llamamos nosotros, conquistó al mismísimo heredero del Tartamudo.

—Mi hermana no me ha contado nada de eso.

—No habría podido. Nastasia no se acercó a ella ni a nadie. Estaba acomplejada por la belleza de tu hermana. Tasia, la hija del camarada Traikov, se convirtió en la nuera del Tirano.

—¿La nuera del Tirano? ¿En serio?

—¿No te enteraste de la historia del escandaloso matrimonio? ¿Anulado por la legislación del Déspota y las maniobras de su esposa, la bruja? Rugía toda la capital. Todo el país, al fin y al cabo vivíamos en el paraíso de los cotilleos y las intrigas. Los enamorados se casaron a pesar de la oposición de los padres todopoderosos. Encontraron dos semanas después, en el buzón, la resolución del divorcio. No lo habían solicitado, por supuesto. Un regalo inesperado.

—¿Y?

—Bueno, el amor vence... así es el romanticismo revolucionario. Los suegros, amargados, acabaron por aceptar la situación.

—Pero ¿qué tenían en contra de la tímida? A fin de cuentas, también ella pertenecía a la Nomenclatura. El camarada Traikov era, por lo que decían los periódicos, un conocido revolucionario. La gatita Tasia no le hacía daño a nadie, me imagino.

–No hacía falta. La mujer de Traikov, también revolucionaria, pertenecía a la élite de los revolucionarios perpetuos: Moisés, Jesús, Marx, Freud, Einstein, incluso Lev Trotski.

–¿Quieres decir que...?

–Sí, sí, insignes. El pueblo elegido. Para la hoguera.

–¿Por qué lo sabes?

–Bueno, es mi prima. De sexto, séptimo, octavo grado. Tasia, la hija de la camarada Halevi. En los circuncidados es la madre la que cuenta. El padre es incierto, como el Padre Nuestro que estás en los cielos.

–Eso significa que también tú...

–También yo, por parte de madre y de padre. Me llamaba Saúl, me circuncidaron en Grecia, en la diáspora. Luego me transformé, de repente, como iluminado, en san Pablo, el revolucionario que puso patas arriba la fe de Abraham y de Isaac y de David y de Salomón y clavó un palo en el trasero viejo y putrefacto del pueblo elegido.

–Eres un tanto antisemita. Como san Pablo.

–Pavel no estaba en contra de los judíos. Él mismo se consideraba judío y dejaba a los judíos en paz. Pero no pedía a los cristianos que respetaran el Antiguo Testamento, sino el Nuevo. Ahí está el motivo, no en el odio contra los antiguos correligionarios.

–¡Qué novedad! Toda la bibliografía ofrece otra versión. Una inmensa bibliografía. Imagino que ya la conoces.

–La conozco, he seguido todo lo que se ha escrito sobre san Pablo para entender qué soy y qué he sido. Sobre todo desde que llegué a la orilla del paraíso y me hice taxista. Convertido, al igual que san Pablo, al aprendizaje de los nuevos tiempos. Sí, leo todo lo que sale sobre el Santo.

–¿En lugar del baloncesto? ¿Explica eso tu renuncia al baloncesto?

—Nada explica nada, la dialéctica está superada. Me gustaba el juego, eso es todo. Como me gusta conducir el taxi, eso es todo. Y representar a Pablo y a Saúl de Tarso.

—¿Y Romeo? ¿Romeo el rojo, el hijo del tirano? ¿Y la pecadora Julieta? Tasia la tímida. ¿Qué fue de ellos?

—Al final se separaron. El heredero encontró un hada menos taciturna.

—¿A qué se dedica?

—Se esfuerza por tener un hijo que sustituya al pobre Maxim, el hijo de Tasia. ¡El hijo de Tasia es el único heredero del Tartamudo! Los servicios secretos buscan vínculos con alguna conspiración mundial. Judas y las monedas de plata, una vez más.

—¿A qué se dedica el hijo del Tartamudo?

—Bueno, estudió en Francia, al igual que sus dos hermanas. Destacó en ciencias, al igual que las dos hermanas muertas en la Revolución.

—¿Decapitadas?

—No estamos en la Revolución francesa. Las princesas populares fueron molidas a palos. Eso después de que a sus padres coronados los fusilara, en el delirio de la muchedumbre, un pelotón de ejecución formado por bomberos y zapateros.

—¿Zapateros?

—Sí, nuestro genial Tartamudo carpático, el padre de Romeo y abuelo de Maxim, fue en algún momento aprendiz de zapatero. Allí demostró que no servía para la actividad revolucionaria.

—¿Y dónde está Tasia ahora? ¿Dónde está el pobre Maxim? ¿Por qué dices siempre «el pobre»?

—Un poco lerdo, el chico. Se libraron por los pelos de la furia de la muchedumbre y de los planes de venganza. ¿Sabes adónde huyeron?

—¿Que si lo sé? Claro que no. La historia está llena de sombras y de trampas.

—¿Sombras, dices? Tramas siniestras. ¡La madre y el hijo huyeron a Tierra Santa! ¡Imagínate! Tasia y Maxim llegaron allí, a escondidas, en un vuelo nocturno, ayudados por los órganos secretos de la *Securitate*, que tenían sus propios planes para mangonear. La herencia, la presidencial, por supuesto. La cuenta presidencial del banco suizo tenía que ser para el joven Maxim, el heredero nacido de una madre judía, como Jesús. Tránsfuga ahora en la patria de Jesús y de Jehová. Los infelices cambiaron de nombre. La vida en el Estado de los antiguos perseguidos no les gustó. Ni tampoco el pueblo al que no querían pertenecer. Encontraron, o se les encontró, el camino hacia el otro lado del océano. ¡Libertad, la estatua yanqui! En una provincia americana, entre antiguos conciudadanos también exiliados. Abrumaban a Tasia, transformada en Tess, con sugerencias para prosperar: cómo escribir un libro sobre su abuelo y, sobre todo, su abuela, cómo reivindicar su origen judío, cómo reivindicar para su hijo una filiación entre los revolucionarios del mundo. Yo les envío dinero de vez en cuando. En la antigua república socialista no mantuve ninguna relación con ellos.

El taxista dio por terminada la conversación por el momento. Aburrido del tema, no volvió al destino de los fugitivos tampoco más adelante. Su antiguo compañero de equipo recibió, sin embargo, por parte de su hermana, la confirmación de que la descripción de Tasia, su antigua compañera en el hospital, a la que había conocido muy por encima, se correspondía con el retrato esbozado por Pavel. El hermano comprendió entonces la ventaja de no recibir más noticias sobre Tasia a través de su primo de quinto, sexto o sexagésimo sexto grado. El taxista Pavel desapareció de repente, como había aparecido. Su compañero de antaño no estaba dispuesto a buscarlo; le habría recordado, por la simple aparición del taxi, el agradecimiento que le debía.

El antiguo jugador de baloncesto reapareció, sin embargo, al cabo de dos años. Sin taxi. Llamó, tímidamente, a la puerta del Profesor, contratado ahora por el *college*.

–No, no me he olvidado de ti, pero mi Silvia ha tenido un niño. Un yanqui de verdad, ando con la lengua fuera todo el tiempo. También he renunciado al taxi, soy el administrador de un edificio en el centro. Pero aquí me tienes, dispuesto a charlar contigo.

Fumaba en pipa, la habitación se llenó de un agradable humo perfumado. El «apóstol» san Pablo había engordado, se movía despacio, seguro de sí mismo. Entró rápidamente en harina.

–Esta vez he venido por Tasia. Es decir, Tess. Tess Thompson. Se cambiaron de apellido, como ya te dije. Se trata de Eduard, el antiguo Maxim, hijo de Teresa y nieto del Tirano transferido al infierno. Edy termina ahora el instituto. Es un alumno excelente. Al igual que su padre, biólogo, el hijo del Dictador, que se libró de la venganza de la turba y sigue siendo fiel al microscopio y a su colección de sellos.

Pavel tenía en la mano un dosier azul.

–He traído los ensayos escolares de Edy. Sobresalientes. Échales un vistazo y toma una decisión.

–¿Qué decisión?

–Si vas a ayudarles. Al muchacho y a su madre. Tess, la antigua colega de la doctora, de tu hermana. He venido a preguntarte si vas a apoyarlos.

–¿Cómo? ¿Cómo voy a ayudarles? ¿Con qué? ¿Con dinero? ¿Al nieto del dictador o al nieto de la camarada Haia Halevi, la comunista?

–Y al nieto del camarada Traikov, el gran activista, eliminado por una orden llegada de las altas esferas.

–¿Sí? No lo sabía, no me interesa. ¡En absoluto! No me interesan en absoluto las historias de los matrimonios bolcheviques. ¡En absoluto!

–¿Y el destino de un joven errante? Errante, como nosotros. Con talento, inteligente, pobre. Sin otro apoyo que el apellido falso que lo protege de su pasado familiar. Y de los sabuesos a la caza de la cuenta suiza del fusilado.

El Profesor empujó el dosier azul hacia el borde de la mesa.

–¿Para eso has venido? Decías que habías venido a verme.

–Se trata de una situación límite. Están desesperados, al borde del abismo, antes de caer en la nada yanqui. Sí, he venido a verte y a hablar contigo. Solo tú puedes ayudarnos.

–¿Ayuda en plural? ¿O es un plural mayestático, destinado a la familia coronada y luego decapitada, como exigen las reglas? Yo soy un pobre profesor improvisado. No tengo poder. Aquí existen organizaciones caritativas.

–Tasia no quiere apelar a la caridad. Tampoco en Tierra Santa consiguió adaptarse. Rehúye de sus correligionarios. Fue educada por internacionalistas y ateos.

–Rehúye de todo el mundo, creo. Seguramente tú eres su único confidente.

–Eso pienso. La represento aquí, ante ti. Quiere que su hijo ingrese en vuestro *college*. Un *college* famoso, ¿no? Se van a mudar aquí para seguir juntos. Estas son las notas de Edy, son excelentes. No puedes rechazarme.

–Me resulta difícil ayudarte. Ya veremos… Entretanto me he hecho amigo del nuevo rector. Un joven decidido. Le presentaré el caso. Adornaré la leyenda, el mito, el exotismo de esta pareja de errantes. Los yanquis son vulnerables al exotismo.

–¿Exotismo? ¿Qué quieres decir?

–¡La comunista Haia Halevi y el comunista Traikov y su hija, la tímida! Y el hijo que tuvo con el biólogo. Su parentesco con el Supremo. Luego el divorcio, la huida al Muro de las Lamentaciones, el cambio de apellido, la huida al Nuevo Mundo, la pobreza, la desesperación. El joven rector del *college* podría mostrarse sensible. Es decir, intrigado. Todo está envuelto en el misterio, los vacíos y las sombras.

–¡No, eso no! No te lances ahora a vender la historia para que se entere todo el *college* y se queden boquiabiertos con los desheredados del destino.

–¡De la tiranía, hombre, no del destino! De lo contrario, ¿cómo va a interesarle al rector? ¡Hay que intrigarlo, dejarlo con la boca abierta! Le vendo un secreto o una anécdota adecuada para las cenas oficiales. Es la única solución, pero tampoco es segura. Puedo intentarlo.

–Con una sola condición, que cierre el pico.

–No tengo ninguna garantía, incluso aunque lo prometa. Cuanto más enfatizas el misterio, más crece el placer por el cotilleo, es irresistible. La única solución es matar a tu interlocutor. Pero entonces Edy no tendría ninguna oportunidad. Hay que aceptar el riesgo. Sobre todo, porque no es el tuyo.

–Has aprendido la ley capitalista: la compraventa.

–Me la recuerdan todos los días. Se venden los órganos del cuerpo, el semen, la piel. Se implantan en otros cuerpos. Se vende y se compra cualquier cosa. Se venden almas y sueños y armas y fetos. Mercado libre, feria global.

El Profesor dudaba. Sería, con toda seguridad, observado con recelo si ayudaba a los familiares huidos de la tiranía. Dudó y dudó en abordar al rector del *college*. Aburrido de su propia duda, lanzó de repente los dados y se encontró ante el rector con la solicitud balbuceante.

A pesar de la prudencia, el Profesor consiguió del joven rector una beca para el nieto secreto del Tirano. Y un trabajo en la biblioteca para la delicada psicóloga Tess Thompson. Pavel estaba satisfecho, el refinado humo de pipa llenaba el despacho del Profesor. No sabía cómo darle las gracias. No se esperaba que su antiguo compañero de equipo le agradeciera con tanta prontitud los meses que lo alojó en su garaje. El Profesor puso, de todas formas, una condición.

–Antes de anunciarle al rector la llegada de la pareja, quiero ver a los famosos refugiados. No puedo desperdiciar la ocasión, se trata de la nueva aristocracia proletaria.

–Tess no se ha beneficiado en absoluto de formar parte de la familia dirigente. Ahora ellos dos se encuentran en lo más bajo de la escala social, antes de caer en la nada. ¡Los desheredados de la Utopía! No son culpables de los pecados de sus padres y sus abuelos. Pero no se pueden adaptar a una vida normal, eso es todo. Ya verás, son un par de sombras. Unos fantasmas mendicantes.

El encuentro fue fijado el jueves siguiente a las cuatro de la tarde, en la cafetería Marilyn. Aunque estaba preparado para cualquier sorpresa, el impacto fue terrible. La madre canosa y el hijo mudo, con la mirada clavada en el suelo, que solo soltaban una respuesta seca, entre largos intervalos de tiempo, acorde con su ceño arrugado. No parecían sorprendidos por la opinión nada entusiasta del Profesor sobre los ensayos escolares de Edy. Tampoco por la prudencia con que los había abordado. Se sometían simplemente, resignados, a un diálogo que los salvara de la oscuridad y la miseria. Solo al final, cuando el silencio resultaba insoportable, Tess levantó la mirada y sonrió.

–¿Y Tamar? ¿Qué tal está la bella Tamar? Fuimos compañeras, supongo que lo sabrá.

–Sí, lo sé. También ella se acuerda.

–Fue en nuestro hospital donde conoció al atractivo periodista. Espero que sea feliz, que sean felices los dos.

–Sí, lo son.

–Dele recuerdos de mi parte. Tamar es una aparición serena, inolvidable. Su sola presencia produce alegría.

–Sí, así es. Le transmitiré sus recuerdos, le hará ilusión.

Los refugiados se marcharon, tímidos, el Profesor se quedó ante el café sin terminar. Estaba agotado por el esfuerzo que había hecho por no ver al joven Edy y por olvidarlo después, lo más rápido posible. Pero no pudo. El encuentro voltaico lo había afectado violentamente: ¡el Tirano de joven! ¡Era clavadito a su abuelo en las fotografías oficiales! El parecido demoníaco, difícil de olvidar, la brusca invasión del fantasma que había gobernado durante años el lejano país. El rostro tallado en líneas rectas, la mirada cruel, la sonrisa fragmentada y oblicua, las manos grandes, así había sido en su juventud el déspota que llegaría a ser el señor absoluto. La sombra del joven era el rostro del abuelo, proyectado en las paredes blancas de la cafetería y en los ojos del asustado Profesor.

La noche que siguió no fue en absoluto clemente, asaltada por el mismo joven revolucionario tartamudo, solapado con la efigie del dictador asesinado por la muchedumbre. Primero con las esposas de la policía capitalista, luego ante los jueces de la democracia burguesa. En la cárcel, estudiando junto a sus camaradas de celda la teoría marxista-leninista-estalinista. Más adelante, poniendo en práctica la oratoria proletaria en los tanques soviéticos libertadores, un joven general encargado de la educación política del ejército popular, enrolado enseguida en el buró político del Partido único, la única fuerza dirigente y unida del país en el camino hacia el futuro sin mácula y sin tacha del socialismo. ¡En fin, el Señor absoluto! En el sillón de plumón de la mascarada, con la hoz y el martillo dorados y la corona de espinas rojas de sangre. El abuelo del actual candidato al *college* del Profesor nómada había vuelto siendo joven de nuevo, con el apellido cambiado y con una madre que era la antigua nuera del Revolucionario. Náufragos ambos ahora entre escépticos y especuladores.

Una noche de pesadilla: la película inagotable de la biografía del genial licenciado en los cursos de propaganda y agitación impartidos por los enterradores del capitalismo y los trompetistas de la utopía.

Por la mañana, al despertarse del terror, no recordaba la diferencia entre Edy y el abuelo condecorado por el Diablo. Sabía que no quería volver a verlo. ¡Evitaría a la pareja bajo cualquier pretexto! Esperaba que no se revelara su verdadero nombre: eso haría circular la sospecha de que el Profesor había sido cómplice de su huida y de su cambio de identidad.

¡Cobardía! Era consciente de la cobardía de no asumir públicamente su intervención. El rector del *college* había alabado su iniciativa. «Ejemplar, su comportamiento me parece ejemplar», eso dijo. «Usted, que sufrió bajo el régimen de su abuelo. Hay poca gente capaz de superar sus resentimientos.»

¡Ok, esas palabras fueron una agradable sorpresa, pero no quería tener relación alguna con la pareja! Era suficiente, prefería guardar la distancia con los desheredados.

Los veía de vez en cuando por los senderos del *college*, cogidos de la mano como unos convalecientes, cambiaba rápidamente de dirección por no encontrarse con ellos. Dos sombras de la mano. A veces las sombras se volvían rojas, como la Revolución, otras veces negras, como la Muerte, otras veces separadas por una nube dorada. Y, sin embargo, sentía curiosidad por conocer los resultados académicos del joven, merecía otra evaluación. Renunció enseguida a la idea; tenía que evitar toda conexión con los pobres refugiados, una manera cínica de proteger su tranquilidad.

Ni dos meses después de la contratación de Tess en la biblioteca, el despacho del Profesor se llenó de nuevo, una lluviosa tarde de octubre, del humo perfumado de la pipa de Pavel.

–¿Tan rápido? ¡Acababan de contratarla y ya la han despedido! ¿Eso es compasión? ¿Qué opina el joven rector?

–No lo sé, no me ha avisado. Tampoco tenía por qué hacerlo. Sospecho que habrá motivos para el despido, puedo informarme.

Ciertamente, había motivos. Tess no se había adaptado a sus nuevos compañeros, tampoco estos habían conseguido establecer una relación verdadera con la extraña taciturna, excesivamente sensible e incapaz de concentrarse en sus nuevas obligaciones, en absoluto complicadas. La directora de la biblioteca le había comunicado al rector que no veía ninguna perspectiva de mejora en la situación. La puesta en marcha de los trámites para obtener la ciudadanía, la recomendación sobre las especiales cualidades de la candidata eran imposibles de imaginar en su extraño aislamiento.

El rector se mostró, sin embargo, sereno y generoso. Parecía implicado en esa acción caritativa, había encontrado una modesta solución provisional, a través de su secretaria, Molly, con una madre anciana y enferma que necesitaba una cuidadora.

El Profesor misántropo se mantuvo neutral, no intervino para apoyar a Tess. Evitaba todo contacto con la pareja. Había sabido, gracias a Molly, que se alimentaban con una pizza al día. También Molly le informó, al cabo de unos meses, de que su madre no aguantaba más a la refugiada, la abrumaba, simplemente. Soñaba con ella por la noche, una aparición del infierno.

Cuando el encuentro en el sendero del *college* se hizo inevitable, el Profesor se detuvo, atemorizado.

Tess recuperó la voz:

—¡Un cerdo, el rector del *college*! No ha hecho nada de lo prometido. Solicité una reunión con él, pero esa secretaria pelirroja me dijo que estaba súper ocupado, que le escribiera. Le escribí para hablarle de nuestra pobreza en la democracia capitalista, de que no quiero una caridad hipócrita. ¡Quiero que nos traten como a personas, eso es todo! No como a unos trapos de fregar. Que cumpla su promesa, que me ofrezca un trabajo para arreglar mis trámites de residencia. ¡Como había prometido! No respondió. Me llamó la gatita muerta de Molly para decirme que el señor rector lamentaba lo ocurrido, pero que él depende de los informes de sus subordinados. La víbora de la biblioteca elaboró un informe negativo. La secretaria me sugirió que apelara a las organizaciones de ayuda a los refugiados, que ellas podrían interesarse por mi caso si les mencionaba a mi familia. Él, el señor rector, estaría dispuesto a ponerme en contacto con un senador que estará, con toda seguridad, interesado por mi caso, si le hablo de mi familia y de mis raíces judías. ¡Raíces, mira! ¡Como en el comunismo! Tenemos que buscar las raíces del mal, el origen del pecado. ¡Mis raíces serían judías! Eso quiere el señor rector, como si no supiera que salí corriendo del estatus de los judíos y que aquí he evitado todo contacto con ellos.

El Profesor callaba, Tess hablaba sin parar, compensaba ahora su largo periodo de mutismo y no había manera de detenerla.

–Yo..., yo querría ayudarles, pero no sé cómo. Podría quizá hablar de nuevo con él. Explicarle por qué la situación es desesperada.

–¿Una explicación? Ya ha pasado el tiempo de las explicaciones. Le hemos caído del cielo, eso es lo que pasa. Y no es la persona adecuada... La remilgada de Molly me preguntó por qué no trabaja mi hijo. Todos los estudiantes ganan algo de dinero trabajando en la cantina, en la biblioteca, arreglando jardines. Eso me dijo la muy impresentable.

El Profesor estaba a punto de repetir la pregunta llena de sentido común de Molly, pero no quería alargar el desafortunado encuentro. Tenía que aprovechar el breve silencio y hacerse invisible, esa era la solución. ¡Como en un incendio, salida de emergencia!

–Claro, puede hablar con él, pero no tengo ninguna esperanza. Todo el mundo nos evita, como si fuéramos unos apestados. Los amigos de Edy aquí, en el gran *college* internacional, son de Bangladesh y de Pakistán y de Nigeria. ¡Ni un americano! Ese es el retrato, señor Profesor, no lo que dicen los periódicos vendidos a la mentira. La mentira de la moneda, podríamos decir.

La vehemencia se aplacó, Tess no quería ofender a su protector. Sonreía, estaba sonriendo ya como tras una encarnizada pelea. Una sonrisa torcida, predispuesta a la reconciliación.

–La salvación vendrá solamente del Congreso. Cuando decidan regularizar la situación de los refugiados sin papeles, cuando nos den la ciudadanía.

Y qué haréis entonces, le habría gustado preguntar al Profesor. Se apresuró a estrecharle la mano a la refugiada, le hizo un gesto amistoso al espectador joven que se mantenía al margen de la conversación. Parecía autista o asténico, imbécil o genial. Y se parecía –saltaba a la vista– al abuelo tartamudo y santificado.

Por ese motivo, seguramente, el Profesor no lo miró durante la conversación con su madre y solo esbozó, al final, un amago de saludo hipócrita. Sabía ya, de hecho, por la lectura de sus ensayos escolares, que el heredero del trono rojo no era en absoluto genial, sino más bien mediocre. Tampoco era completamente imbécil, solo torpe, hastiado de sí mismo y de los demás, atormentado por unos recuerdos no precisamente alegres sobre la identidad y sus metamorfosis, dominado por la cercanía materna, por la pobreza y por las sombras con las que dialogaba cada uno de ellos. La inseguridad de un fugitivo... un temblor continuo, evitando el ojo público, a la espera del espasmo final.

–Sí, sí, querría hablar contigo –le dijo el Profesor a su antiguo compañero de equipo–. He visto a tus familiares, he sentido pena y repugnancia. De mí, de ellos. No veo ninguna solución. La señora Tess rechaza la solución que tiene al alcance de la mano, la caridad. Rechaza su ascendencia judía, rechaza también los eventuales esfuerzos suplementarios del principito rojo, es decir, algún trabajillo remunerado. Nada de eso entra en la imaginación de la pareja, y yo no estoy todavía tan senil como para necesitar una nodriza neurótica.

FATA MORGANA

Había también mañanas, también incluso atardeceres, en los que se olvidaba de los árboles y los caracoles y las hormigas, o del cielo inmóvil. Atraído a la trampa de la página, como en otra época, cuando el adolescente se olvidaba de sus padres y del colegio y de la niña con trenzas rubias de la primera fila, protegido por el muro de las palabras, hasta medianoche.

En Edén, no había tan solo caracoles y flores y mariposas, pájaros y árboles y gusanos y lápidas funerarias, bancos de piedra y un techo de hojas. Había también espíritus y sombras que cohabitaban con los fantasmas, elevando –cuándo, cómo–, inesperadamente, sus alas transparentes.

Estaba sentado en el banco contiguo a la piedra rectangular que señalaba la tumba de la profesora de italiano que no había llegado a conocer. Entregada a la nada antes de su llegada al *college*, seguía, sin embargo, de manera milagrosa, acogiéndolo en su jaula, llamada orgullosamente «*casa mínima*». Lo asaltaba en sus sueños, en la somnolencia y el sonambulismo. Una complicidad de la que evitaba hablar.

La señora, señorita y musa Brandeis, Irma Brandeis, exégeta de Dante, convertida en la nueva Beatriz del poeta Montale, mantenía, también en la posteridad, el mito de Clizia, retomado a partir de Ovidio, el poeta exiliado en Tomis y en el mar Negro azul. El hada –una mujer enamorada del dios Apolo, transformada en Irma, un girasol bíblico–, una flor semita bajo el sol hostil de su época.

Irma se convierte, como afirma David Michael Hertz en su macizo volumen *Eugenio Montale, the Fascist Storm, and the Jewish Sunflower*[51] (*Eugenio Montale, la tormenta fascista y el girasol judío*), en la apoteosis de un hada sufriente que lleva consigo, por el Levante y por el mundo, al dios sangrante. La portada reencarna la imagen de la pareja: un hombre corpulento, con bigote, y una joven delicada, con flequillo y mirada cándida. La historia de amor, mitificada a través de la poesía en la época fascista, vincula el nombre del famoso poeta a la judía norteamericana que había intentado salvar al poeta y amado suyo cristiano y antifascista, amenazado por la calamidad que destruiría a millones de sus correligionarios.

Incluso aunque este dramático episodio concluya, felizmente, gracias a los libros de poemas (y a través de la colección de ciento cincuenta y cinco cartas del poeta, en los años treinta, depositada finalmente por Irma, en 1983, en los archivos Gabinetto

Vieusseux de la biblioteca de Florencia), las sombras sangrientas de la memoria no dejaron de obsesionar al Nómada americano.

«Una elegancia femenina única y una mística aura», leía el Errante de hoy en día sobre el cadáver que se encontraba a unos pocos pasos, bajo tierra. «El peinado y el óvalo del rostro recordaban los pétalos de un amarillo brillante y el disco redondo de un girasol.» En sus cartas, el poeta italiano añadía algunos detalles específicos sobre Irma: el cabello, las joyas, el pañuelo, las gafas de sol, el humo de los cigarrillos suspendido en el aire.

Montale no podía olvidarla, como no se había olvidado tampoco de Svevo ni de Saba en la época del apocalipsis nazi. La invocación de la musa era más que un lamento lírico, era una ardiente recuperación del pasado en el presente. «Tráeme el girasol para que lo trasplante / en mi solar sediento, requemado, / y muestre todo el día al espejeante azul / del cielo / la ansiedad de su rostro amarillento».[52] Apasionada lectora, fue Irma la que fue en busca del poeta en la biblioteca de Florencia. De ahí surgió la historia real y libresca del amor que obsesionaría a ambos hasta el final de sus vidas y que inscribiría incluso la muerte entre sus capítulos. «Odio el platonismo y creo que en la vida no existe nada más allá del 5 de septiembre, con variantes y adiciones... Y sueño contigo y no sueño con tu alma, sueño con tus labios, tus ojos, tus pechos y el resto que no es silencio. Me atrevo a decir que el resto es lo mejor y Shakespeare lo sabía».[53]

La relación de Irma con el poeta que sería su compañero en la posteridad tuvo, desde el principio, la huella de la magia amorosa entre una moderna Beatriz bíblica, al otro lado del mar, y su Dante inmutable. «Para mí, has sido una gran presencia, medio sumida en la sombra, y ahora eres una luz inmensa», le escribía Montale tras su primer encuentro.

El Nómada Misántropo repetía ahora el verso, junto a la lápida funeraria.

La anciana señora Caro le había hablado sobre Irma. Una excéntrica, barroca, curiosa y fascinante criatura. El Misántropo se sentía bien bajo la protección del tejado Brandeis construido por Irma. El inquilino de la minúscula cabaña en la que Irma había soñado leía ahora el poema *post-mortem*, contemplando cómo acarrean los caracoles su minúscula casa. Con la muerte del doctor Brandeis, el padre de Irma, Montale le recuerda: «*Lontano, ero con te quando tuo padre entró nell'ombra*».[54] La flor Clizia sobrevive a las tormentas, como un pájaro de la esperanza: «Después de que apagaste con un gesto / las últimas virutas de tabaco / en el plato de cristal, lenta sube / al techo la espiral de humo / que los alfiles y caballos del tablero / observan con asombro; / y nuevos anillos / la siguen, más móviles / que los que lucen tus dedos // La morgana que en el cielo libraba / torres y puentes se ha disuelto / al primer soplo; se abre la ventana / no vista y se dispersa el humo».[55]

El humo y Morgana reaparecieron en la ventana invisible de Costa San Giorgio 54, en la Pensión Annalena, donde Irma vivió en los años treinta.

El 5 de septiembre de 1933, cuando en el hotel Bristol de Ginebra se consumó la pasión de los cuerpos jóvenes, yo no existía todavía, diría el Errante de la posteridad. El aire en torno a los enamorados que llegarían a ser mis padres, en un pequeño pueblo de Europa oriental, era todavía el del bosque y las noches de cuento. El Nómada de muchas décadas después se había convertido entretanto en el inquilino estacional de la «casa mínima» de Irma Brandeis, en el *college* en el que cada uno de ellos había cotizado, en épocas diferentes, a través de sus obligaciones didácticas.

«Nací lejos, en los años en que Irma se había convertido ya en la seguidora judía de la Laura de Petrarca y de la Beatriz de Dante», le susurraba el Solitario de Europa oriental al caracol que se había refugiado en sus rodillas. «En una antigua provincia austriaca, sin que eso me dotara de los "ojos austriacos" que Montale descubrió en Irma.» Sospechoso e incluso acusado por los fascistas de ser judío, Montale fue durante muchos años un cautivo lírico de su sombra mítica, Clizia, en la que ve y reencarna a Irma, tras rechazar su propuesta de salvarse juntos en la América de los exiliados.

Durante los años en que yo era un niño cobaya del campo de exterminio nazi, Montale iba volviéndose cada vez más filosemita, no solo antifascista, como había sido siempre. Y no solo debido a sus amadas de antes y de después de Irma: «en Milán creía que era judío, debido al "caso" Svevo. Si fuera posible ser judío sin saberlo, ese sería mi caso, tan grande es mi capacidad para el sufrimiento», se confesaba Montale a la posteridad.[56] Las cartas a Clizia no dejan lugar a dudas de que sus «motetes» poéticos están, en su mayoría, inspirados por Irma. Sobre el volcán del tiempo resiste un girasol cuyas sombras vienen del pasado tormentoso del destierro.

Fata Morgana, un incesto fracasado. «Estaremos siempre juntos, pase lo que pase, nada nos separará, pase lo que pase», le decía Agatha a su hermano misántropo, mirando la almohada de la noche, la cáscara que los unía cada vez, predestinados. «Y ahora ha aparecido esa junto a la cual pasaré mi vida en el otro mundo y en el de después, aquí, en el cementerio Eden del *college* que ha albergado mi extrañamiento», le susurraba el Misántropo al caracol que había vuelto a aparecer en sus rodillas. Fata Morgana en el humo de la posteridad, la que vivió el año negro de 1938, cuando yo solo tenía dos años, en el pequeño enclave judío de Europa oriental.

«Manifesto degli scienziati nazzisti» («Manifiesto de los científicos nazis»), publicado en el *Giornale d'Italia*, en la Roma fascista, fue el aviso de lo que les sucedería en Europa a sus semejantes. «La tua fuga», le escribe el poeta abandonado y decidido a recuperarla en la imagen de Clizia, la heroína ficticia de unos tiempos terribles. «Y desde aquí te escribo, desde esta mesa remota, desde la célula de miel de una esfera».[57] «¡La vida que te inventa / es en verdad muy breve / si te contiene! Tu ícono abre / el fondo luminoso. Afuera llueve».[58] «Tienen pespuntes demasiado finos / las estrellas, se ha enamorado el campanario / de su hora, también las plantas trepadoras / son un ascenso de tiniebla / y duele amargo su perfume.» «Esta disputa cristiana que tiene / solo voces de sombra y de lamento, / ¿qué te lleva de mí?».[59]

El peligro que amenaza al poeta y a su musa y a la civilización en su totalidad encuentra su eco en la meditación erótica sobre la guerra y la religión del volumen *Le Occasioni* (*Las ocasiones*), dedicado a Irma Brandeis (para I. B.) en la epístola-poema titulada «Notizie dell'Amiata» («Noticias desde Amiata») y en los demás fragmentos inspirados por la fugitiva americana. «Ella los leerá –dice David Michael Hertz–, en enero de 1941; toma prestado el libro que le ha sido dedicado en la biblioteca del *college* Sarah Lawrence en el lejano Bronx neoyorquino.»

¿El girasol tiene sombras, aunque pertenezca al sol? ¿La oscilación milenaria entre poniente y levante, las inciertas irradiaciones de lo provisional y el peregrinar, la aventura siempre presente del disimulo? Irma se transforma en Clizia, «un huésped angelical» en la confrontación del poeta con la nada nazi, cuando la *bufera*, la tormenta dantesca del genocidio planetario paraliza su pluma durante muchos años sin que su sombra protectora desaparezca, sino que se transforma tan solo en un emblema judeocristiano, como precisa David Hertz. «Clizia se convierte (a pesar de, pero también debido a sus orígenes judíos) en una depositaria involuntaria del simbolismo cristiano y de todo lo que este representa en el contexto de la lírica de Montale. Es la sucesora pagana de Cristo, judía, un símbolo pancultural del bien en la batalla contra el mal y, finalmente y más importante aún, de connotaciones cristianas... Irma se ha transformado en Clizia, símbolo de algo que le permite a Montale tener esperanza incluso en los momentos más oscuros de la guerra».[60]

¿Y dónde me encontraba yo en esa época, señor Hertz?, se pregunta el Misántropo en el exilio, escrutando el caracol instalado en la página del libro apoyado en sus rodillas. Saludaba al Ejército Rojo liberador desde el tren de la vuelta a la patria que me había traicionado y me había arrojado al hades, dispuesto a renacer junto a la pequeña Tamar, en las bellas tierras donde había nacido y que ahora se me negaban. ¿Qué sería de nosotros, los perseguidos del Este, en los años en que Irma traducía y promocionaba al otro lado del océano los poemas de aquel de quien se había separado sin separarse?

«Es cuanto de ti llega del naufragio / de mi gente, de la tuya, ahora que un fuego helado / trae a la memoria el suelo que es tu suelo / y que no viste; otro rosario / no tengo entre los dedos, ninguna llamarada excepto esta, / de bayas y resina, te ha embestido»,[61] escribía el poeta italiano en los años del naufragio que a mí, el sospechoso, me arrojó en el campo de exterminio. Iba a salir como una sombra. ¿Estaba sediento de luz y paz, dispuesto a engullir, a bocados, libros y carne sanguinolenta, hojas y hormigas y caracoles y los sueños de las palomas perdidas?

El tiempo me ofrecía, desde las tribunas rojas, la fábula embaucadora del hermanamiento y el futuro luminoso. Era vulnerable a los cuentos que no conocía, me aferré a Tamar en los sucios orfelinatos de la época. Nos encaramamos, juntos, a las portadas de los libros escolares. ¡Tenían que salvarnos! Así comprendimos la crueldad del circo de alrededor, dejamos que la jungla nos enseñara la alegría y la desesperación, la resignación y la cobardía y las ganas de partir. ¡Y nos lo enseñó también, es cierto, el señor Hertz! ¡Así que llegamos, juntos y por separado, al desierto colorido del bienestar poscapitalista! Un renacimiento dudoso al que estamos agradecidos y que nos asquea.

El año en que Irma se hizo profesora de italiano aquí, en 1944, en el *college* donde dialogamos ahora, yo apenas me atrevía a mirar los cañones estalinistas salvadores; en 1979, cuando ella se jubiló, yo estaba contento porque el americano había sacado a Agatha de la apatía gracias a su amor y le había brindado nuevas ilusiones; y en 1990, cuando Irma Brandeis encontraba su lugar para el descanso eterno precisamente aquí, bajo la piedra en la que leo su crónica, estaba también yo en las cercanías, dispuesto a ocupar la «casa mínima» de la difunta. Había aprendido ya a confundir las sombras de los libros con las de la vida, para luego distinguirlas y separarlas. Adopté el aprendizaje en el nuevo exilio como un favor. Una iniciación en el exilio final de aquí, de Eden, el último domicilio, que compartiré con Irma.

«Nada ni nadie nos va a separar», decía Tamar. Supongo que acabaría por aceptar a Irma, la nueva Fata Morgana que me regaló, como un adagio, el destino.

«Alza de nuevo Clizia, / la mirada, es tu destino, tú que guardas / el inmutable amor en tus mudanzas».[62] El poema «Primavera hitleriana» da fe del calendario trastornado y ruinoso de la época, con «la sombra de la magnolia»[63] resignada, pero también la huella-sombra del ángel de fuego y hielo que fue y sigue siendo la «*fuggitiva fragile*», como dice el poeta. Incluso dieciocho años después de la partida de Irma de Italia y de su separación definitiva, Montale retomará en 1956, en el libro *La bufera e altro* («La tormenta y algo más»),[64] el motivo apoteósico y deslumbrante de Clizia. La deidad lírica –símbolo cristiano y judaico con significado sacrificial, como afirma Hertz– de los millones de víctimas del Holocausto.

«La belleza y la vitalidad americana de Irma conquistaron al poeta en primer lugar en los años treinta, pero a lo largo de los años, su escritura, su exégesis y crítica, su pensamiento penetraron profundamente en la mente del poeta, se convirtieron en una parte esencial de su expresión artística, en su trayectoria hacia el ámbito más vasto de la literatura universal».[65]

El amor ofrecía también, paradójicamente, al final, una regeneración, la reencarnación juvenil de la heroína. En los últimos poemas de Montale, la joven encantadora regresa, luminosa, ávida de vida y de ideas. En 1970 reencarna a la de los años treinta.

Sigue la última separación: Montale muere en Milán en 1981, Irma en 1990, en Nueva York, y descansa en el cementerio donde su lector la reivindica, ahora, como compañera. Son sus testigos los árboles estremecidos por el viento y por las sombras errantes, las hormigas asustadas, el caracol lánguido e imperturbable, que intenta trepar hasta el párpado anciano del extraño Nómada.

En 1944, cuando en el Este diseminábamos los espectros de la guerra, ávida de las nuevas trampas de la Utopía, en la lejanía italiana las sombras se acumulaban a cada paso volátil de Fata Morgana. El poeta italiano dedicaba, sin dedicarlo, el poema «1944» a Clizia/Irma, «*la mia divina*». El futuro lector de hoy, el Náufrago en el río Hudson, escuchaba al cabo de los años las olas verdes de las hojas, susurrando los versos del poeta enamorado. A su alrededor, las hojas y el agua y las viejas sombras y el caracol y el viento habían enmudecido. «Esta disputa cristiana que tiene / solo voces de sombra y de lamento, / ¿qué te lleva de mí?»

Las sombras de la guerra repetían en la Trans-Tristia* del campo antisemita lo que Irma interceptaba cada día en la Oficina de Información de Guerra de Estados Unidos para la que trabajaba, en la elaboración de las emisiones de radio para Italia.

Cuando el chiquillo de Europa oriental se disponía a regresar a los lugares de donde había sido expulsado, Irma seguía siendo la musa del poeta en la distancia; cuando el joven estudiante bucarestino se enfrentaba a la esclavitud de la ingeniería y del Estado policial, Irma vivía la apoteosis de Clizia de *La bufera e altro*, en 1956. En 1975, cuando Montale recibe el premio Nobel, el joven licenciado por la Universidad Politécnica de Bucarest, tras el Muro Socialista de la esclavitud, asume los riesgos de un húligan de las letras.

---

* Juego de palabras: se refiere a la región moldava de Transnistria, donde se sitúa el campo de exterminio al que fue deportado el protagonista en su niñez.

Irma era ya Clizia, el símbolo poético judío de después del Holocausto. Era otra Beatriz, en «la ascensión de Dante hacia Dios», en la ascensión lírica de Montale hacia el Parnaso de la poesía moderna, donde veía una salvación agnóstica de su propia religión y cultura, como afirma el exégeta David Michael Hertz en el volumen monográfico que se escurría precisamente de la mano del lector de hoy, antes de golpear al caracol somnoliento a su lado.

Golpeado también él por la crueldad del momento, el Nómada permaneció largo rato junto a la colega que estaba bajo la lápida. «*Mia divina*» bajo la «sombra de la magnolia» decía su poeta en la lejanía. Hada solitaria y flor del sol se deleitaba entre las hojas de pergamino del destino.

ARCHIVO GÜNTHER:
SOMBRAS DE LARGA DURACIÓN[66]

Tras la caída del comunismo europeo, la aldea global se vio enfrentada a una nueva agresión: el terrorismo islámico. El nuevo fanatismo coincidió con una oleada de inmigración desde Oriente Medio y África hacia Europa: migrantes dispuestos a morir por escapar de los conflictos sangrientos de su tierra. Los nuevos exiliados eran comparados con los judíos que huían del camino del Holocausto nazi. El debate en Estados Unidos recuerda «la forma vergonzosa como respondimos cuando los judíos huían de la Alemania nazi en los años treinta», dice Nicholas Kristof en *The New York Times*, cuando «los americanos temían que los europeos pudieran representar una amenaza de la izquierda para la seguridad americana». Nicholas Kristof recuerda que «en enero de 1939... una mayoría de dos a uno» era de la opinión de que Estados Unidos «no debería aceptar diez mil niños, la mayoría judíos refugiados de Alemania»; en consecuencia, el barco *St. Louis* «fue devuelto a Europa, donde una parte de los pasajeros fueron asesinados por los nazis». A diferencia de lo que sucede en nuestros días, ninguna sospecha de potencial terrorismo jugó papel alguno en semejante juicio cínico.

El volumen *A Brief Stop On The Road From Auschwitz* («Una breve parada de vuelta de Auschwitz»), del escritor y periodista sueco Göran Rosenberg, ofrece un memento de las realidades de la época.[67]

El libro sigue la trayectoria complicada de una pareja de jóvenes, David y Halinka Rosenberg, judíos polacos, supervivientes de Auschwitz, instalados en Suecia después de la guerra. Su hijo, Göran, explora los paralelos entre el difícil renacimiento de sus padres en un entorno extranjero y su existencia posbélica «normal» en Suecia. «El joven que sería mi padre bajó del tren una tarde de comienzos de agosto de 1947... Aquel era el lugar que iba a continuar formándome, incluso aunque estuviera convencido de que solo yo había contribuido a mi propia formación. Ellos se enfrentaron al mundo, por primera vez, en un lugar completamente distinto... para ellos, muchas cosas habían comenzado y finalizado ya, y no tenían claro si allí pudiera tener lugar un nuevo comienzo... Lo que los ligaba directamente a aquel espacio nuevo era el niño, que resulta que era yo.»

Los padres de Göran perdieron a la mayor parte de la familia durante la guerra. Su deseo era construir una nueva vida, realizar una transición exitosa de sobrevivir a vivir. Su historia se convierte también en la historia del nuevo lugar en el que se establecieron, el lugar que es ahora la patria de Göran y de sus hermanos.

Su pesadilla biográfica comenzó en Łódź, en Polonia, en el campo de concentración liquidado en agosto de 1944 y continuó con su largo viaje hacia Auschwitz. Los sombríos preliminares son elocuentemente expresados en el discurso cínico del líder judío Chaim Rumkowski, el 4 de septiembre de 1942, cuando recibió la orden alemana de liquidar a todos los menores, los viejos y los enfermos, unos veinte mil detenidos en total. Rumkowski suplicaba: «¡Padres y madres, entregadme a vuestros hijos!... Vengo como un ladrón a robaros lo que más amáis... Comparto vuestro dolor, paso por los mismos sufrimientos y no sé cómo sobreviviré... Aquí tenéis a un judío acabado... Tiendo hacia vosotros mis manos agotadas y temblorosas y os imploro: ¡entregadme vuestro sacrificio! Para que podamos evitar la necesidad de más sacrificios». La respuesta inmediata de su gente fue una oleada de suicidios y una nueva clase de demencia: «Ladraban como perros, aullaban como lobos, gruñían como hienas, rugían como leones... el gueto se había transformado en una cacofonía de ruidos salvajes en los que faltaba solo uno: el tono humano».

¿Y luego? «La supervivencia comienza de cero, como si nada hubiera ocurrido.» «¡Solo se habla de raciones, patatas, sopa, etc.!», apunta el detenido Joseph Zelkowicz en su diario. Su siguiente recuerdo: «Los primeros veinte días del mes de septiembre, el tiempo fue agradable y soleado, solo algunas lluvias esporádicas».

Al terrible episodio le siguen las preguntas de la posteridad: «¿Podemos afirmar que Chaim Rumkowski sacrificó su alma para salvar la vida del gueto? ¿Podemos decir que aceptó el pacto con el diablo?». Son preguntas que atañen a aquellos líderes judíos (y no solo) obligados a colaborar con los opresores, nazis o comunistas, con la esperanza de salvar algunas vidas gracias al sacrificio de otras.

El juicio del autor es ejemplar: «Se han dicho muchas cosas sobre la manera como ellos habrían debido negarse y resistir (como hicieron en Varsovia, finalmente, cuando era, de todas formas, demasiado tarde), dejarse matar antes que ser cómplices del crimen. Hannah Arendt denomina sus acciones «el capítulo más oscuro de toda la historia oscura». Primo Levi expresaba sus reservas, subrayando el inimaginable desafío moral al que se enfrentó Rumkowski... Veía en la ambivalencia de Rumkowski la ambivalencia de nuestra civilización occidental que desciende «al hades con clarines y trompetas... olvidando que todos estamos en el gueto... y que el tren nos está esperando...».

Rosenberg añade: «Chaim Rumkowski... se enfrenta a una elección para la que no puedo encontrar ningún equivalente histórico y toma una decisión respecto a la cual carezco de la autoridad y la competencia de decir algo...».

La otra parte de la pesadilla, la fábrica de la muerte de Auschwitz, pasó por un proceso de exterminio duro y rápido: 340.000 de los 405.000 judíos registrados al llegar a Auschwitz murieron... «Hasta finales de 1946, había todavía 250.000 supervivientes judíos en Europa, en los campos para desplazados... Los hombres judíos del gueto de Łódź que sobreviven a la selección de la rampa en Auschwitz-Birkenau, los esclavos de las fábricas Büssing de Braunschweig, los transferidos de Watenstedt a Ravensbrück, al igual que los del agujero negro de Wöbbelin, son todos transportados a Suecia, gracias a la gran labor de la Cruz Roja, en el verano de 1945.» David Rosenberg entrará en Suecia el 18 de julio de 1945. Control de pasaportes: Malmö.

La odisea criminal del exterminio de los judíos en la Europa cristiana tuvo lugar en los sonidos alegres del «carrusel», mencionados en el poema «Campo dei Fiori» de Czesław Miłosz: alegría, música y baile y la complicidad del «viento caliente» que «levantaba las faldas de las niñas / y las multitudes reían».

El libro de Göran Rosenberg escruta, como señala también el título, «una breve parada» del destino en el paraíso acogedor de la Suecia postholocausto. El niño sueco de origen polaco-judío vive en otro planeta: «Él sabe que su madre y su padre son judíos, al igual que su hermana pequeña... Incluso aunque no sepa qué significa ser judío, sabe que es algo relacionado con las sombras».

La obsesión de la *sombra* acompañará la narración hasta el apogeo terrible, el suicidio del judío errante. El errante hizo todo lo que estaba al alcance de su mano para apaciguar su memoria de miembro de una comunidad odiada y perseguida, en primer lugar, como detenido en el gueto de Łódź; a continuación, en

Auschwitz, luego como superviviente, migrante en tránsito, extranjero residente. Una ventana hacia la sombra antigua-nueva. El superviviente David Rosenberg hace todo lo posible para alcanzar un estado de «normalidad». La pareja Rosenberg se encuentra entre las pocas que prefieren, junto con un 3% de los supervivientes judíos, quedarse allí. David y Halinka se convierten el 7 de mayo de 1954 en ciudadanos suecos.

Sin embargo, «la sombra que os sigue os seguirá también en este paraíso», advierte el autor. Incluso las agresiones aparentemente menores tienen consecuencias en la sensibilidad de los extraviados: «un día de invierno, unos niños arrojan bolas de nieve contra la ventana de su cocina y gritan "judíos"... El niño oye el golpe en la ventana y ve cómo palidece su madre». El momento decisivo del regreso de las «sombras» no podrá ser evitado durante mucho tiempo. Reaparecen, ciertamente, en los vestuarios de la fábrica: «el atacante te lanza con tanta fuerza contra un armario que el altercado culmina con una contusión. El que te golpea había preguntado en voz alta qué hacía una persona como tú entre los demás trabajadores. Por qué alguien como tú no se dedica a la usura o por qué no vive a cuenta de los demás. Dice que no ha visto hasta ese momento a ningún judío trabajando. Tras el incidente en los vestuarios, los dolores de cabeza serán cada vez más frecuentes. Los dolores de cabeza y las pesadillas».

El tratamiento médico no parece de gran ayuda. Las sombras siguen al paciente a cada paso. La comisión médica para los perjuicios alemanes opina que la solicitud del paciente no se debe a Auschwitz, sino a su deseo de recibir una compensación financiera. El 5 de febrero de 1960, un tal doctor Raab certificaba, sin embargo, que el paciente en baja médica desde 1959 sufre una enfermedad provocada por el calvario vivido con los nazis. El 26 de abril, el superviviente es trasladado al hospital para enfermedades nerviosas de Sundby. Intenta explicarles a los médicos que está preocupado por la cantidad de esvásticas que han aparecido en el mundo. Al cabo de un tiempo vuelve a ser internado. Solicita un tratamiento con electrochoques. Más tarde lo encontrarán ahogado en un lago. Libre, por fin, de las sombras terrenales.

En la última carta a Halinka le explicó: «paso por las agonías del infierno y no puedo aguantar más». El médico-jefe considera que las sombras que lo están matando vienen de fuera, no de su interior. El Estado alemán se había equivocado, la víctima tenía razón. Las sombras del pasado no desaparecieron junto con la caída de los dos sistemas totalitarios, tampoco el antisemitismo desapareció. Bien al contrario, ha resucitado en demasiados lugares.

La «breve parada» en un mundo postholocausto en el que se enfrentaban la posteridad del padre y la presencia del hijo revelaba las contradicciones entre el proyecto de una sociedad abierta, híbrida, moderna, centrífuga y los impulsos de una identidad coherente, estructurada en la tradición, la raza, la etnia, la religión.

Un conflicto comparable con el dilema del famoso relato de Chamisso, *La historia maravillosa de Peter Schlemihl. El hombre que vendió su sombra*. ¿Entregamos la sombra interior a cambio de una vida próspera y libre o la conservamos como un último refugio sagrado?

Las páginas del libro avivaron el desasosiego y los temores y la memoria del Lector, que escruta la flor y el fantasma en el cementerio llamado Eden en el *college* americano.

LA CARACOLA

Los moluscos de cuerpo blando están protegidos por dos valvas calcáreas que forman el esqueleto exterior; así es también el caparazón del caracol, en forma de caracola...

Sostenía en la mano el trozo de papel, con la escritura conocida, prendido al diario de la época en la que reconocía su obsesión, con las palabras exactas de entonces. Cuando partió su hermana, tras cuatro días y noches de tierna convivencia, se quedó con ese modesto recuerdo de palabras.

—Digamos caracola, en lugar de cáscara. Caparazón, en lugar de cáscara. Refugio, albergue. Parece más adecuado.

—El nombre no importa. Sabemos lo que representa. Eso es todo.

La descripción del diccionario era solo un pretexto para una conversación difícil de abordar, después de tantos años, sobre la «cáscara» nocturna en la que se envolvían los cuerpos incestuosos.

Cohabitar en la noche, años y décadas, desde la unión infantil en el cubil protector contra la oscuridad, hasta la rutina posterior, un blindaje contra el exterior hostil.

—¿Nuestra cáscara sustituyó a la familia?

—Tal vez.

—¿Qué otra cosa?

—Ya no somos niños, tampoco adolescentes. Mañana por la mañana seremos viejos.

—Sí que somos niños y adolescentes, seguiremos siendo viejos. Sabes muy bien por qué no hemos hablado sobre nuestra cáscara secreta. Nos hemos escondido, día y noche, no solo de los demás, sino también de nosotros mismos. ¿Para esto has venido? ¿Para hablar del pasado? ¿Sobre la culpa y sobre cómo nos protegimos?

—Pasado y presente. No he venido solo para eso. Pero no podemos evitar el diálogo.

—La cáscara fue nuestra terapia. No teníamos y no tenemos por qué repudiarla. Indiferentemente de si nos reencontramos a menudo o no.

—Tendríamos cosas de las que liberarnos. En fin, hablemos sobre el trauma y la terapia. Convivencia fraternal. Nuestro escudo contra el mundo y la memoria.

—Escudo, sí. Mejor que caracola. El escudo nocturno. La cáscara. El abrazo, la unión. La protección. Trincheras en las que esperábamos la mañana siguiente.

–El refugio de esos huérfanos que nunca hemos dejado de ser. La guarida del exilio. El exilio, lo provisional. Nosotros, abrazados en un solo cuerpo común. El cuerpo doble, inseparable. La creación de la noche. El secreto. El don.

–¿También una carga?

–También alegría.

–¿Culpable? Una alegría culpable…

–No lo creo. La alegría no puede ser culpable. Solo escasa, real, vengativa.

El hermano se encontraba de nuevo en Eden, dispuesto a comenzar el día junto a sus semejantes convertidos en piedras. Piedras funerarias. Contemplaba de nuevo los árboles y el cielo, los pájaros y las hormigas y los caracoles del bosque mudo. Un recuerdo doloroso.

–He venido a hablarte sobre Luisa. No me sentía capaz de escribirte sobre ella.

–Has mencionado en alguna ocasión a tu compañera del hospital.

–Mucho más que compañera. Estamos muy unidas. Cuidamos la una de la otra.

–¿Y los hombres? ¿Ya no te acechan? Me imagino que no han desaparecido. Eres una presa, siempre lo has sido.

–¿Estás celoso?

–Lo que se me permita.

–Se te permite.

–¿Y Luisa? ¿Un sucedáneo? ¿Al igual que tu estimable esposo? ¿O que otras parejas?

–No es el momento de ser irónico. Se trata de algo distinto.

–No me consuela.

–No necesitas consuelo. No es el caso.

–Yo quería que viviéramos juntos. Pensaba que me habías hecho venir para que estuviéramos juntos.

–El peligro no estaba solo en ti, sino también en mí. Pero no estaba hablando sobre los peligros, sobre la realidad. Sobre su supremacía.

–¿Luisa sabe lo nuestro?

–Sabe todo. Así tenía que ser. No me gustan las dobleces, ya lo sabes.

–¿Y ahora?

–Comprobamos los vínculos. Volvemos a verificarlos.

–No es necesario. Como has dicho, todo sigue igual. ¿Qué opina Luisa?

–Lo consiente. No opina, solo lo consiente. Así es ella. Nos volvemos a ver periódicamente. La periodicidad se definirá por sí misma. La supremacía de la realidad...

–Espero. Espero desde hace mucho.

–Llegará. Como el destino. Inevitable.

–Es nuestra biografía.

–Juntos y por separado.

–Inseparable y única.

El hermano miraba la almohada desde hacía rato, la marca de los dos cuerpos, unidos en uno. No había ninguna huella. Él seguía viendo el pasado. ¿El milagro de la unión? ¿La fusión secreta, oculta a los ojos de la gente, la complicidad y la culpa fraternal? Secreta, profunda. Resistencia y rebelión.

La marca de la almohada se había ahondado. El Nómada se quedó largo tiempo a solas con ella, en la cabaña del bosque. La casa mínima. Nombre y apodo.

ARCHIVO GÜNTHER

Mi madre no era Jeanne-Clémence Proust, de soltera Weil, ni su hijo encarnaba a Marcel. Mi niñez no gozó del beso maternal de buenas noches y tampoco ahora espera eso el viejo que interpreta mi nostalgia... Sin embargo, la garra del pasado no es menos dolorosa cuando siento, en la cercanía, la sombra que vela por mí... por el cielo rojo de la noche vuelve a pasar la vieja ciega en su carrito de paralítica. En la silla celestial dormita Dios: una vieja a las puertas de la muerte... Entre los ex-

tranjeros de aquí, de allí y de todas partes, las confusiones, la última posesión del desterrado, me devuelven un Dios familiar.

La pared se torna un reino onírico, distingo la silueta que dibuja en la oscuridad el juego de las sombras...

La oscuridad reverdece, se convierte en un bosque de la estepa rusa. Veo la fosa sin nombre de los bosques de Transnistria en la que han quedado mis abuelos... Bajo la losa incendiada por el sol judaico descansa en una de las colinas de Israel el que fue mi padre. Solo mi madre se ha quedado... en el lugar donde siempre vivió y que siempre quiso abandonar.[68]

Al comentar en 1789 Les emblèmes de la raison, *Jean Starobinski ve, con toda razón, la prueba de «una reconciliación con la sombra» que caracteriza la sensibilidad del siglo XVII. «No asistimos tan solo a un regreso de la sombra, sino que la oscuridad es proclamada una fuente universal: la luz es secundaria y la lucha de los contrarios suscita la belleza del mundo. En ese enfrentamiento cósmico, el hombre no es solo un lugar de encuentro, sino también el agente de la superación. Él posee las tinieblas interiores, mientras que su ojo lleva una luz emparentada con la del sol».*[69] (Max Milner)

Teniendo en cuenta el temperamento melancólico de Pessoa, «la metafísica de las sombras autónomas» está próxima a las obras que reflejan el «desasosiego» de muchas generaciones cuyas desilusiones no fueron examinadas. El escritor portugués pone la reivindicación de esta «autonomía» de las sombras en el mismo plano que el rechazo de aquel «conócete a ti mismo» socrático en el que se basa buena parte de nuestra civilización occidental. Sería absurdo ver en esta coincidencia una profesión de fe oscurantista (en un libro que se apropia de la invitación a renunciar a los beneficios de la luz, a cuya magia se muestra tan sensible en su prosa y su poesía). Nunca meditaremos lo suficiente sobre las lecciones de modestia que nos ofrecen los que respetan la sombra para no permanecer sordos al mensaje que nos traen. Sin ignorar la intensidad de los sufrimientos cuya marca llevan, las considero no una disminución de la plenitud de existir, cuya nostalgia acarreamos, sino unas precauciones de sentido, si queréis, pero con la condición de admitir que el sentido nunca es definitivo; las reservas de humanidad, en cualquier caso (¿y qué escritor es más humano que Pessoa?) impiden, como muy bien demostró Levinas, que entre la gente se instaure una violencia arraigada en la certidumbre de poseer la verdad porque la tenemos delante.[70] (Max Milner)

ALBERTO[71]

Viernes

Ayer, en París, compré un libro por su título: Tratado exhaustivo sobre las Sombras, *de Abu al-Rayham Muhammad b. Ahmad al-Biruni, dos volúmenes en formato de octavilla publicados por la Universidad de Alepo, en Siria.*

El Tratado *es un texto científico del siglo* XI, *su autor es un sabio de Asia central. No tengo la formación necesaria para comprender los apuntes geométricos, pero me intrigan algunas observaciones como la que sigue: «La segunda categoría es la de la gente corriente a cuyos corazones disgusta la mención de la sombra, de la actitud o de los pecados, y a los que se les pone piel de gallina con la mera contemplación de los instrumentos de cálculo o instrumentos científicos». A mí, por el contrario, me encantan las sombras. Como dice Goethe en el acto V de* Fausto: *«Así me convierto en sombra».*

Sábado

Anoche, pensando en las sombras, tomé el Peter Schlemihl *para leerlo en la cama. La edición que tengo (recibida a los ocho o nueve años) contiene las extraordinarias ilustraciones de George Cruikshank, en blanco y negro, rodeadas por viñe-*

tas coloreadas en ocre. Este contemporáneo de Dickens (al que ilustró también) consiguió captar la calidad del cuento de Adelbert von Chamisso y el horror del hombre que ha perdido su sombra. El demonio de Peter Schlemihl, el Hombre de Gris, que empuja al protagonista a ese desgraciado trueque, no tiene en los dibujos de Cruikshank nada de la bufonería del Mefistófeles de Goethe. Es como una sombra, algo que oscila entre la vida y la fosa prometida. Él parece, como dice Chamisso, «el cabo de un hilo... que se le ha escapado al sastre de la aguja».

Para mí, de niño, las aventuras de Peter Schlemihl finalizaron de manera más o menos abrupta en la mitad del libro, tras su seductor comienzo, cuando el protagonista encuentra la trayectoria de sus numerosas aventuras: después de cambiar la sombra por una bolsa que produce inagotables monedas de oro, sufre porque la pérdida de la sombra provoca pánico y furia en sus semejantes, pierde el amor de la mujer adorada, entregada a un criado llamado con justicia Rascal[72] (que le dice «no acepto nada de alguien sin sombra») y, finalmente, rechaza firmar el robo de su alma para recuperar la sombra.

Hasta este momento, yo estaba maravillado. El resto del relato, que detalla las andanzas de Peter con sus milagrosas botas de siete leguas, me aburrió.

Ahora, después de casi cincuenta años, sé que el final se encuentra en esas peregrinaciones, en la satisfacción de haber rechazado la última tentación, en la descripción de Peter como un sabio honrado que investiga tranquilamente en algún lugar del Polo Norte.

Lunes

Siento incluso físicamente que soy otro, alguien que dejó de crecer a la edad de dieciocho o veinte años, alguien que no ha aprendido nada o que no ha cambiado de apariencia en absoluto, porque esa persona del espejo, ese Alberto Manguel que ven otros, es ciertamente mi persona, sí, pero otro yo, no ese con el que me identifico. Por ofrecer una nota erudita, llamaría a esa ilusión «complejo de Dorian Gray».

En la última parte del relato, Peter Schlemihl, resignado a su suerte, recorre con sus botas mágicas todo el mundo, en busca de especímenes científicos para sus investigaciones. Él visita las regiones heladas del Norte y atraviesa los ardientes desiertos del Sur que, al estar deshabitados, no lo exponen a la furia de los demás. Ahora es capaz de ofrecernos su consejo. «Amigo, si quieres vivir entre los hombres, aprende a respetar la Sombra mucho más que el dinero. Pero si quieres vivir tan solo por ti mismo, no te hace falta este consejo.»

Más adelante

Peter Schlemihl me ofrece un epígrafe para mi diario: «Y así resulta que todo lo que he reunido y construido está condenado a ser fragmentario. ¡Oh, querido Adelbert, qué queda de todo ese esfuerzo humano!».

También la traducción de la Biblia por parte de Lutero me ofrece una descripción no intencionada de lo que hago: si trabajas, es suficiente; si juegas con las palabras, falta algo. Todo el trabajo que el sabio realiza es de provecho, pero quien solo habla y no actúa, termina en la pobreza».[73]

ARCHIVO GÜNTHER
TAMAR-AGATHA

Querido Günther:

Te pido disculpas por no haber respondido a tus mensajes tras nuestra conversación del apocalipsis del 11 de septiembre.

Hace mucho tiempo que no tengo noticias de mi hermano al que tanto aprecias. Mi preocupación se ha agudizado tras recibir la devolución de los cheques que le he enviado.

Para mí sigues siendo Günther y no Ulrich el de la biblioteca de Robert Musil, el ídolo de mi hermano, pero también el de tantos lectores enfermizos, tal vez incluso uno de tus ídolos.

Supongo que mi taciturno hermano, el investigador del Circo, no te ha hablado sobre nuestra temprana camaradería. Probablemente no lleguemos a saber nunca cuánto de hermana y hermano somos en realidad. Mi madre no era demasiado virtuosa, es difícil establecer con quién y con cuántos compartió su miserable catre en el campo de concentración. El padre de mi hermano –es decir, mi tío, de hecho– no fue ni el primero ni el último de sus compañeros. Tras la muerte de su esposa, él y mi tía, la hermana mayor de mi madre, se hicieron amantes. Para simplificar, admitamos que mi padre es también su padre y que tenemos solo madres diferentes. Así pues, hermanos a medias, pecadores a medias. ¡Incestuosos a medias! ¡Esa mitad que nos mantuvo, de hecho, vivos y que nos ayudó a vivir! La única alegría duradera tras la prueba infernal del campo de concentración. No mucho después del campo, nos abandonaron los dos, el padre de mi hermano y mi madre, la hermana de su difunta madre. Nos quedamos solos en el mundo. Formamos, juntos, un Todo. Así pasamos por todos los miserables orfanatos socialistas y por los internados escolares y por la universidad. Cuando abandoné el país, no era a mi hermano a quien quería abandonar, sino a mí misma, a la que había sido. Mi matrimonio fue una experiencia poco afortunada. Tampoco fue una desgracia. Admiraba en el extranjero que se había enamorado de mí demasiado rápido algo que tiene más que ver con la psicología y la educación de su país que con su carácter.

Nos separamos, es decir, me separé. Nos separamos mal. Fueron unos años muy difíciles para mí, pero no le ofrecí informes mensuales sobre mis problemas.

Me puse gravemente enferma; entonces apareció Luisa, mi compañera, una doctora de Chile. Un regalo del cielo. El amor por mi hermano fue y es, sin embargo, como siempre, absoluto. No sé qué será de mi cuerpo agotado. Me he alegrado recientemente al saber que él tiene aquí, en el exilio en el que solo nos tenemos a nosotros, una compañera a la que admira, Clizia. ¿No es verdad? Se ven cada día, al parecer, en un parque mirífico llamado Eden. El lugar de descanso eterno de su beneficioso encuentro.

No estoy celosa, no, en absoluto, estoy más bien en paz. Seguramente esto lo libera, por fin, de nuestro pacto secreto que lo consolaba y lo abrumaba desde hacía décadas. Solo quiero saber si la mágica Clizia, a la que él llama (¡otra referencia libresca!) Beatriz judía, existe. Quiero saber si esa Beatriz es real.

Las señales, no precisamente halagüeñas, que me asaltan me han determinado a escribirte. Me tranquilizaría saber que mantiene contacto contigo y que la interlocutora de nuestro Nómada es el regalo que necesita. Ahora, cuando tal vez las sombras que me asaltan cada día que pasa, cada vez más agresivas, vayan a acabar conmigo.

Te doy las gracias, emocionada.

Te abrazo como si abrazara a mi hermanastro que no es en absoluto un hermanastro.

Tamar.

En contra de la opinión de Hannah Arendt,[74] Heine no es, como Charlie Chaplin, un schlemihl, *un* Taugenichts *(inútil). No, este personaje es un rol más. Cuando derrama una lágrima por su triste destino, él lee la poesía para encontrar emociones a través de una procura. No hay nada ingenuo o inocente en Heine... Heine parece, por lo demás, servirse de este dicho:* «wir alle Deutsche sind doch wahre Peter Schlemihle» (Die Nordsee), *«todos los alemanes somos verdaderos Peter Schlemihl».*

El término «exilio» retoma el sentido del latín exilium, *que significa, literalmente, «fuera de este lugar»... Lo que se pierde es, antes que cualquier otra cosa, un espacio que era familiar... El lugar al que se dirige el exiliado cobra más importancia que el lugar que acaba de abandonar. Esa «otra parte» contrarresta el «fuera de este lugar»... La aceptación de la partida irreversible le confiere al exiliado la psicología de un rebelde.*

Cuando empieza a registrar las impresiones de su larga estancia en las orillas danubianas, adonde fue expulsado por Augusto por culpa de su poema sobre el arte de amar, Ovidio intenta extraer del exilio alguna sabiduría práctica. Le sorprenden las amistades que empiezan a desdibujarse, el fracaso de la lengua a la hora de ofrecerle esas palabras capaces de expresar el sentimiento que lo encierra en su angustia y obsesión por un único lugar, Roma... ¿Un hombre de raza latina de la época de los Césares obligado a soportar a los bárbaros? Cautivo en un territorio hostil, Ovidio se resigna consolándose con el hecho de que ha sido condenado a una relegatio,[75] y no al exilium... [porque] el exilio es, en parte, un naufragio. Pero no todos los naufragios terminan obligatoriamente en un ahogamiento... Si el exilio es tan doloroso, *«¿cómo es que se ha integrado tan fácilmente en la cultura moderna, convertido en uno de sus temas más poderosos e, incluso, enriqueciéndola?»*, se pregunta E. W. Said en Réflexions sur l'exil.

El exilio no puede ser idealizado... El exilio deshumaniza... No hay ninguna virtud salvadora en el hecho de convertirte en un extraño para ti mismo... Said pone como ejemplo a los judíos, a los palestinos y a los armenios. Cuando está seguro de que no podrá regresar en ningún momento a casa, el exiliado crea un nuevo mundo para sí mismo. *La mayoría de los nacionalismos parten de una «situación de extrañamiento», de la soledad impuesta por el exilio...*

Puede decirse que la sombra representa la cara oculta de una individualidad. Es como una camarada fiel, como una manifestación exterior de lo que está dentro, un eco de la origina-

lidad que distingue a una individualidad de otra. En el texto de Adelbert von Chamisso (La historia maravillosa de Peter Schlemihl), *el motivo de la desaparición de la sombra se torna ambiguo y se interpreta de manera contradictoria. Aporta el pretexto de una infinita competición en la que nadie comprende la razón por la que Schlemihl actúa a lo largo de la historia, hasta el final, cuando todo se desvela...*

Por una parte, la historia de Chamisso puede ser contemplada como una parábola sobre la condición humana posterior a la Caída. La pérdida de la sombra equivaldría a la expulsión del Paraíso, y la vida posterior de Schlemihl equivaldría a un largo camino para encontrarla (tras lo cual la vida humana alcanzaría una nueva juventud). Por otra parte, es posible interpretar también el relato como una lección práctica sobre el sentido común: no corras tras tu sombra, porque es una expresión de la vanidad de un mundo en el que es preferible olvidarla si quieres obtener la paz de espíritu. Estas dos lecturas no se contradicen. Es tan solo necesario identificar los momentos en los que una se transforma en la otra, cuando la búsqueda frenética de la sombra cede al deseo de vivir sin ella, como imagen de una serie de transformaciones interiores que el exiliado experimenta.

La conclusión que opone «vivir entre la gente» con «vivir para ti mismo» es la realización última de esta epopeya sobre la sombra... Schlemihl es víctima de un proceso que lo sobrepasa y que hace que no pueda sentirse nunca at home *en este mundo. Interpreta la pérdida de la sombra como un signo de la infelicidad continua provocada por el exilio. El Schlemihl de Chamisso no es solo un «gafe» en el sentido alemán del término. Es también un individuo que convierte su destino en una oportunidad: en la ocasión de obtener un edificio interior, a pesar de una serie de desengaños...*

Cuando Hannah Arendt compara a Charlie Chaplin con el schlemihl *de Heinrich Heine, lo hace para ilustrar la figura de un paria, como metáfora del judío errante y una denominación alternativa para cosmopolita, contemplado como un «sospe-*

choso». Sin embargo, el sospechoso no es tan solo el mendigo del que no nos fiamos, el individuo que se diferencia de la muchedumbre debido a su inusual forma de vida. Él es también un excluido de la masa que decide su destino por adelantado, a través de la separación de la propia historia. Cuando la masa se burla del pasado de un individuo, la sombra de este se ve desacreditada. El individuo se derrumba bajo el peso de la incriminación. Él no puede decidir ya cómo vivir su vida. Puesto que carece de la capacidad de transformar su vagabundear o su soledad en una afirmación social, cae víctima de la nostalgia.

Al final, el Schlemihl de Chamisso desea ser irreconocible. Él elige volverse invisible y aprende así una vez más cómo vivir. En consecuencia, el Complejo de Schlemihl se aplica a aquellos que han creído demasiado tiempo en el poder de la sombra. El protagonista de Chamisso no considera que le falta en verdad una parte de sí mismo, la parte que habitualmente se considera esencial. Como para contrarrestar la desesperación de un Ovidio, el Schlemihl de Chamisso establece un camino al final del cual se puede concluir que a veces es preferible no tener sombra si aspiras a vivir en conformidad contigo mismo. La conclusión es que seguir una decisión de esa clase no estaría justificada [a ojos del propio exiliado], si no existiera la nostalgia a la que tiene que enfrentarse y la sanación de una fisura interior antes de obtener cualquier reconciliación con la sociedad.[76] (Olivier Remaud)

Estimado señor Günther von Weissbrot:

He dudado largamente si responderle antes de averiguar quién es usted, cómo ha dado con mi dirección, por qué me ha escrito y qué espera de mí. Me parece exagerada la justificación de que sería para completar el Archivo en el que trabaja. Lo llama Holocausto, pero podría muy bien llamarlo Günther, su nombre, para diferenciarlo de toda la literatura surgida en torno a ese horror.

He seguido su consejo, no le he dicho al Misántropo nada sobre nuestra conversación. Esperaba que se refiriera él mismo a las situaciones que usted evoca. Es cierto que nos hemos hecho amigos. Él no tiene demasiados y tampoco es fácil animarlo a las confesiones. Poco a poco, se ha abierto conmigo. En cuerpo y alma, como dicen, estoy convencida de que le gusta esa expresión. Me ha confiado la clave de muchos acontecimientos de su biografía. Usted no me pregunta si me he acostado con su antiguo amigo ni cómo fue, si terminé embriagada de placer después del sexo o más despierta que nunca. No respondo a preguntas no formuladas. Responderé a las preguntas que me interesen a mí. Y cuya respuesta adecuada desconozco, para ser sincera,

Sobre la relación con Günther, incluido lo que hubo y lo que hay entre vosotros, diría que no es gran cosa, al fin y al cabo, ya no sois unos niños. Infantiles seguís siendo, eso me parece, cada uno a su manera. Tampoco vuestra postura en relación con el Holocausto os separa por completo, pienso yo. Uno, la víctima, el judío, es decir, él, no habla nunca sobre ese tema; el otro, el alemán, se considera, por su raza, cómplice de los asesinos. Una raza diluida, de hecho, oxidada: un alemán domiciliado cientos de años en el exilio rumano. Un rumano más, al fin y al cabo, podría pensarse. Por lo demás, la culpa alemana no es la misma ahora que hace unas décadas; los argumentos de los alemanes, de los que entiendo que se considera parte, aunque haya vivido tanto tiempo en el Banato rumano, debe ser reconsiderada. ¿Cómo? A la luz de la actitud posterior. La culpa sigue siendo culpa, pero reconocida y vivida en la posteridad introduce un término nuevo; pedagógico y tal vez religioso, vinculado precisamente a la religión de los asesinados, que nos dice, como he sabido recientemente por su antiguo amigo, que nadie tiene derecho a perdonar en el nombre de otros. Los muertos están mudos y lejos. La asunción pública de la culpa es ya un paso enorme hacia el perdón cristiano, del que todos somos deudores. No formo parte en absoluto de esa tragedia, pero he seguido con pasión, como joven militante e hija de mi padre –un antifascista consecuente, nunca comunista–, los debates alemanes tras 1968. Vi en las calles de Berlín las placas que señalaban los antiguos domicilios de los mártires quemados en Auschwitz. Me impresionó ese orgulloso, diría yo, alarde autocrítico, tan necesario incluso hoy en día. Sobre todo hoy en día.

¿Es Schlemihl la sombra de su lector? ¿O se ha convertido usted, Günther, en la sombra del antiguo amigo que le obsesiona? ¿O tal vez en la sombra del Informante? ¿El de la *Securitate*, como creían los pobres ciudadanos vigilados en el socialismo: que cada uno tenía un doble, una sombra a sueldo de la ubicua *Securitate*? ¿O en el informador de la Posteridad, como cree nuestro amigo, tan desconfiado en la posteridad como en la actualidad?

Puesto que no conozco la respuesta, acepté que habláramos con la esperanza de que usted se quitara la máscara. No ha sucedido todavía. Un informante de verdad no se revela, eso me explicó el Nómada...

En vano, soy una persona curiosa, la culpa la tiene mi hambre por aprender, mi vitalidad.

También por curiosidad me he ligado a él. Permanezco boquiabierta junto a su pionero, curiosa por recibir otra sorpresa del errante bíblico, transformado en alguien escéptico y sereno. Y ahora parezco contagiada de esas rarezas. La sombra y Schlemihl y el circo todopoderoso. Llena mi vacío y mis vacíos. El tiempo adquiere consistencia, al igual que mi vida, y le estoy agradecida. Y no solo eso, mucho más, por supuesto, pero sin un juramento de fe. Esto no puedo hacerlo, no está en mi naturaleza díscola y escurridiza.

Recapitulemos. No sabía quién es usted ni por qué me ha elegido como cómplice, no le he dicho nada al Misántropo, le he sonsacado tan solo sobre la infancia y el ideal infantil del comunismo... Me he convertido, tras una larga y tácita espera, en su confidente. Su concubina, su compañera de cama, el hada nocturna, para hablar en términos académicos. La de un tímido no demasiado joven, así pues, una relación no demasiado activa, pero agradable todavía. Su compañera temporal, no mucho más, en lugar de la hermana ausente. Hermana en el destino, irremplazable. Todos estamos celosos, ¿no? Porque la hermana es mucho más que una hermana. Me ha hablado del campamento de pioneros a los trece años y de la amistad con el monitor Günther, el que aceptó leer, a modo de censor improvisado, las cartas a los padres de los adolescentes con corbata roja del campamento. Para verificar que respetaran la orden de no contar nada a los padres sobre la epidemia de poliomielitis. Aterrados, todos y cada uno, por ese nuevo e invisible enemigo de la causa proletaria. Entiendo que usted sigue siendo en la madurez el mismo pionero apasionado y firme y ciego, y que este es el motivo por el cual el Misántropo interrumpió su diálogo.

Ya sabrá, seguramente, que él se ha convertido en un escéptico incurable respecto a las esperanzas de mejora de la especie humana. Ha estudiado y estudia la Historia del Circo, se deja cautivar por las caricaturas de nuestros semejantes, con y sin humor. Le parece la única respuesta a la tragicomedia de la vanidad. No me ha convencido en absoluto la justicia de esa hipótesis, aunque estemos unidos, como usted ha intuido. Así pues, como ve, puedo ser considerada una especie de portavoz del ausente, refugiado en su incurable soledad.

Aquí llegamos, sí, llegamos a Schlemihl, su amigo de hace tanto tiempo y de ahora. También él es una especie de bufón involuntario, si no pensamos en sus éxitos y su fracaso. ¡Ambos igualmente ridículos! Tiene razón, el fantasma de Schlemihl le sigue siendo fiel; ve en el exiliado Peter una ilustración del presente sometido al dinero. Recuerda siempre que Jesús, el Redentor ficticio de la humanidad –así le llama, ficticio–, era ya consciente de la realidad humana en el antiguo Jerusalén, cuando volcó las mesas de monedas de los mercaderes y los expulsó con sus negocios miserables y todo. Un circo, también aquel, no demasiado alegre... Mi amigo y, probablemente, el nuestro, encontró en Schlemihl un socio imaginario. Llevaba encima el librito amarillo cuando el centinela socialista se lo confiscó en la frontera hacia la libertad. Cuando llegó al paraíso capitalista sin esa guía de viaje, se hizo con otro ejemplar. Usted no ha imaginado toda la importancia de un cuento escrito por un botánico famoso para los hijos de un amigo. Nuestro Misántropo, cautivado por el circo y los payasos, es solidario con ellos y con todos los exiliados del mundo. Empezando precisamente con Adelbert von, al que usted conoce muy bien. Un converso berlinés por obligación, como lo es ahora también mi interlocutor Günther.

Dinero, dinero, tenemos la ilustración diaria de este antiguo y nuevo truco irresistible, un talismán eficiente y ubicuo de la vanidad, eficaz para los niños de todas las edades y de todas partes. Eso afirma nuestro Misántropo y tiene razón. La solución no existe. Un chico listo, nuestro Nómada. Reconoce y calla. El silencio, su arma principal. Es difícil sacarlo de él, incluso yo, con mis artimañas femeninas –lo reconozco, no siempre victoriosas. El electrodo entre mis piernas no está ya tan lozano, qué le vamos a hacer, aunque por el momento su garantía no ha caducado...

Imagino que por estos detalles demasiado humanos me ha enviado usted cuatro cartas antes de que yo responda. El pretexto ha sido las preguntas sobre la salud y los éxitos de su amigo. Voy a responder, sin embargo, por fin, a esas manipulaciones: ya no es lo que era, el pobre. Tiene un bastón de inválido, unas gafas gastadas y amigos en la farmacia. Sí, dice que le quedan tan solo los medicamentos, sus únicos amigos de confianza, siempre dispuestos. Pero está vivo, lo juro, estoy con él por cariño, que no es siempre también amor. He aprendido muchas cosas de él. Y también de su biografía, no solo de la bibliografía. No lo cambiaría por un yanqui, ya he probado bastantes.

El Nómada, un ejemplar especial, ¡el Hombre sin atributos!

Tal vez no haya leído a Musil, su autor preferido. Yo he digerido un solo volumen de la trilogía. Un tanto denso e infame, por decirlo de alguna manera. Pero obsesivo, lo reconozco.

Vivimos sedientos el uno del otro, lo juro. Discretos, taciturnos, aferrados, moribundos. Desesperados en todo y, sobre todo, en el abrazo infantil, sin palabras ni gemidos. Él bromea a menudo, sarcásticamente, como es su costumbre, participo también yo con mis bufonadas cosmopolitas. Digo todo esto para preparar el mensaje que va a cerrar nuestro parloteo.

Ahora, un mensaje para la hermanita. Sigue invitándolo a visitarla. Él insiste en que yo la conozca, para que se entere de que el púber ha caído en buenas manos. ¡Y entre unas piernas ardientes! Es importante, sí, sobre todo para el reumatismo. No quiero, no tiene sentido iniciar un diálogo con un fantasma. Sé que regresará con ella cuando le suene el gong. Solo quiero advertirla: ¡nuestro tesoro no quiere un entierro! ¡Ya no lo quiere! Ha vivido suficientes años en el país de todas las posibilidades, donde todo el mundo tiene derecho a opinar y a elegir. Y a la felicidad como una propiedad personal. No quiere féretro ni tumba. Ella tiene que hacerse a la idea. Aceptarlo, no negociar, porque él, como sabemos, cederá. Quiere ser incinerado. La palabra crematorio lo anima, eso es lo que yo veo. Le parece la opción óptima. Lo digo así, en broma. Una broma siniestra. Así pues, su mitad, la sombra Tamar del campo de concentración o la sombra de Musil de los libros, no estará en el mismo féretro que él, como planearon y se juraron una noche de verano.

Se lo ha pensado. ¡El Nómada Misántropo se lo ha pensado, es su derecho! Mi amado tiene otras preferencias y está preparado para argumentarlas. Dice que ella debería comprenderlo, sentir las raíces de su opción. Porque ardieron en la misma hoguera.

Este sería el mensaje. Creo que no he hablado de más.

Resumiendo, estas serían algunas respuestas para las demasiadas preguntas que le asaltan.

Cordialmente,

EVA

Paseo semanal por el bosque, rematado festivamente en el restaurante turco. La noche favorecía el diálogo. Se quedaban dormidos tarde, en un abrazo fraternal. Él se hacía cargo del despertar, se levantaba el primero, se duchaba y volvía con dos largos cafés solos.

En la mesa de la cocina, la libreta estaba abierta en la misma página. «El hombre es el sueño de una sombra.» Píndaro. Más abajo, una cita del volumen de Giorgio Agamben, *El tiempo que resta*,[77] una caligrafía nerviosa con lápiz azul: «las sombras son para san Pablo figuraciones terrestres de la verdad divina».

Los días con Eva eran seguidos por otros sin ella. El Nómada estaba ofuscado por la soledad y por la hostilidad del teléfono, eternamente mudo. Tamar no respondía ya. Tampoco hoy, ni ayer, ni anteayer, ni de día ni de noche, ni al alba ni en el ocaso. Solía llamar los viernes por la noche, respondía de inmediato a cualquier llamada, no se quejaba nunca. Prefería un diálogo relajado, el cariño sobreentendido. La voz había envejecido desde hacía un tiempo, había también pausas prolongadas y sospechosas. El Nómada no articulaba ningún sonido. Ya no funcionaba ninguna conexión, hicieras lo que hicieras.

Eva se decidió a intervenir: «Vete a verla, estás en ascuas, vete a verla. Te ha vencido la maldición antigua y nueva. Te acompaño, si eso te sirve de ayuda». Al cabo de unos días, sin preguntarle, Eva compró el billete de ida y vuelta y lo llevó al aeropuerto.

Llovía a cántaros. Las nubes estaban furiosas, estallaban en espasmos. El aeropuerto, otro aeropuerto, un taxi, por fin ante la puerta inmóvil. Rebuscó en los bolsillos, encontró la llave. La puerta se mostró benevolente, como en el pasado, vio al instante la nota arrugada sobre la mesa: «¡Nos vemos pronto en tierras lejanas!». El papel se había crispado, los truenos se redoblaron, le cortaron la respiración. La camisa estaba húmeda y las manos y la calva, el diluvio de Noé había encontrado a su última víctima. «¡Tenías razón! Nuestro amor fue la forma más elevada de entrega». Vacío, frío, miedo. Más abajo. El nombre y el número de teléfono de Luisa... ¿Que llame a Luisa? Precisamente a ella... El destino lo abofeteaba, sin descanso, sin... Y vértigo.

Una voz melodiosa. «Sí, soy yo.» Al oír el nombre, el embudo del receptor se bloqueó. Se oía la respiración acelerada. Largos minutos, silencio. Más tarde, la voz se rompió, un susurro balbuceante: «Sí, Tamar se ha suicidado». Silencio, largo, ancho, infinito.

«Recibí la carta al día siguiente.» Frío. Un sonido turbio, tímido, truncado: «El año que viene daré a luz a una niña... llevará su nombre». Furia cósmica, lluvia infernal, locura rugiendo por las bajantes. ¿Tamar restituida al viejo Noé, el arcángel del diluvio de basura y de horrores? ¡El fin del mundo! La explosión avasalladora, salvaje.

No y no, no lo entiendes. ¡Suicidio! ¡Ese fue el veredicto! La realidad, el amigo constante, habrías debido sospecharlo, lo sabes desde hace mucho. El enemigo perpetuo. Te quedaste, entre libros, completamente ahogado, completamente enterrado, perdiste la brújula, hace mucho, hace mucho, antes de perder a tu hermanita.

Suicidio, ¿me oyes? Liberada, ¿me oyes? El oído funciona, ¿estás oyendo los truenos? ¿Te llegan los truenos?

Un instante infinito, eso duró el apocalipsis. El muerto balbuceaba el lamento de duelo, exhausto, tumbado, entumecido en el lecho del incesto, bajo la serpiente enmascarada de la muerte. El frío del que no se podía salir. He traído conmigo el desierto, hermanita, mi desierto, que tenía que convertirse en el nuestro. Me llamaste y he venido. Maldición y benevolencia. La realidad conocida, astuta, mentirosa. La macabra oscuridad asesina de la cruz gamada. El odio que no nos abandona. La iniciación envenenada que necesitábamos, la cuna condenada cuyo alquiler pagamos perpetuamente. Mis extravíos en la lectura de la que no me podía separar... ¿El incesto? Agatha, nuestro código no te conmovió, tampoco la camaradería con el exiliado Schlemihl y con el destino de los sin sombra y sin ideología, como él y como yo. De todos mis cómplices, toleraste tan solo a mi caracol trascendente y misterioso.

«Nuestro amor fue un gemido de huérfanos», eso decías. ¿Debería llamar por teléfono intergaláctico a Herr Musil? ¿Desenredaría Herr Robert Musil la madeja o solo la colorearía?

Se quedó dormido. Cuando volvió vencido de la orilla desaparecida en la noche, no encontró el puerto resbaladizo, encogido de nuevo bajo la lluvia sagrada, soberana, prueba de que la demencia continuaba y así continuaría hasta el infinito, el infinito brumoso donde gobierna la nueva reina del mundo, Tamar, la inmortal jamás invicta, la hermanita inagotable con sus hechizos infantiles, más poderosa que la pobre vieja bubosa Realidad.

Los guardianes ocupaban su puesto, como en el Campo de la Muerte. El prisionero imploraba en sueños la respuesta de la hermana que se mecía en las aguas del océano. La lluvia murmuraba la llamada celestial, Tamar sabía y participaba, como en otra época.

El Nómada llevaba dos días farfullando él solo, bajo la lluvia fraterna. El ocaso se había convertido en amanecer, la respuesta no llegaba, sí que llegaba, había llegado, estaba en la puerta y tenía voz, dispuesta a domesticar la cerradura senil. La noche había deshechizado todas las puertas, murmuraba una especie de tímido comienzo o no, no era sino el intento fracasado del viento por meterse donde no le llaman y no le importa. Una caricia estacional, solo eso. Y sin embargo se oye el rasguño de un gato. La muerte tiene la llave de oro también para una cerradura oxidada y senil, para todas las puertas ficticias. En un instante, estará en el tocador de su hermana convertido en ángel.

Era Eva, quién iba a pensarlo, ya no había sueño, ni Tamar, era Eva a un paso de él, con su voz de los sueños. «¡Estaba segura de que estabas aquí! He encontrado la dirección en el sobre con dos llaves idénticas. ¡Aquí me tienes, soy tu servicio de emergencia! Para salvarte, solo yo puedo despertarte, solo quedo yo. No te queda otra escapatoria. Veterano de guerra, salvado. La reina Sissi salva al extraviado entre nubes y libros.» Sus manos estaban frías y aterciopeladas, como imponía el Servicio de Salvamento, también la voz respetaba el reglamento para emergencias y casos extremos.

Abre los ojos, admite la realidad. Eva ha vencido de nuevo. Es inútil el síndrome de defensa, nada te puede defender, estás en las garras de la salvación, eso te fue predestinado hace mucho, desde siempre, ningún truco literario te puede rescatar, ningún esquive, ninguno, todo en vano, cautivo como lo has estado siempre, abrirás el ojo infantil de la biblioteca y reconocerás lo inevitable.

Reconócelo y sométete, no puedes seguir dormido eternamente, todavía no, todavía no, Tamar espera y te esperará lo que haga falta, como en otro tiempo.

Se había movido el sonámbulo, el conjuro le llegó al apuntar el día. No podía seguir evitándolo, no y no, las manos aterciopeladas lo apretaban sin escapatoria posible. Te pondrás bien, así son los niños, también los niños ancianos son así, no hay escapatoria. Ya tiene un ojo abierto, no puedes seguir escondiéndote en el desmayo, las manos huesudas aprietan las manos aterciopeladas de la salvadora, el enajenado descansa en los brazos de la agonía.

Eva puso todo en orden, abrió las ventanas y el armario con los cajones en los que todo estaba colocado en el orden conocido. Al día siguiente se presentó también el estudiante contratado por Eva para empaquetar los libros y la correspondencia y los certificados de nacionalidad, de divorcio. Tres días duró la liquidación de la biografía y el envío de las reliquias a Berlín, al camarada Günther. Todo se cerró, se cerró por el momento, hasta el próximo 9 de julio, en el ritual restaurado para el encuentro con Tamar, por su cumpleaños, como había fijado el juramento del alejamiento sin separación.

El hermanito nómada estaba ya en la escalerilla del avión, regresaba con los vivos, a las cuevas de la realidad caníbal de la que no va a liberarse.

HINENI

Al regresar de un concierto, el poeta, en lugar de dirigirse a casa, se queda plantado ante la iglesia armenia de Chernovtsi y entabla un diálogo con la Divinidad.

Hineni, «aquí me tienes», repetía el poeta, una afirmación que aparece más de ochocientas veces en el *Antiguo Testamento*, la respuesta a la pregunta dirigida a los exiliados durante milenios. El hecho de que tuviera lugar delante de la iglesia armenia y no de una sinagoga, como cabría esperar, expresaba la piadosa extensión de la antigua alianza. La encontramos en el diálogo entre Abraham y el Todopoderoso antes del sacrificio de Isaac, así como en el diálogo de Moisés con Dios, ante la zarza ardiente, que señala la sumisión absoluta del creyente.

Hineni, «¡Aquí me tienes!», tiene múltiples resonancias en la Biblia. Es la oración que el poeta repitió, transfigurado, la noche del diálogo celestial, para estupefacción del público desperdigado en la oscuridad. Se repetirá una y otra vez con cada nuevo poema. No solo una reafirmación mística, sino también la más elevada justificación de la Poesía.

El hecho de que Dios acabara también en el exilio, como afirman algunos comentarios a los textos sagrados, humaniza la presencia divina entre los simples mortales. Si el hombre ha sido concebido a imagen y semejanza de Dios, no nos enfrentamos ya a una contradicción irresoluble.

En la noche parisina, Paul Celan dialogaba, sin palabras, con su huésped, el poeta polaco Zbigniew Herbert, subyugados ambos por la sacra irradiación del silencio. Largas horas de callado hermanamiento que los dos recordarán como la más extraordinaria de las aventuras. El milagro de la noche compartido con el errante fraterno se repetirá muchas noches del exilio bucarestino, vienés y parisino por el que peregrinará el poeta de Bucovina. Lo esperaba el Sena, así como las profundas aguas de la incertidumbre.

Celan se lanzó finalmente al agujero de la nada fluida y consagró así la alianza con el tormento lírico. No es nada seguro que, de esa manera, el destino tenebroso encontrara sosiego, pero el desenlace confirmaba el sacrificio inevitable de la espiritualidad.

Transnistria, ¿la redención a través de la muerte de la madre, de todo aquello que podría haber sido y al final no pudo ser?

«¿Me oyes? ¿Estás oyendo, Tamar?»
La respuesta de la nada, cumplida a través de la muerte.
¿Estás oyendo? ¿Me oyes, Tamar?
El eco del fantasma, la respuesta de la nada,
las olas agitadas, las aguas del último hermanamiento,
sufrimiento y soledad
el cuento incierto y negro del silencio.

En vano te refugias, joven Peisach, en la respiración del antiguo Kadish.
La tragedia de la quema total, el Holocausto como espectáculo entrada libre en la posteridad,
la sombra del judío de sacrificio vigila.

¿Peisach? El nombre remitía directamente a la cámara de gas.
No olvides nada, no olvides la muerte.
Eres Paul, ahora. El santo Paul, es decir Peisach,
el milenario
en el ángulo sombrío de la sinagoga de Grecia,
en la crucifixión del gran culpable, Yeshúa,
en la iglesia de la nueva fe redentora.
Hineni, aquí me tienes. Sin evasivas,
creyentes y enemigos,
herejes y asesinos del Altísimo,
monjas transfiguradas y eremitas en trance,
poetas en busca del puerto, el emigrante
de Bucovina Celan
con la brújula solo apta en el taller global
de reparaciones sacras
para la próxima procesión
de los exiliados sin papeles y sin domicilio.

Una pausa prolongada es el silencio
el vacío pseudodivino en la niebla.
La voz de nadie, ¿el primer paso hacia el diálogo?
La sombra guía la búsqueda de sí mismo,
la fe de una interrogación repetida
rima el encuentro del poeta consigo mismo
en el soberano crepúsculo de la incertidumbre.

¡Tamar! ¡Hineni, Hineni!
estoy aquí, sigo aquí, exhausto y culpable,
el poeta arroja la pluma de los antepasados
sangrando, sangrando aún
en la fosa común tan larga como ancho es el mundo
tan ancha como el cementerio del mundo.

«Mira en torno:
Ve cómo alrededor todo se hace viviente.

¡En la muerte! ¡Viviente!
Dice la verdad quien dice sombra».[78]

«Estamos próximos, Señor,
próximos y apresables.

Ya apresados, Señor,
uno en otro enzarzados, como
si la carne de cada uno de nosotros fuese
tu carne, Señor.

Ora, Señor».[79]

Celan el afligido busca su vínculo
volviendo, repitiendo el fragmento nacido de la duda
la madre asesinada, la madre adorada y asesinada.
Un cielo desmenuzado y negro, mudo,
ávido de tragedias.
En la sombra de los desaparecidos,
el exiliado transcribe el murmullo de la charca de sangre
fresca, siempre renovada por las brumas.
Hineni, una flecha bruscamente resucitada
en el cénit del caos asesino.

¿Hineni? ¿Dónde estás? ¿Tamara?
Estamos donde nos olvidó el destino,
sombras parlantes y vivas,
difíciles de abatir, imposibles de abatir.
Estoy aquí, estamos aquí desde hace tiempo, desde siempre,
no nos vence la tormenta, ni la maldición bíblica,
estamos aquí
con nuestro llanto pueril y continuo
continuo y sin remedio.

Murmuramos la desesperación, el gemido Tamar
la hermanita bíblica bajo la ola gigantesca.

Sí, la luz del mundo solitario,
las noches fluidas y mágicas,
las lágrimas perdidas en un instante repitiendo en trance
hermano Peisach, hermano Paul,
te encontraron, en el diluvio te encontraron
en el Sena te encontraron, fantasma sin muerte.

Aquí juntos en el cementerio fluido de la noche
por fin, hermanados en el instante sin final
ebria, la ola verde, repetía el crepúsculo celeste.

REUNIÓN DE TRABAJO (I)

Fue un día corriente, en la dulce luz de otoño. Un cansancio intenso, sin motivo. Una especie de letargo, de pereza. La visita matutina a Eden había sido más breve de lo habitual. El silencio del paraíso mórbido lo desalentaba, se había retirado rápidamente hacia las piedras de la eternidad. Árboles eternos y solitarios, caracoles con sus itinerarios lentos y lánguidos. El ocaso lo había encontrado sentado en un banco, ante la residencia central de los estudiantes. Un edificio corriente de los *college* ingleses del siglo pasado o más antiguos aún. Las clases no habían empezado todavía, el campus estaba desierto. Silencio. Había cerrado los ojos, anestesiado. Sí, había tenido suerte: el exilio le había ofrecido, poco a poco, calma y resignación. La luz menguaba, el crepúsculo ofrecía armonías perversas. Ya no estaba solo. Sentía una presencia cercana, abrió los ojos: nadie. Otra vez, lo mismo: nadie.

Al cabo de un rato, al vecino invisible no le salió el truco: ¡apareció! Alto, huesudo, con una chaqueta de cuero, un medallón de plata al cuello. Cabeza pequeña, cabello denso, negro. Ojos grandes, de holgazán. Adivinaba la imagen, la entreveía, pero no veía a su vecino. Miraba al frente, hacia el horizonte. La sonrisa tímida y cohibida no inspiraba confianza. ¿Podía hablar con él? ¿Le respondería?

–Hace mucho que te esperaba. Me daba miedo el encuentro –murmuró el Profesor.

Un silencio absoluto, ninguna respuesta. El desconocido permanecía mudo, como si no hubiera reparado en la ofensa del silencio.

–Decías que habías perdido, es decir, que habías vendido tu sombra. Por una bolsa de dinero que solo te ha traído desgracias.

Silencio, ausencia, vacío. Ya no sabía si su interlocutor seguía allí, junto a él, o escondido entre las tumbas. No se atrevía a mirar a su lado, en el banco estrecho, para convencerse de que estaba de nuevo solo. Seguía mirando a lo lejos, al horizonte inaccesible, y hablando consigo mismo, si no podía hacer otra cosa. ¿Sería sordomudo el invitado?

–También yo la perdí, aunque no del todo. La entregué en la frontera a cambio de un nuevo domicilio. El domicilio de la libertad. Y sí, gané... No dinero, dinero ya tengo. Libertad, sí. Relativa, como es la libertad. Lo descubrí entonces, en cuanto salí de ver al coronel Tudor. Luego en el aeropuerto, donde me registraron por si llevaba encima las instrucciones para fabricar la bomba atómica. No encontraron nada, por supuesto. Me quitaron tan solo el librito amarillo del señor Chamisso.

El desconocido seguía negándose a hablar.

–Me siento honrado por que nos encontremos aquí.

Su Honorable Alteza Peter no se había movido, no resucitaba. Miraba también él el horizonte, el vacío, no sabía que había alguien a su lado, en el mismo banco.

–Me alegro de que estés aquí –insistió el Profesor.

Un instante después se dio la vuelta, enfadado, hacia el intruso que, ya está, había desaparecido. Había desaparecido a tiempo, de nuevo, sin responder. ¿Humillado por la farsa?

–El exilio no es únicamente una desgracia, eso quería decirte. Es una oportunidad, merece la pena experimentarlo. Sé que ya sabes, de hecho, todo lo que te digo. Pero es importante que me escuches. Que me contradigas, para aprender de tus neurosis. Al día siguiente, nadie. Tampoco el otro. El Nómada no volvió a encontrarse con su interlocutor, aunque lo esperó varias horas en el mismo banco. Solo un jueves por la tarde, también hacia la hora del ocaso, el Profesor sintió de nuevo la cercanía de una sombra. No tenía valor de mirar para ver si, efectivamente, había vuelto el invitado. Se quedó inmóvil en esa espera, mirando a lo lejos, a ninguna parte.

–He estado en la reunión –susurró, evasivo, el desconocido–. Una pesadilla, no un sueño. Un encuentro confidencial con el señor Schlemihl, el fantasma. ¿Eso esperabas? Pues bien, ya ha tenido lugar. He pasado también por eso. Vestido como en el libro, precedido por las elogiosas palabras del botánico y poeta que era su amigo. ¿Amigo? Qué digo yo amigo, era el propio Autor, eso ya lo entiendo también yo. No se va a creer quién estaba en el encuentro.

Había pasado bruscamente a una forma de tratamiento más convencional, la tercera persona del singular. Significaba que respetaba el ritual, podrá mostrarse más osado.

–Soy investigador principiante en el departamento de genética –oyó el Profesor a su izquierda la voz chillona de la sombra–. Los perros son fieles; los gatos, pérfidos; los elefantes, apegados a la familia. También conozco los loros o los peces. La gente no me interesa, ya no me interesa, después de haber escuchado a Schlemihl. Pronunció un discurso absolutamente convincente. Estaba también de acuerdo con el señor Ionesco. Incluso el depresivo Cioran asentía. Hasta el patético Fondane, recién llegado de Auschwitz, desorientado y pálido todavía. Había muchos conciudadanos suyos allí. Es decir, antiguos conciudadanos. De antes del exilio.

–¿Y quién más participaba? –el Profesor no se atrevía a preguntar.

–Muchos exiliados. Un encuentro subversivo, eso me dijeron. También el señor Nabokov y *sir* Joyce y Herr Mann con su hermano, y Herr Brecht y Brodski. Celan, el de Bukovina convertido en sombra, apretaba las pastillas en un puño salpicado por la alergia. El charlatán de Quasimodo no paraba de intervenir. Muchos españoles, expulsados por Franco. Débiles todos, cansados, envejecidos, extenuados. Y algunas señoras, sí. Su hermana Tamar (solo aceptaba que la llamaran Agatha, también yo cometí el error). Estaba con una vieja arrugada como una pasa, doña Irma, poeta y musa del poeta italiano, antigua profesora de italiano en el *college*. No conservaba ya el brillo y la frescura del entierro, cuando la descendieron, con gran cuidado y veneración, al subsuelo de Eden. Y la brasileña Lispector de Ucrania, del brazo del viejo Neruda y el viejo Lampedusa. Seguidos por los armenios, por el turco Hikmet y el antiguo Ovidio y aquella bailarina que escribía versos, se me ha olvidado el nombre, tampoco la he reconocido de lo estropeada que estaba. Mucha gente importante. Estaba muerto de emoción. Me habría escondido por la vergüenza, pero tenía que ver y oír para tener qué contar.

Al oír esas palabras, el Profesor se animó, que sea lo que dios quiera, volvió la cara hacia la voz chillona, convencido de que no había nadie. Pero sí que había, no había desaparecido. El joven de sonrisa equívoca y camiseta amarilla, en la que ponía en letras mayúsculas «Iowa University», vestía unos pantalones cortos, rojos. Unos pies grandes, sin zapatos, el pelo teñido de naranja, una mochilita verde.

–Llevaba mucho tiempo esperando, pero me daba un poco de miedo este tormento –confesó el viejo.

–Sí, sí, lo comprendo –balbuceó el joven.

El gris de la tarde pulverizaba la luz, la voz continuaba, sin imágenes.

–Veo que te has adaptado a la nueva banalidad.

La silueta Iowa había volado, transportada por las botas mágicas del cuento. El Profesor estaba acostumbrado a la magia del transporte transoceánico, ya no le asombraba nada, pero no podía renunciar a la pregunta.

—¿Has mantenido el contacto con el coronel? El coronel Toma o Tudor, seguro que te acuerdas de él.

—No, no caí en la trampa.

La voz sonaba ronca, parecía acatarrado.

—Una pena, tenías muchas cosas que aprender. Ha medrado mucho, es un hombre rico. ¡Importación-exportación de pañales! Una personalidad destacada en la transición hacia la democracia de la prosperidad. Un prestigio nuevecito, mucho más valioso que los galones del Partido. Ya ves, se puede ganar la partida también en casa, no solo en el exilio.

—¿Aquel pequeñajo chulo que fumaba Kent?

—Ya no fuma nada. Respeta las indicaciones de los médicos, es muy cuidadoso. Pero conserva la colección de puros caros. Incluso la pobre Tess nos dio una sorpresa, después de regresar con su tesoro a la tierra natal que tanto miedo le inspiraba.

—Cuénteme, cuénteme, esto sí que me interesa. Sé que usted sufrió una depresión por culpa de esa depresiva.

—La sufrí y la sufro todavía, perplejo por la historia en la que me metió el antiguo compañero de baloncesto. Me sentía culpable por haberme alejado de la pareja enfermiza. Tess, la tímida, la solitaria neurótica, delicada, huida de la madriguera de los asesinos sin poder olvidarlos. Ahora me ha dicho el antiguo compañero de rugby o de baloncesto que el Dictador tenía preparado un avión especial, ofrecido por los yanquis, para que se salvara. No le dio tiempo. Había pedido llevarse consigo a su antigua nuera, la judía no-judía, con su nietito inocente y lactante. Los necesitaban en Occidente, evidentemente. ¿Tess, la inocente, atrapada de nuevo en la maldita red? Si el tonto de su hijo, el fantasma, hubiera tenido asegurada una beca, un título académico, como soñaba su mamita, todo habría transcurrido por otros derroteros. Pero ahora está muy mal. Tess tiene un cáncer generalizado y rechaza a los médicos. El chiquillo de cuarenta años le da la mano a su madre, día y noche, hasta el apocalipsis. Son portadores ambos del microbio ancestral del pueblo apestado del que habían intentado liberarse. Una historia enrevesada, tal vez la desenmarañemos algún día, ahora estoy cansado.

Cansado o no, enmarañado o no. Desapareció.

ARCHIVO GÜNTHER

El antiguo relato medieval alemán Fortunatus... *parece el predecesor de la novela moderna por la descripción realista de la gente, los acontecimientos y los lugares.*[80] Fortunatus *plantea una visión profundamente moral y provocadora del mundo al ilustrar los problemas que la riqueza puede acarrear y cómo los deseos humanos no controlados por la razón pueden llevar a la autodestrucción.*

Peter Schlemihl, al igual que Fortunatus, *son cuentos que pueden entusiasmar a los niños, pero, de hecho, plantean unas preguntas inquietantes sobre el extrañamiento y la identidad, preguntas que pertenecen, sin duda, a la madurez. Algunas de estas inquietudes fueron trasladadas a la etapa infantil por Hans Andersen en el cuento* La sombra *que, con toda seguridad, había impresionado a Chamisso...*

Al igual que en La metamorfosis *de Kafka, el relato de Chamisso depende de un único acontecimiento que contraviene a la razón. La narración avanza de una perfecta manera real, hasta que aparece el elemento fantástico: la adquisición casual de las botas de siete leguas... El ficticio Peter Schlemihl envía el manuscrito de la historia a su amigo Chamisso, al que llama cinco veces Chamisso y dos veces Adelbert...*

En el relato se hace también una referencia explícita a la novela Der Zauberring (El anillo mágico) *de Fouqué, de 1813, el héroe sueña que está tumbado en la mesa de Chamisso junto*

*a las obras de Haller, Humboldt, Linneo y un libro de Goethe.
Der Zauberring fue la última novela de Fouqué, el amigo de
Chamisso, mientras que Albrecht von Haller, Alexander von
Humboldt y Carlos Linneo eran los sabios principales del
momento... Schlemihl declara que ha escrito sus obras como
un homenaje a las exploraciones geográficas y botánicas de
Humboldt... La propuesta de que los manuscritos de Schlemihl
serían depositados, tras su muerte, en la Universidad de Berlín,
era un amable reconocimiento de la recién inaugurada universidad por parte de Wilhem, el hermano de Alexander.*

*Goethe podría representar, por el volumen no especifica-
do de sus numerosas obras, la síntesis entre la ciencia y la
literatura. Podríamos imaginar ese volumen como la primera parte de Fausto, publicado en 1808, con Mefistófeles reco-
rriendo anónimamente las páginas de Peter Schlemihl. Pero
el Hombre de Gris es más urbano que el sabio errante bajo
cuyo aspecto aparece Mefistófeles al comienzo de Fausto, si
bien su capa gris podría recordar al diabólico fraile ceniciento,
que representa ese papel por primera vez en el siglo XVI en la
Historia von D. Johann Fausten...*

*El Hombre de Gris es un cuento... Peter Schlemihl se
convierte en un nexo entre el cuento tradicional y la literatura
más contemporánea, así como la investigación científica.
El hecho de que muchos aspectos del relato de Schlemihl re-
flejen la vida del propio Chamisso ha llevado, justificada-
mente, a unas desafortunadas interpretaciones biográficas,
pero Chamisso evitó responder a las preguntas vinculadas al
significado del simbolismo del relato... La introducción del
autor, es decir, la carta enviada por Chamisso a su amigo Julius
Eduard Hitzig, miembro del círculo literario de Berlín que
incluía también a Fouqué y Hoffmann... afirma que el manuscrito fue depositado en manos de Chamisso «por un
hombre extraño, de barba larga, gris, vestido con ropa ajada,
un chaquetón negro, con un maletín de botánico colgado del
hombro y las botas cubiertas con chanclos... Afirmaba venir*

284

de Berlín». La carta aparece en muchas ediciones... y forma parte del juego narrativo del relato, para reivindicar la realidad de algo que es, evidentemente, ficción. Hitzig, en una carta a Fouqué, fechada en enero de 1827, describe el momento en que, «arrebatado por la impaciencia y el entusiasmo», le leyó por primera vez el Schlemihl *a Hoffmann. La reacción de Hoffmann muestra su afinidad con Chamisso como escritor, pero es también un magnífico testimonio de la fascinación inherente al relato.*

REUNIÓN DE TRABAJO (II)

Un día corriente, dulce y otoñal. En Eden, el silencio del paraíso mórbido. Las piedras funerarias, los árboles impasibles y los caracoles sordomudos, solitarios. El ocaso lo había encontrado de nuevo en un banco, junto a Irma. La sombra Irma. El fantasma Irma. El Profesor esperaba a su interlocutor, convencido de que también este estaba impaciente por retomar la conversación, interrumpida en un punto delicado. Había cerrado los ojos, anestesiado. La urgencia con la que esperaba e invocaba a su invitado provocaría, finalmente, el reencuentro.

Había sentido, al cabo de varios días, la presencia cercana, pero no tenía el valor de comprobarlo. Cerró, abrió los ojos, la realidad se confirmaba: el desconocido parecía estar a su lado, preocupado también por la lápida funeraria de Clizia.

–Eres Schlemihl, ¿verdad? –se atrevió el Profesor a forzar el destino.

Volvió la cabeza, hastiado, convencido de que la aparición iba a desaparecer. No había desaparecido.

Un joven alto y huesudo. Chaqueta de piel y botines. Medallón de plata al cuello, cabello largo, revuelto.

–Ya sabes dónde interrumpimos nuestra charla.

Silencio, tal y como se lo había esperado.

—Me daba miedo el encuentro. Pero ya me he acostumbrado, me siento honrado por el encuentro.

Seguía mirando hacia ninguna parte, dispuesto a continuar con el discurso aplazado desde hacía demasiado tiempo.

—Hay que experimentar el exilio. No es tan solo una desgracia, ya lo sabes. Una oportunidad merece ser analizada. Es importante que me escuches, que me contradigas, para poder aprender de tus silencios y tus secretos.

Se encontraba en el mismo sitio, en el banco, en la incertidumbre del ocaso. No se apresuraba, no tenía, no tenía por qué sentirse satisfecho con lo que estaba ocurriendo. La noche abrazaba, poco a poco, el paisaje. Distinguió la camiseta en la que ponía en letras mayúsculas, rojas, «Iowa University». Pantalones cortos, rojos, pelo teñido de naranja, una mochilita trotacalles.

—El exilio me regaló tu sombra. Un guía, podría decir.

El joven Iowa asintió, la melena roja ondeó en un gesto de aprobación.

—Sigamos con nuestra conversación sobre los errantes. No es precisamente una casualidad que en el sanatorio que lleva tu nombre te identificaran de una determinada manera. No se trataba únicamente de tu aspecto. No comprendí qué te molestó, por qué huiste de la identidad maldita. Por qué te quejas de las miserias que te han hecho tus semejantes. ¿Has visto a Cioran? Él afirmaba que es un honor ser repudiado, exiliado, rechazado. Y el señor Fundoianu, por cierto, el señor Fondane Fundoianu Wechsler, dijo todavía algo más interesante. No lo mencionaste entre los invitados. Tal vez ni siquiera hayas oído hablar de él. ¡Su nombre se encuentra en el monumento de Auschwitz! Benjamin y su hermana, de la que no podía separarse. Conozco a alguien más que no podía separarse de su hermana…

El desconocido sonreía con recelo. Había colocado la mochila a su lado, en el banco. Se volvió, condescendiente, hacia el agresor.

–Sé algunas cosas sobre esos individuos. No demasiadas. Estoy en el departamento de genética de la universidad. Como ya te dije: los perros son fieles; los gatos, pérfidos; los elefantes, apegados a la familia. También conozco los loros o los peces. Conozco menos a las personas. No me interesan demasiado.

–¡Es un error! ¡Grave! Un gran error. Las personas son lo más interesante de todas las criaturas de Dios.

–¿De Dios?

–Bueno, de la Diosa. De la naturaleza, quiero decir. Volvamos a Benjamin. El poeta Fondane-Fundoianu no se avergonzaba de su identidad. Ulises, tú eres judío, refunfuñaba en la oscuridad. Eres judío, Ulises, gritó una noche sagrada de viernes, después de la partida del señor Cioran, que pretendía ser un judío metafísico. ¡Lo que faltaba, metafísico! Hombre, es que si no lo eres también físicamente, no sirve para nada, no entiendes nada de toda la historia. Gracias, metafísico... Sigue viviendo en esa farsa pretenciosa...

De repente, la respiración de su vecino se detuvo, al igual que su voz chillona. ¡A su lado no había, de nuevo, nadie! ¡Un espacio vacío! La camiseta amarilla y la mochila verde habían desaparecido, al igual que el joven Iowa, por arte de birlibirloque. Pero el monólogo continuaba.

–Una pregunta, de todas formas. Tengo una pregunta –se oyó al cabo de un rato.

La pregunta se aplazaba, en vano necesitaba hablar el viejo solitario; no tenía a quién, ni nadie que le respondiera. La silueta Iowa había desaparecido en la nada, junto con sus botas mágicas del transporte transoceánico. El Nómada había aprendido a no sorprenderse por nada, las curiosidades terrestres o extraterrestres no le impresionaban ya. Era el único responsable de las preguntas y las respuestas. Hablaba solo, cómo va a sorprendernos. Esperaba la reaparición del estudiante Schlemihl, se preparaba para el encuentro hablando solo, con las paredes.

–¿Crees que yo he difundido el rumor sobre la leyenda de Schlemihl, el judío con la cabeza en las nubes?

–No era necesario, incluso los críos conocen la leyenda. No solo los hijos del abogado Hitzig. Mi único pecado es haberme metido en la disputa de la Historia del Circo, sobre el bufón que enfangaba la memoria de san Pedro. Lo queramos o no, también él vivió una temporada entre los exiliados con patillas. Hasta que volvió a sus cabales. Una cabeza ya cristiana... Es cierto, me metí, como un imbécil, en el capítulo sobre los payasos, para afirmar que era posible que Von Chamisso hubiera tenido en cuenta esa hipótesis. Muchos de sus amigos pertenecían a la estirpe nómada. Incluso escribió con simpatía sobre ellos. Un filosemita, un sospechoso, a pesar de sus orígenes nobles. ¿Cómo podía ser de otra manera? Chantatachán: ¡tú apareces de ninguna parte, Herr Schlemihl! No se nos dice de dónde vienes, quién eres, a quién has dejado atrás, por qué has huido de un sitio a otro, sin coordenadas de posición. Un sospechoso, un perpetuo sospechoso. Ningún documento disponible sobre tu Dios, sobre la fe. Habría sido importante, crucial. Tenemos que decir la verdad, es la única identidad que cuenta. Para muchos es hoy en día la única identidad. Así pues, ni una palabra sobre esto, punto en boca. Pero la avaricia de dinero, ¿eso a quién caracteriza? ¿Quién se apresura a entregar hasta la camisa, y no solo la sombra, por una bolsa de dinero? Una bolsa diabólica, un *perpetuum mobile* que produce monedas y billetes nuevecitos... ¿De quién estamos hablando? Tú, Schlemihl Iowa, ¿qué piensas?

Schlemihl Iowa estaba ausente, el Profesor Nómada hablaba solo. Hablaba consigo mismo como si fuera un Schlemihl de hacía mucho y de hoy y de mañana, de cualquier época y lugar.

–¿Me vas a acusar de odiar a mis hermanos exiliados? ¿O, por el contrario, de ser solidario con ellos? ¿Qué dices? Estoy acostumbrado a ambas situaciones. No abogo por nada ni nadie, participo, como cualquier misántropo, en un debate estrictamente lógico, objetivo, cualquier abogado lo admitiría. ¡Una especie de memorándum de lectura, eso es todo! ¡La Biblia es un libro! Eso es todo, un libro, yo así la he leído, así he escrito sobre ella, incluso en los ensayos sobre bufones y sobre Schlemihl, el bufón triste, semita. Reír por no llorar. Ese es el humor de los exiliados, dulce-amargo, una mescolanza, como todas las mescolanzas de los perseguidos.

La escenita se había repetido varias veces. El hombre hablaba solo, los estudiantes estaban de vacaciones, no se arremolinaban ante la puerta del payaso. ¿Se dirigía a alguien?

La solución, es decir, la salvación, llegó también de la naturaleza, la Señora Naturaleza: el otoño se había cansado del buen tiempo, habían empezado las lluvias y los vientos, no te apetecía salir de tu cobijo, ni hablar de ir hasta Eden, a hablar con los muertos.

El Profesor se quedaba en su despacho, a la espera de las visitas de los estudiantes o de otros intrusos.

Al cabo de una semana de espera, Schlemihl Iowa reapareció y reactivó la sordina.

—¡Qué manera de llover, señor Profesor! El diluvio de Noé, madre mía, casi no llego.

Llevaba un chaquetón corto, negro, como en el libro, parecía jorobado por las inclemencias del tiempo. Retomó la conversación después de colgar el chaquetón y el paraguas en el perchero. Se sacudió, animado, la sombra de Noé y retomó el debate.

—Hablemos, por tanto, de Von Chamisso, nuestro padre. Un errante como nosotros. Vecino nuestro en el relato para los hijos de Hitzig, el converso, el sospechoso generoso. Una especie de Itzig,* sí, este Hitzig. Preocupado por el futuro de sus descendientes, cristianizado, bautizado en la fe del judío Jesús,

---

* Personaje judío del folklore y el humor rumanos.

el inmortal, que no resucita cada día en las iglesias, con una corona de espinas en la que pone «Rey de los judíos». ¡El señor Chamisso se sentía solidario con esos errantes! Hermanos de Itzig y de Job, de Moisés y de María, la madre virgen, no conversa, sospechosa para los hebreos y los cristianos, al igual que para muchos amigos suyos y nuestros, ocultos entre los exiliados, sospechosos de estar circuncidados. Hablemos claro: ¡Adelbert no estaba entre ellos! La pertenencia no era su justificación, sino el cerebro: el pensamiento en el que reencontraba a sus aliados y apátridas. Es decir, los que habían aprendido a dialogar con su identidad, a no someterse como unos caracoles sordomudos... ¿Cómo no va a deslizar el poeta Chamisso una alusión, una duda sobre la identidad de Peter Schlemihl? ¿Bautizado según Pedro, el apóstol de la cristiandad, y según Schlemihl, el infeliz enamorado de la mujer del rabino, el bufón de la callejuela del gueto, antes de que le corten la cabeza y el pene? ¿Cómo, joven Iowa, cómo?

¡El discurso, por fin, había finalizado! El Profesor, horrorizado por el invitado que lo confundía con el personaje ficticio de un cuento, no tenía ya energía para emitir más sonidos. Estaba agotado y asustado por lo que vendría a continuación, como en todas las atrocidades de los cuentos.

¿Hasta cuándo tendría que escuchar sus propios pensamientos pronunciados por una boca ajena y hostil? ¿Hasta cuándo, misántropo, nómada, maestrillo infeliz y sin destetar, vagabundo atormentado y perecedero, a horcajadas de un fantasma y del palo de una escoba, seguirás con tu parodia? No llegaba, sin embargo, ninguna alarma. A los actores se les permitía una pausa para tomar aliento. Tampoco había un lugar de donde pudiera aparecer la sorpresa: el despachito oficial para orientar a los estudiantes era menos favorable para los debates que el murmullo del bosque de Eden.

–¿Cómo, dime cómo, Herr Iowa? El señor Heine, el Poeta, afirmaba que todos los alemanes son unos Schlemihl. Se le olvidaba añadir que él no era un alemán de pura cepa, sino de material prestado. Y su amigo y conciudadano, considerado antisemita, *monsieur* Emil Cioran, el parisino sonámbulo, se consideraba, como llegó a decirte, un judío metafísico. Un pleonasmo, evidentemente, el nihilista transilvano no tiene ni idea.

Pausa para respirar y recobrar el ánimo, tranquilízate, atontado. Las cosas y el diálogo se arreglarán, ha sido tan solo un breve defecto de funcionamiento: ocho segundos.

—Me he ausentado no solo por culpa del mal tiempo, sino también debido a la conferencia sobre la sombra. Fue convocada hace mucho por el departamento de las minorías y aplazada varias veces porque los invitados no estaban disponibles. Ahora ya se ha celebrado, vinieron bastantes, incluso los fotografié. Celan y Desnos, Don Quijote, a caballo, el Hombre sin atributos del señor Musil, *monsieur* Montaigne, el tahúr, el señor K., el viajante. Incluso el conde Pessoa, con sus sustitutos líricos. Obsesionados por el exilio, por la sombra y sus aventuras macabras. Se habló mucho, se calló más aún, nadie se decidía a marchar. Y no te lo vas a creer: se mencionó tu nombre. ¡Dos veces! En relación con el ensayo sobre el humor y la raza errante, desde Abraham a Einstein y Schlemihl. Sí, sí, también Schlemihl, el apátrida sospechoso, portavoz del señor Von Chamisso, el poeta y sabio, él mismo un desarraigado. Como apoyo a tu tesis sobre el odio a los nómadas circuncidados, culpables de acumular riqueza y de las revoluciones y de todos los males de la tierra, se citaron las opiniones de unas importantes personalidades: Lutero y Dostoyevski y Hitler y Iósif Vissariónovich y tal rey y tal reina y su amante y el famoso Haman de Persia y muchos más. Algunos se negaron a admitir que nuestro Señor Jesucristo, enviado a la tierra para salvarnos, pertenecía también a esa estirpe privilegiada y pecadora, destinada al sufrimiento. ¡El privilegio del sufrimiento! ¡Con o sin sombra, ese no es el problema de esos nómadas que viven siempre en la sombra! Se les habría encontrado cualquier defecto, la falta de un dedo, ojos de colores distintos, dientes cariados, una nariz demasiado larga y afilada. La sombra no era una invención, todos los hombres la tienen sin hacer ningún esfuerzo. Solo Peter Schlemihl, el Apostólico, se había desprendido de ella, como un inútil.

El Profesor guardaba silencio. No pronunció ni una palabra en todo este tiempo. Asombrado por el acontecimiento, se sentía, por qué, culpable. Había esperado con emoción el reencuentro con el joven genetista al que había bautizado, para sí, Schlemihl Iowa, y ya ves, el nómada no tenía nada mejor que hacer que pronunciar lo que él mismo, el Profesor, pensaba, pero a lo que, con una vieja cobardía, había evitado enfrentarse. ¡La cobardía escondida en los recovecos perversos del exilio, no de hoy o de ayer, sino de la época del coronel Tudor, al que no se había atrevido a arrojarle el asco de un excluido! Mucho antes de estos Tudor, antes, en todas las persecuciones y meridianos donde se pedía la muerte de la pandilla infame y errante. Se levantó de su silla tapizada y giratoria para despedirse de la sombra que había desaparecido. Intentaba alejarse también él, acosado por quién sabe qué aparición atormentada. No consiguió salir, la puerta se abrió: entró como un torbellino el vagabundo del departamento de genética, acalorado por la carrera. Sí, sí, se le había olvidado algo.

—He olvidado recordarte los cachivaches electrónicos con los que incluso los niños saben adivinar los secretos y venderlos rápidamente, no solo a la policía, sino también a los enemigos de Yahvé, que se multiplican exponencialmente cada día, en cada instante, en todos los rincones escondidos del planeta enfurecido.

¿Creías en las ilusiones post-Auschwitz? ¡Que no se repita nunca más, nunca más, jamás! ¿Eso gritaban los supervivientes? ¿Y los que habían arrancado y asistido al funcionamiento de los crematorios? ¿Por qué no va a repetirse? Eso es lo que te preguntas, ¿verdad?, no tienes el valor de decirlo a voz en grito para que lo oigan hasta los muertos, Herr Hitler y el camarada

Iósif Vissariónovich y el emir no sé quién, y el Sah, su eminencia Haman, con toda su familia.

¿Por qué no la dices, por qué no gritas la verdad, viejo Profesor? ¿Por qué? ¡Al fin y al cabo, no te queda mucho para el domicilio eterno...! Está cerca, con sus caracoles y sus hormigas y con los árboles arrogantes y la seductora Irma y el silencio de muerte con que soñabas constantemente en tus pesadillas de sabio. ¿Por qué, exiliado, perdedor, enmascarado, payaso, pérfido? ¡Por qué, di por qué, ten un poco de valor por fin! No tienes nada que perder, sacúdete la armadura de prisionero y advenedizo, libera el paraíso del planeta de tu fantasma errante.

Se hizo el silencio, el intruso se retiró, por fin. La puerta estaba abierta de par en par, cualquiera podía contemplar la calvicie del Profesor desplomada sobre el escritorio, el cuerpo doblado sobre la mesa y sobre la estancia. Solo, solo, como se merecía. Huérfano por los siglos de los siglos, extranjero por los siglos de los siglos, sospechoso por los siglos de los siglos, como correspondía. Sí, todo estaba en silencio. Ni una voz de otro mundo, solo la respiración entrecortada de los cautivos, perseguidos de un escondrijo a otro, condenados eternamente a no tener paz, se escondieran donde se escondieran.

Con la calvicie sobre la mesa, el Profesor distinguió, de todas formas, más tarde, un murmullo que procedía de no se sabía dónde, si no incluso de él mismo.

–¿Twitter, has oído esa palabra? ¡Twitter! E-mail, ¿e-mail? ¿Facebook? ¿SMS? ¿Teléfono móvil? Con él puedes enviar tu correspondencia y sacar fotos. Sí, hay más cosas, muchas más, entiendo que eres inmune. Es decir, estás muerto, en el otro mundo, no en este. No como Agatha, no, ella domina todos esos cachivaches, los manipula con rapidez, con destreza y placer. Estuvo con el periodista americano que le enseñó, por supuesto. Experto en comunicación cósmica. «Virtual», se dice. Así entró también ella en la actualidad, desde lo virtual. No podrás volver a verla, aunque quieras. Quédate con tu Irma lírica, en el cementerio multiconfesional y multiétnico. Habla con los caracoles sordomudos, canta en sueños con los pájaros del cielo, no te quejes del exilio, del extrañamiento, la persecución, el genocidio, la soledad, el aislamiento, la enfermedad y todos los trastos de los refugiados.

–No me quejo, no me quejo en absoluto, no me gustan los quejicas y no soporto ser una víctima.

–¿Lo ves, lo ves, *mesié*? Has puesto el dedo en la llaga milenaria. Te muestras engreído con tu exagerada modestia, no quieres mostrarte, no te abres al mundo. Es como si albergaras quién sabe qué tesoro. Exiliado no porque estés lejos de tu tierra natal, sino porque te has asimilado a esa categoría de ángeles extraños, ¡eso es lo que hay! Exiliado por la estructura, no por la situación.

–¿Es así? ¿Es exactamente así? –farfullaba el Profesor.

–Sí, exactamente así. Mejor dicho, *también* así. Por supuesto que fuiste exiliado, deportado, expulsado, una y otra vez, vives en un mundo que se autoexilia sin parar, pero es mucho más que eso. ¡La estructura, *mesié*! ¡La estructura milenaria! De la que solo quieres hablar en tus pensamientos para no desenmascararte. Para que no te descubran los cazadores, con sus manadas de perros rabiosos. Creciste en un mundo en el que los que son como tú eran envidiados o humillados o las dos cosas. Mejor escóndete, con una máscara y en una guarida. En vano, te identificaron enseguida. El camarada Coronel era tan solo uno de los guardianes adiestrados en las artes de la identificación. Identificación y desparasitación. Higienización étnica.

El Profesor se había quedado dormido, con la calva sobre la mesa. Solo, solo, solo, ningún fantasma lo asaltaba ya. Podía entregarse al sueño y al olvido, los benditos regalos de la ausencia.

Ya no escuchaba, el señor Profesor, ya no escuchaba. Estaba cansado de esas sesiones de autoflagelación en la tradición de los antepasados y de los ante-antepasados y de los profetas de antes y de ahora. Se había quedado dormido, el pobre, con la calva sobre el tablero frío de la mesa. Estaba feliz, estaba en la edad del sueño, no solo la de la senilidad. Le gustaba el sueño profundo y largo, lo más largo posible, colmado de sueños y pesadillas y ronquidos sensuales. El verdadero regalo de la oscuridad y del cansancio. La verdadera redención.

Balbuceaba. Hineni, aquí estoy, aquí estoy, estoy listo.

Notas

1. Según el Proyecto Genográfico de la National Geographic Society, Departamento de Correspondencia.
2. Según el cuaderno de sala de la exposición *Historia de la migración*, Museo Red Star Line, Amberes.
3. El personaje principal, que acompañará al lector como una sombra en la novela, es el del relato *Peter Schlemihls wundersame Gesichte* (1814) de Adelbert von Chamisso (edición en español *La historia maravillosa de Peter Schlemihl*, incluida en la obra *Narraciones románticas alemanas*, Barcelona, Galaxia Gutenberg, 2020, trad. de Juan José del Solar).
4. Robert Musil, autor de la novela *El hombre sin atributos*.
5. *The American Heritage Dictionary of the English Language*, Boston, Houghton, Mifflin Company, 1992.
6. Véase William MacGillivray, *A History of British Birds, Indigenous and Migratory*, 5 vols. Londres, Scott, Webster and Geary.
7. Antonio Damasio, *En busca de Spinoza. Neurobiología de la emoción y los sentimientos*, Barcelona, Crítica, 2009, trad. de Joandomènec Ros, p. 214.
8. *Ibidem*, pp. 218-219.
9. *Ibidem*, pp. 232-233.
10. El relato de esa apasionante expedición está en Adelbert von Chamisso, *Reise um die Welt in den Jahren 1815-1818* (*Viaje alrededor del mundo*), Leipzig, Weidmannsche Buchhandlung, 1836; ver también https://www.projekt-gutenberg.org/chamisso/weltreis/index.html. Las citas de este capítulo están tomadas de Hans Natonek, *Der Schmihl. Ein Roman von Leben Adelberts von Chamisso*, Sttutgart, Behrendt Verlag, 1949.

11. «Me recuerda la época cuando fuimos amigos, cuando el mundo nos llevó a su escuela.»

12. «Me veo obligado a partir de Europa», le dijo a Hitzig.

13. *La náusea*, novela de Jean-Paul Sartre.

14. René Juste Haüy, *Traité élémentaire de physique*, 2 vols., París, Courcier, 1806.

15. Epílogo de Thomas Mann a la edición de *La maravillosa historia de Peter Schlemihl* publicada por la editorial Navona, Barcelona, 2019, trad. de Xandru Fernández.

16. «La melancolía es la felicidad de estar triste.»

17. «Todos somos berlineses.»

18. Misha Limonada (llamado también Misha Agua Mineral): apodo de Mihaíl Gorbachov que sugería que, tras la subida de un 50% del precio de las bebidas alcohólicas («la prohibición de Gorbachov»), la URSS pasó del estado de embriaguez al de resaca.

19. «Después de una feliz travesía marítima, que a mí, no obstante, me resultó penosa»: palabras que abren *La historia maravillosa de Peter Schlemihl*.

20. «Este es mi tío, el señor John Patrick Johnson, él ya ha oído hablar de ti.»

21. Ruth. R. Wisse, *The Schlemiel as Modern Hero*, Chicago y Londres, Chicago University Press, 1971, pp. 14-15, https://archive.org/details/schlemielasmoderooruth (traducción de la traductora a partir del texto en rumano).

22. *Ibidem*, p. 125.

23. *Ibidem*, p. 126.

24. *Ibidem*.

25. *Ibidem*.

26. Estatua de la rotonda del Capitol de Richmond, Virginia, esculpida por Jean-Antoine Houdon a comienzos de los años 1790.

27. Mariana Codruț, «Despre poezie», *Areal*, Pitești. Editura Paralela 45, 2011, p. 8.

28. Hermann J. Weigand, «Peter Schlemihl», *Surveys and Soundings in European Literature*, A. Lesley Willson (ed.), Princeton NJ, Princeton University Press, 1966, pp. 208-222, publicado a partir de *Wert und Wort: Festschrift für Elsa M. Fleissner*, Marion Sonnenfeld *et al.* (eds), Aurora NY, Wells College, 1965. Ver https://www.enotes.com/topics/adelbert-von-chamisso/critical-essays/criticism.

29. «Los acontecimientos futuros arrojan su sombra por anticipado.»

30. «Mejor un tonto ingenioso que un ingenio tonto.»

31. «Los bufones suelen ser profetas.»

32. «... el fin de la representación que desde el principio y hasta ahora, ha sido y es: ofrecer a la naturaleza un espejo en que vea la virtud su propia forma, el vicio su propia imagen, cada nación y cada siglo sus principales caracteres» (Acto III, Escena 2).

33. Herbert Feinstein, «Buster Keaton: An interview», en *Interviews*, Kevin W. Sweeney (ed.), Jackson, MS, University Press of Mississippi, 2007, p. 135. El personaje principal de *El maquinista de la general* era un maquinista.

34. Tony Thomas, «Interview with Buster Keaton» (1960), *Ibidem*, p. 107.

35. George Sadoul, «Dinner with Keaton», *Ibidem*, p. 153.

36. Hans Christian Andersen, *La sombra*. Puesto que el texto de Norman Manea resume el contenido del relato de Andersen, hemos optado por traducir su versión y no recurrir al cuento original.

37. http://en.wikipedia.org/wiki/The_Shadow_(fairy_tale).

38. Junichiro Tanizaki, *Elogio de la sombra*, Madrid, Siruela, 1994, trad. de Julia Escobar.

39. «Introductory Epistle from A. von Chamisso to Julius Edward Hitzig», ver https://gutenberg.org/files/5339/5339-h/5339-h.htm.

40. Rabino Elijah ben Solomon (1720-1797), conocido como el Gaón (el erudito) de Vilna. Fue el principal adversario del jasidismo.

41. «Soy una gaviota, un pajarito, / Ninguna orilla es mi patria», del libro *Nordsee Lieder* (*Cantos del Mar del Norte*), 1885.

42. Patricia Highsmith, *El observador de caracoles*, Madrid, Alianza Editorial, 2006, trad. de P. Elías y Andrés Bosch, pp. 11-13.

43. Ion Barbu, *După melci*, Bucarest, Editura Tineretului, 1967.

44. «Soy de los vuestros», «Estoy aquí», «Entre vosotros», «Con vosotros», «Eso es», «Estoy aquí», «Como vosotros», «Como vosotros».

45. «Aquí se puede arreglar todo.»

46. Peter Wortsman, «The Displaced Person's Guide to Nowhere», introducción en Adelbert von Chamisso, *Peter Schlemihl. The Man Who Sold His Shadow*, Nueva York, Fromm International Publishing Corporation, pp. IX-XV.

47. Adelbert von Chamisso, *op. cit.*, p. 111.

48. Alan L. Berger, «Elie Wiesel – Writer as Witness to and in Exile», en *Exile in Global Literature and Culture*, Asher Z. Milbauer, James M. Sutton (eds.), Nueva York y Londres, Routledge, 2020.

49. Elie Wiesel, *Trilogía de la noche*, Barcelona, El Aleph Editores, 2008, trad. de Fina Warschaver, pp. 44-45 y p. 77.

50. Susannah Heschel, «An Exile of the Soul: A Theological Examination of Jewish Understandings of Diaspora», en *Diaspora and Law: Culture, Religion and Jurisprudence beyond Sovereignty*, Liliane Feierstein y Daniel Weidner (eds.), De Gruyter (próxima publicación). Ver también la conferencia del mismo título celebrada en el Jewish Museum de Manhattan, 2020. https://www.youtube.com/watch?v=on-AuEQk3hc&ab_channel=JBS.

51. David Michel Hertz, *Eugenio Montale, the Fascist Storm and the Jewish Sunflower, Toronto Italian Studies*, University of Toronto Press, 2015.

52. Eugenio Montale, *Poesía completa*, Barcelona, Galaxia Gutenberg, 2006, trad. de Fabio Morabito, p. 79.

53. David Michael Hertz, *op. cit.*, p. 62.

54. «Lejano, cuando tu padre entró en la sombra / y te dejó su adiós, contigo estaba», Eugenio Montale, *op. cit.*, verso del poema «Las ocasiones», p. 219.

55. Eugenio Montale, *op. cit.*, poema «Nuevas estancias», p. 273.

56. David Michael Hertz, *op. cit.*, p. 93.

57. Eugenio Montale, *op. cit.*, fragmento de «Noticias desde Amiata», p. 281.

58. Eugenio Montale, *Ibidem*, p. 283.

59. Eugenio Montale, *Ibidem*, p. 285.

60. David Michael Hertz, *op. cit.*

61. Eugenio Montale, *op. cit.*, poema «Iris», p. 355.

62. Eugenio Montale, *op. cit.*, fragmento de «Primavera hitleriana», p. 146.

63. Eugenio Montale, *op. cit.*, «La sombra de la magnolia», p. 149.

64. *Ibidem*, pp. 116 y ss.

65. David Michael Hertz, *op. cit.*, p. 270.

66. Fragmentos de Norman Manea, «Long Lasting Shadows», artículo publicado en *Los Angeles Review of Books*, 7 de enero, 2016, https://lareviewofbooks.org/article/long-lasting-shadows/.

67. Göran Rosenberg, *A Brief Stop On The Road From Auschwitz*, Nueva York, Other Press, 2015.

68. Norman Manea, *El regreso del húligan*, «La garra II», Barcelona, Tusquets, 2005, trad. de Joaquín Garrigós, pp. 221-222.

69. Max Milner, «Creativité de l'ombre», en *L'envers du visible, Essai sur l'ombre*, París, Seuil, 2005, p. 83.

70. Max Milner, *op. cit.*, «Conclusions», p. 436.

71. La cita corresponde a la edición alemana del libro de Alberto Manguel, *Diario de lecturas*. En la edición española publicada por Alianza Editorial no aparece ese fragmento. La traducción pertenece a la traductora a partir de la versión en rumano.

72. *Rascal* significa «bribón» en inglés.

73. Salomón 14: 23.

74. Véase «Heinrich Heine: The schlemihl and the lord of the world of dreams», en *The Jew as Pariah: A hidden Tradition*. https://hannah-arendt-edition.net/vol_text.html?id=/3p_III-008.JewAs Pariah.xml&lang=de.

75. *Relegatio*: en la Roma antigua era una forma más benigna de exilio, que podía ser temporal, sin perder la ciudadanía ni la hacienda.

76. Fragmentos de Olivier Remaud, *Un monde étrange. Pour un autre aproche du cosmopolitisme*, París, PUF, 2015, cap. 5, «L'exil et le complexe de Schlémihl», pp. 99-113.

77. Giorgio Agamben, *El tiempo que resta. Comentario a la carta a los romanos*, Madrid, Trotta, 2006, trad. de Antonio Piñero.

78. Paul Celan, «Habla también tú», de *Umbral en umbral* (1955), incluido en: *Poesía completa*, de José Ángel Valente, Barcelona, Galaxia Gutenberg, 2014, trad. de José Ángel Valente, p. 656.

79. Paul Celan, «Tenebrae», de *Reja de lenguaje* (1959), *op. cit.*, p. 657.

80. Fragmentos de David Blamires, «Adelbert von Chamisso's Peter Schlemihl», *Telling Tales: The Impact of Germany on English Children's Books 1780-1918*, Cambridge, UK, Open Book Publishers, 2009, pp. 135-145. https://doi.org/10.11647/OBP.0004.

Permisos

El autor desea mostrar su agradecimiento a los siguientes autores, traductores, editores, agentes, literarios, dueños de copyright y a todas las personas que le han concedido el permiso de incluir en la novela citas y extractos en castellano de las siguientes obras:

David Blamires, *Telling Tales: The Impact of Germany on English Children's Books 1780-1918*, Cambridge, Open Book Publisher, 2009, con permiso de Open Book Publisher, pp. 280-282. © David Blamires

Antonio Damasio, *Looking for Spinoza: Joy, Sorrow, and the Feeling Brain*, Vintage Books, 2004; © Antonio Damasio, 2003. Todos los derechos reservados; edición española con permiso de la editorial: *En busca de Spinoza. Neurobiología de la emoción y los sentimientos*, Barcelona, Destino, 2011, trad. de Joandomènec Ros, p. 214.

David Michel Hertz, *Eugenio Montale, the Fascist Storm and the Jewish Sunflower*, Toronto Italian Studies, University of Toronto Press. © University of Toronto Press, 2015

Susannah Heschel, «An Exile of the Soul: A Theological Examination of Jewish Understanding of Diaspora», en *Diaspora and Law: Culture, Religion and Jurisprudence beyong Sovereignty*, Liliane Feierstein y Daniel Weidner, De Gruyer, en curso de aparición; extractos incluidos con permiso de la autora según su manuscrito (pp. 219-221).

Patricia Highsmith, *El observador de caracoles*, Madrid, Alianza Editorial, 2006, trad. de P. Elías y Andrés Bosch, pp. 11-13. © Diogenes Verlag

Norman Manea, *El regreso del húligan*, «La garra II», Barcelona, Tusquets, 2005, trad. de Joaquín Garrigós con permiso de la editorial, pp. 221-222. © Norman Manea, 2003

Alberto Manguel, «Adelbert von Chamisso, *Peter Schlemihls wundersame Gesichte*, November, 2002», de *Tagebuch eines Lesers*, Berlín, Fischer Taschenbuch, 2007; los fragmentos reproducidos corresponden al *Jurnal de Lectură*, pp. 254-253. © Alberto Manguel. Reservados todos los derechos

Thomas Mann, «Chamisso», ensayo de *Rede und Antwort*, Berlín, S. Fischer Verlag, 1922; reeditado en Adelbert von Chamisso, *Peter Schlemihls wundersame Geschichte*, prólogo de Thomas Mann, Insel Taschenbuch, n. 27, Suhrkamp, 1973 y Essys I 1893-1915, S. Fischer, 2002; © Todos los derechos reservados por S. Fischer Verlag GmbH, Fráncfort del Meno; Epílogo de Thomas Mann a la edición de *La maravillosa historia de Peter Schlemihl*, Navona, Barcelona, 2009, trad. de Xandru Fernández, con permiso de la editorial.

Max Milner, *L'envers du visible, Essai sur l'ombre*, Éditions du Seuil, 2005, pp. 252-254. © Éditions du Seuil, 2005, con permiso de la editorial

Olivier Remaud, «L'exil et le complexe de Schlémihl», en *Un monde ètrange. Pour un autre aproche du cosmopolitisme*, París, PUF, 2015, pp. 258-261. © Presses Universitaires de France, con permiso de Humensis SA, 2015

Göran Rosenberg, *A Brief Stop On The Road From Auschwitz*, Nueva York, Other Press, 2015, traducción del sueco por parte de Sarah Death, *Ett kort uppehåll på vägen från Auschwitz*, Stockholm, Albert Bonniers Förlag, 2012, con permiso de Liepman Agency, pp. 244-248. © Göran Rosenberg, 2012

Junichiro Tanizaki, *Elogio de la sombra*, Madrid, Siruela, 1994, trad. de Julia Escobar. Con permiso de la editorial. © Ediciones Siruela, 1998, traducción de Julia Escobar

Hermann J. Weigand, «Peter Schlemihl», en *Surveys and Soundings in European Literature*, A. Leslie Willson (ed.), Princeton, NJ, Princeton University Press, 1966, republicado a partir de *Wert und Wort: Festschrift für Else M. Fleissner*, Marion Sonnenfeld *et al.* (eds.) Aurora NY, 1965, Wells College, reservados todos los derechos. Traducción a partir de http://www.enotes.com/topics/adelbert-von-chamisso/critical-essays/criticism (pp.113-115).

Elie Wiesel, *Trilogía de la noche*, Barcelona, Austral, 2013, trad. de Fina Warschaver, pp. 44-45 y p. 77. Con permiso de la editorial.

Índice